PIERRE EMME

Schnitzelfarce

WIENER SCHNITZELJAGD Den Samstag im September, an dem das traditionelle Döblinger Hauptstraßenfest stattfindet, wird Mario Palinski nicht so schnell vergessen. Eigentlich will er sich nur den Preis für seinen 2. Platz im Schnitzelwettbewerb einer erfolgreichen Fast-Food-Kette abholen, an dem er aus Jux teilgenommen hat. Stattdessen wird in seiner unmittelbaren Nähe eine Frau im Rollstuhl erschossen. Der anscheinend von einem Terroristen abgegebene Schuss hat allerdings dem Ehemann der Ermordeten gegolten. Der Stadtrat für Tourismus sollte die Siegerehrung vornehmen – eine Aufgabe, zu der sich der Politiker im gerade herrschenden Wahlkampf nur zu gerne bereit erklärt hatte. Dass am selben Tag auch der linke Ringfinger des entführten Kommerzialrats Eugen Filzmayer mit einer Lösegeldforderung bei der Familie aufgetaucht ist, geht im Trubel der Ereignisse auf dem Fest fast unter. Der Beweis, dass nicht immer alles so ist, wie es zunächst aussieht, gelingt Inspektor Helmut Wallner und seinem Team vom Koat Döbling unter Mithilfe Palinskis relativ rasch. Doch in Vorwahlzeiten gelten eigene Regeln. Palinski findet sich plötzlich in einer Intrige höchster politischer Kreise wieder …

Pierre Emme, geboren 1943, lebte bis zu seinem Tod im Juli 2008 als freier Autor bei Wien. Der promovierte Jurist konnte auf ein abwechslungsreiches Berufsleben zurückblicken und damit aus einem aus den unterschiedlichsten Quellen gespeisten Fundus an Erfahrungen und Erlebnissen schöpfen. Im Februar 2005 erschien mit „Pastetenlust« der erste Band seiner erfolgreichen Krimiserie um Mario Palinski, den Wiener Kult-Kriminologen mit der Vorliebe für kulinarische Genüsse.

Bisherige Veröffentlichungen im Gmeiner-Verlag:
Zwanzig/11 (2011)
Diamantenschmaus (2010)
Pizza Letale (2010)
Pasta Mortale (2009)
Schneenockerleklat (2009)
Florentinerpakt (2008)
Ballsaison (2008)
Tortenkomplott (2007)
Killerspiele (2007)
Würstelmassaker (2006)
Heurigenpassion (2006)
Schnitzelfarce (2005)
Pastetenlust (2005)

PIERRE EMME

Schnitzelfarce

Palinskis zweiter Fall

GMEINER SPANNUNG

Immer informiert

Spannung pur – mit unserem Newsletter informieren wir Sie regelmäßig über Wissenswertes aus unserer Bücherwelt.

Gefällt mir!

Facebook: @Gmeiner.Verlag
Instagram: @gmeinerverlag
Twitter: @GmeinerVerlag

Besuchen Sie uns im Internet:
www.gmeiner-verlag.de

Im Ehnried 5, 88605 Meßkirch
Telefon 07575/2095-0
info@gmeiner-verlag.de

1. Auflage 2019

Lektorat: Claudia Senghaas, Kirchardt
Herstellung: Mirjam Hecht
Umschlaggestaltung: U.O.R.G. Lutz Eberle, Stuttgart
unter Verwendung eines Fotos von: © Nelea Reazanteva / fotolia.com
Druck: CPI books GmbH, Leck
Printed in Germany
ISBN 978-3-8392-2439-7

Handlung und Personen sind frei erfunden.
Sollte es trotzdem Übereinstimmungen geben,
so würden diese auf jenen Zufällen beruhen,
die das Leben schreibt.

1

Der Gestank in dem Kellerabteil war atemberaubend. Kein Wunder, der alte Mann, der hier seit 15 Tagen aufbewahrt wurde, hatte vor mehr als 72 Stunden das letzte Mal die Möglichkeit gehabt, sich notdürftig zu waschen. Seit seinem letzten Gang auf das total verdreckte WC waren auch schon fast 34 Stunden vergangen.

Den an sich rüstigen 76-Jährigen störte das aber nicht mehr sonderlich. Seit dem harten Schlag auf den Kopf und die dadurch bedingte schwere Verletzung seines Schädels war er die meiste Zeit bewusstlos gewesen. Er hatte noch nicht einmal richtig registriert, dass man ihm vor 28 Stunden den Ringfinger der linken Hand abgehackt hatte. Jenen Finger, an dem er den Siegelring seines Großvaters getragen hatte.

In den seltenen Momenten, in denen er aus den barmherzigen Tiefen seiner Ohnmacht auftauchte, brachte er keine klaren Gedanken mehr zustande. Lediglich Empfindungen, vor allem der dumpf pochende Schmerz in seiner linken Hand und der unangenehme salzig-metallische Geschmack in seiner ausgedörrten Mundhöhle beherrschten den spärlichen Rest seines schon wieder im Schwinden begriffenen Bewusstseins. Schemenhaft liefen verschiedene Bilder vor seinem geistigen Auge ab, die nur mehr zum geringeren Teil Gefühle bei ihm auslösten. Vor allem das kleine Mädchen, ihr Name war Miriam, da war er sich absolut sicher, tauchte immer auf. Sie schien sich auf etwas zu freuen, das mit ihm zu tun haben musste. Er versuchte sich zu erinnern, ihm fiel aber nicht ein, womit er ihr eine Freude hatte machen wollen.

Auch Magdalena verschaffte sich Präsenz, seine Frau, die schon vor längerer Zeit von ihm gegangen war. Ein dumpfes Krächzen seiner Stimme war der akustische Beweis dafür, dass ihn dieser Gedanke amüsierte. Wie hatte man mit ihm getrauert, als er plötzlich nach 37 gemeinsamen Jahren alleine zurückgeblieben war. Die hatten alle keine Ahnung gehabt, wie einsam ein Mann neben einer Frau wie seiner Magdalena hatte sein können. Zumindest die letzten 20 Jahre. Er hatte nie verstehen können, wie aus der entzückenden jungen Frau, die er geliebt und geheiratet hatte, eine derart herrschsüchtige, frustrierte und nervtötende Person hatte werden können. Die Seelenmesse zu ihren Ehren war für ihn vor allem auch der Startschuss für ein neues Leben gewesen. Ein Leben, das noch einige sehr schöne Augenblicke für ihn bereit gehalten und das er sehr genossen hatte. Und das jetzt langsam aber sicher zu Ende ging.

Er hatte keine Angst vor dem Tod, auch keine davor, nicht mehr zu leben. Die Schmerzen beim Sterben bereiteten ihm kein Kopfzerbrechen, denn viel peinigender als in den vergangenen Stunden konnten sie kaum mehr werden.

Das Einzige, was ihm als einigermaßen gläubigen Katholiken etwas Sorge bereitete, war der Gedanke, im Himmel möglicherweise wieder auf Magdalena zu treffen. Aber vielleicht kam er ja gar nicht in den Himmel. Oder Magdalena terrorisierte schon seit Jahren die armen Seelen im Fegefeuer. Und überhaupt, wer konnte schon sagen, ob die ganze Sache mit dem ewigen Leben überhaupt stimmte und nicht nur ein Marketinggag der Kirche war?

Er versuchte noch, sich bei Miriam dafür zu entschuldigen, dass er seine Zusage nicht würde einhalten können. Das letzte Bild, das er wahrnahm, war das seiner verständnisvoll lächelnden jüngsten Enkelin, die ihm offenbar verziehen hatte.

Dann stellte sein seit Jahren geschwächtes, schon bisher nur mehr unter Einsatz entsprechender Medikamente funktionierendes Herz seine Arbeit ein. Der alte Mann fiel endgültig in das tiefe, dunkle Loch, aus dem es kein Zurück mehr gab. Der Tod trat exakt um 3.47 Uhr an diesem Samstagmorgen ein. Genau am 15. Tag nach der gewaltsamen Entführung des Mannes. Einer Entführung, von der bisher offiziell noch gar nichts bekannt war.

*

Palinski war heute noch früher aus den Federn gekrochen als sonst. Leichtsinnigerweise hatte er Wilma, der Mutter seiner beiden Kinder und »Frau, die er seit 24 Jahren nicht geheiratet hatte«, versprochen, einen Parkplatz für ihren PKW zu suchen. Am Tag des traditionellen Straßenfestes in der Döblinger Hauptstraße eine äußerst anspruchsvolle und zeitraubende Aufgabe. Immerhin mussten so an die vierhundert oder auch mehr Fahrzeuge, die üblicherweise zwischen Gürtel und Hofzeile abgestellt waren, dem temporären, bis 18 Uhr geltenden Halteverbot weichen.

Nach einigen erfolglosen Runden durch den Bezirk und den angrenzenden Alsergrund hatte er sich einen kräftigen Cappuccino in einem der wenigen um diese Tageszeit bereits geöffneten Kaffeehäuser genehmigt und nachgedacht.

Sobald man die Lösung für ein Problem hat, erscheint sie einem banal und selbstverständlich. Und man wundert sich, warum man nicht gleich darauf gekommen ist. So war es auch Palinski gegangen, als er den Wagen in die zum großen Supermarkt Ecke Hauptstraße/Billrothstraße gehörende Tiefgarage gelenkt und dort abgestellt hatte. Der Markt würde heute erst um 18 Uhr schließen. Wenn er um 17.30 Uhr durch die Garage kommen und dabei ein Parkticket ziehen würde, würde er nach dem Kauf von einem Kilogramm Orangen oder einer Flasche Sekt an der Kasse das Ausfahrtsticket bekommen, ohne etwas für die mehr als zehn Stunden Parken bezahlen zu müssen. Eine zwar nicht ganz saubere, aber recht elegante Lösung, fand Palinski. Und durchaus in der Toleranzbreite der heutigen Ellbogengesellschaft, an der er sich ohnehin kaum beteiligte, hatte er den Anflug schlechten Gewissens besänftigt.

Jetzt schlenderte er die knapp 200 Meter zu seiner Wohnung zurück und beobachtete die mobilen Kramer, die ihre Verkaufsstände aufbauten, um all das zum Kauf anzubieten, was schon im Vorjahr niemand hatte haben wollen.

Palinski erinnerte sich noch gut an das erste Fest dieser Art. Er wusste zwar nicht mehr genau, wie lange das schon her war. Es mussten so 12 bis 15 Jahre sein, schätzte er. Aber der Eindruck dieser damals vor allem von der Wohnbevölkerung getragenen Veranstaltung war noch ganz frisch. Natürlich hatte auch schon seinerzeit der Kommerz regiert. Die örtlichen Kaufleute hatten ihre unverkäuflichen Lagerbestände auf der Straße aufgebaut und verramscht. Daneben war aber genug Platz für die spontanen kleinen Flohmärkte der Kinder gewesen, die damit ihren Spaß gehabt und ihr Taschengeld aufgebessert hatten. Auf der für 12 Stunden zur Fußgängerzone mutierten Hauptstraße waren die Familien flaniert, hatten alte Freunde getroffen und neue Bekanntschaften gemacht. Alle hatten sich an dem Fest erfreut und einen schönen Tag genossen.

In den folgenden Jahren wurde der »Sommerschlussverkaufscharakter« des Festes immer deutlicher. Als man vor einigen Jahren allen Ernstes begonnen hatte, von den Kindern Standmieten für ihre kleinen improvisierten Verkaufsstände zu verlangen, hatte der Kommerz endgültig gesiegt. Die zwei, drei Dutzend enttäuschter Kinderseelen würde man heute wohl hochtrabend als »psychischen Kollateralschaden« bezeichnen können.

Inzwischen hatte Palinski das beeindruckende, anfangs des 20. Jahrhunderts errichtete Bürgerhaus erreicht, in dem sich seine Wohnung befand. Er nahm auf der Bank im Innenhof Platz, die durch den Fall »Lettenberg« zu einer bestimmten, jetzt aber schon wieder abnehmenden Berühmtheit gelangt war.

Stolz betrachtete er die links vom Eingang zur Stiege vier befindliche Tafel mit der Aufschrift »Institut für Krimiliteranalogie«, die er erst gestern montiert hatte. Damit hatte seine eigenartige Tätigkeit einen Namen bekommen, einen offiziösen Anstrich sozusagen. Palinski war zwar absolut sicher, dass sich kein Mensch etwas unter diesem vom ihm geschöpften Kunstwort vorstellen konnte, aber das war auch gar nicht notwendig. In dieser seltsamen Zeit, in der er lebte, waren schon wesentlich unverständlichere Begriffe zum Allgemeingut geworden. Es ging jetzt darum, selbst einmal drauf zu kommen, was er darunter verstand. Damit er es den paar Ehrlichen, die den Begriff hinterfragten, erklären konnte.

Eine ältere Frau näherte sich Palinski und blieb vor ihm stehen.

»'tschuidigen da Hea«, sagte sie mit unterwürfigem Ton, »oba i miassat gaunz dringend.« Unruhig stieg sie von einem Bein auf das andere.

Der aus seinen privatwissenschaftlichen Gedankengängen gerissene »Institutsvorstand« stand entweder auf der Leitung oder wollte nicht verstehen. »Na, dann tun Sie halt«, entgegnete er unfreundlicher als es seine Art war. »Ich werde Sie nicht aufhalten.« Er mochte diese Standlerleute nicht, die ihm den Parkplatz wegnahmen und ihn zwangen, den Supermarkt an der nächsten Ecke zu bescheißen.

»Nau, Sie hom guat red'n«, der zunächst devote Ton hatte der natürlichen Hantigkeit der im Existenzkampf auf der Straße gestählten Frau Platz gemacht. »Kennan vur loch'n. Oda woin S' wirkli, doß i do vur Ihna hinbrunz?«

Abrupt war Palinski von der Leitung gestoßen worden. »Hat man wieder einmal keine mobilen WCs aufgestellt?«, wollte er wissen.

»Des was i net und des is ma a wurscht«, die Frau schien wirklich schon in argen Nöten zu sein. »Waun S' no laung bled harum red'n, is e ollas z'spät.«

»Also gut«, Palinski hatte seine ursprüngliche Freundlichkeit wieder zurückgewonnen. Er stand auf und führte die Frau zu dem ebenerdig gelegenen Gangklo gegenüber seiner Wohnung. Mit einem kurzen, kräftigen Ruck öffnete er das stille Örtchen. Die einzig wirkungsvolle Methode, seit der Schlüssel irgendwann einmal verloren gegangen war.

»Wau«, jetzt lag Anerkennung in der Stimme der Frau, »Se san oba a ka schlechte Wüdsau.«

»Wenn Sie fertig sind, lassen Sie die Türe einfach nur angelehnt«, rief er der Frau nach. »Und dass Sie mir ja nicht alle Leute da hereinschicken.«

Im Hinausgehen wurde er daran erinnert, einmal gehört zu haben, dass die weibliche Blase größer war als die des Mannes. Das musste wohl stimmen, denn das von leisem, erleichtert klingenden Stöhnen begleitete Plätschern wollte überhaupt kein Ende mehr nehmen.

*

Warum sitze ich eigentlich wieder auf der Bank und nicht in meinem Büro? Na ja, die gute Frau sollte ja nicht unbedingt mitbekommen, wo sie mich bei künftigen Notfällen antreffen kann.

Ja, ist schon gut. Auch Ihnen einen angenehmen Tag. Komisch, der Gang der Frau war im Vergleich zu vorhin jetzt fast grazil. Trotz ihres beachtlichen Übergewichts.

Eigentlich bin ich noch gar nicht daran gewöhnt, jetzt

sowohl eine Wohnung als auch ein Büro zu haben. Statt drei Räumen sechs und statt 38 m² doppelt so viel Fläche. Das ist schon großartig. Die Chance auf die »Zwillingswohnung« auf Stiege drei habe ich mir wirklich nicht entgehen lassen können. Bad und WC indoor, eine kleine Küche, ja sogar eine Art Gästezimmer habe ich jetzt. Und je einen Eingang zur Wohnung und zum Institut. Sobald der Durchbruch durch die Wand zwischen dem Besprechungszimmer des Instituts und dem Schlafzimmer der Wohnung gemacht sein wird, brauche ich nicht einmal mehr das Haus verlassen, um von einem ins andere zu kommen.

Man kann es drehen wie man will, aber es geht aufwärts mit mir. Zumindest wirtschaftlich. Obwohl ich seit zwei Monaten keine Schundromane im 64-Seiten-Umfang mehr verfasst habe und darüber sehr froh bin, steht mir jetzt mehr Geld zur Verfügung als vorher. Deutlich mehr. Ich kann jetzt sogar wieder regelmäßig meinen finanziellen Verpflichtungen gegenüber den Kindern nachkommen. Im vollen Umfang sogar. Ich habe gar nicht gewusst, dass es so viel Spaß macht zu zahlen.

Neben der Beratung der »Global Films Enterprises« hat mir mein erstes Drehbuch überraschend viel Geld gebracht. Nach der Vorauszahlung im Frühjahr habe ich eigentlich nicht mehr mit so viel gerechnet. Angeblich soll im Herbst kommenden Jahres gedreht werden.

Darüber hinaus bedienen sich immer mehr TV-Anstalten und Verlage meiner Datenbank »Crimes – facts + ideas« und bezahlen jeden vernünftigen Preis dafür. Also feilschen habe ich noch nie müssen. Gott sei Dank, denn das liegt mir gar nicht.

Wilma hat das noch nicht richtig mitbekommen. Zumindest ihre nach wie vor ungebrochene Vorliebe für gelegentliche Spitzen gegen meine »Unfähigkeit« lassen keinen anderen Schluss zu. Na, sie wird noch drauf kommen. Wenn nicht, ist es auch egal. Früher, als diese Vorwürfe zumindest substanziell noch berechtigt waren, hat sie mich damit verletzten können. Jetzt nicht mehr.

Der Fall »Lettenberg« hat mir wirklich sehr geholfen. Der gute »Miki« Schneckenburger hat mich doch tatsächlich zu seinem Minister geschleppt und der hat mir seinen Dank für die wertvolle Mitarbeit ausgesprochen. Der Mann ist in Wirklichkeit wesentlich sympathischer als er im Fernsehen rüberkommt. Schade, dass ich mit seiner Weltanschauung über weite Strecken so überhaupt nichts anfangen kann.

Schließlich war die Sache mit dem Institut ja eigentlich die Idee von Doktor Fuscheé gewesen. »Wenn wir weiter mit Ihnen zusammenarbeiten wollen«, hat der Minister betont, »dann müssen wir das auf eine zumindest halboffizielle Basis stellen. Die Fülle an Verletzungen der Gesetze und Dienstvorschriften, wie sie in diesem Fall aufgetreten sind, können wir bei allem Erfolg kein zweites Mal tolerieren.«

Schneckenburger, immerhin der Vertreter des Ministers im Bundeskriminalamt hat dann etwas von einer »Sachverständigenposition« ins Gespräch geworfen. Ein Stichwort, das sein oberster Chef sofort aufgegriffen hat.

»Gründen Sie irgendeinen Verein oder ein Institut, mit dem wir dann kollaborieren können«, hat er mir empfohlen. »Wir arbeiten ja gelegentlich auch mit Rutengehern, Astrologen und ähnlichen pseudowissenschaftlichen Institutionen zusammen.«

Die letzte Äußerung des Ministers hätte mich fast zu einem harschen Widerspruch provoziert, was dem hohen Staatsdiener nicht entgangen war.

»Das war nicht abwertend gemeint«, hat er mich lachend zu beruhigen versucht, »meine Schwiegermutter legt mir mindestens einmal im Monat die Karten. Dabei ergeben sich immer wieder recht interessante Gesichtspunkte.«

Eigentlich war mir die Meinung des großen Machers scheißegal, aber er meinte es offenbar so, wie er es sagte. Das war mehr, als man allgemein von so jemandem erwarten durfte.

Gemeinsam mit Ministerialrat Schneckenburger und Inspektor Helmut Wallner habe ich dann den »Verein für Krimiliteranalogie« gegründet. Das Schwierigste daran war, die beiden Vereinskollegen von meiner kühnen Wortschöpfung zu überzeugen. Ein hartes Stück Arbeit, aber nach mehr als sechs Stunden Diskussion haben sie zugestimmt. Immerhin ist ihnen ja auch nichts Besseres eingefallen.

Das Allerbeste war aber, dass der Verein jährlich mit 15.000 Euro subventioniert werden soll. Dafür stelle ich der Polizei im Bedarfsfall bis zu 50 Stunden pro Monat meine Arbeitskraft und das Know-how meiner Datenbank ohne gesondertes Entgelt zur Verfügung. Nicht gerade ein fürstliches Honorar, aber hoffentlich eine sichere Basis für mein Institut. Das nennt man »von der Wortschöpfung zur Wertschöpfung«.

Da kommt schon wieder so ein Kloaspirant auf mich zu. Was soll's. In Ordnung, gehen Sie hinein, es ist die erste Türe rechts. Gerne geschehen.

Wenn ich noch lange hier sitzen bleibe, ende ich noch als Häuslfrau. Ob die wirklich immer scheißfreundlich sein müssen?

*

Da die Haushälterin an diesem wie an jedem Samstag frei hatte, wurde das Kuvert in der Auffahrt zur Garage erst gegen 9.30 Uhr gefunden. Dr. Kurt Suber, der 52-jährige Juniorchef der »Alfons Filzmayer & Söhne AG« wäre fast über dieses »gelbe Ding am Boden« gefahren, das keine zwei Meter vom Tor entfernt lag.

In Gedanken schon bei dem bevorstehenden Gespräch mit seinen neuen japanischen Partnern hatte er seinen moosgrünen Jaguar gerade noch rechtzeitig anhalten können. Beim Aussteigen hatte er so ein eigenartiges Gefühl im Magen. Aber das musste nichts bedeuten. Denn seit sein Schwiegervater Eugen Filzmayer, Seniorchef und Enkel des legendären Unternehmensgründers, vor 15 Tagen entführt worden war, stellte dieses Gefühl im Magen Subers Normalzustand dar. Vor allem der Umstand, dass die Familie trotz Erfüllung sämtlicher Forderungen noch immer nichts vom Alten gehört hatte, sorgte für eine permanente Stimmung nervösester Anspannung. Immerhin war die relativ bescheidene Lösegeldforderung in Höhe von 500.000 Euro bereits vor vier Tagen erfüllt worden.

Wenn Eugen Filzmayer nicht bald auftauchte, musste die Polizei wohl oder übel doch informiert werden. Auch wenn die Entführer dies ausdrücklich untersagt hatten.

Suber hob das unbeschriftete Kuvert im Format C 5 vorsichtig auf. Er hielt es an sein linkes Ohr und schüttelte es vorsichtig. Nichts Verdächtiges war zu hören. Beim Abtasten stellte er einen offenbar etwa 8 cm langen, eher schmalen Gegenstand mit einem festen runden Etwas an dem einen Ende fest. Das Ganze fühlte sich an wie eine Rolle Plastilin, an deren einem Ende ein Kronenkorken eingepresst war. Da hatte sich wohl einer der unmöglichen Freunde Violas einen Scherz erlaubt, versuchte er, sich zu beruhigen. Er würde wieder einmal ein ernstes Wort mit ihr sprechen müssen. Aber das musste warten, bis diese schlimme Situation ausgestanden war.

Ein Blick auf die Armbanduhr zeigte Suber, dass er sich langsam auf den Weg machen musste, wollte er nicht zu spät kommen. Japaner sollen ja hinsichtlich Pünktlichkeit besonders penibel sein, ging es ihm durch den Kopf. Er stieg wieder in seinen Wagen, legte den Umschlag auf den Beifahrersitz und startete. Während er noch die Handbremse löste und den

Gang einlegte, gewann seine vom Gefühl im Magen unterstützte Neugier die Oberhand. Nach kurzem Zögern stellte er den Motor neuerlich ab und fuhr sich nervös durch die Haare. Dann nahm er das Kuvert wieder in die Hand und öffnete es kurz entschlossen.

Als Erstes fiel sein Blick auf die mit rotem Filzstift auf einem karierten, offenbar von einem Schreibblock stammenden Blatt Papier in Blockschrift verfasste Nachricht.

»Wenn Sie den Kommerzialrat lebend wider sehen wollen, müssen Sie noch einmal 87.000 Euro locker machen.«

Also, Rechtschreibung war nicht gerade die Stärke des Verfassers, schoss es Suber zwar sachlich zutreffend, angesichts der Umstände aber völlig unangebracht durch den Kopf. Dann nahm er sich das in einige Papiertaschentücher eingewickelte längliche Etwas vor. Während sein schon die ganze Zeit deutlich überhöhter Blutdruck lebensbedrohliche Werte annahm, wickelte er das Ding vorsichtig aus.

Nachdem die letzte Hülle gefallen war, konnte er gerade noch den Kopf nach rechts drehen und sich instinktiv ein wenig nach vorne beugen. Dann kam auch schon das komplette, heute ausnahmsweise von ihm selbst zubereitete Frühstück hoch und fiel ihm aus dem Gesicht. Doch seine schreckensgeweiteten Augen nahmen gar nicht wahr, wie der noch kaum zersetzte Inhalt seines Magens die feine, aus edelstem hellbraunen Rindsleder bestehende Tapezierung des Beifahrersitzes versaute. Und mit dem einmaligen, unverwechselbaren Geruch, der diesen edlen Wagen üblicherweise auszeichnete, war es jetzt auch ein für alle Mal vorbei.

Der knapp über der Fingerwurzel von der Hand abgetrennte, blutverkrustete Ringfinger, der Suber aus der unkontrolliert zitternden Hand gefallen war, konnte jedem gehören. Der darauf befindliche Siegelring mit dem typischen Jadestein und dem unverkennbaren AF für Alfons Filzmayer aber nur einem. Er stammte eindeutig und unzweifelhaft von der Hand seines Schwiegervaters. Was war da bloß schiefgelaufen?

Als ihn seine Frau zehn Minuten später fand, heulte der auf seine kühle, überlegene Art sonst so stolze Kurt Suber noch immer wie ein kleines Kind. Es war auch Erika Suber-Filzmayer, die zwei Minuten später die Polizei verständigte.

*

Inspektor Helmut Wallner vom Kommissariat auf der Hohen Warte in Döbling fühlte sich ausnehmend gut. Nach zehn Tagen Dienst endlich wieder ein freier Tag und Franca war in Wien. Nicht nur das, sie war auch hier in seiner Wohnung. Die clevere Salzburger Kriminalbeamtin und der an sich schüchterne Inspektor waren seit dem Fall »Lettenberg« ein Paar. Für das unter den Kollegen und Freunden der beiden kursierende Gerücht, dass es sich dabei um mehr als nur eine oberflächliche, auf Sex basierende Beziehung handelte, sprach, dass Franca dabei war, nach Wien zu übersiedeln.

Dank wohlwollender Vorgesetzter und zum Leidwesen ihrer bisherigen Kollegen war ihrem Gesuch nach Versetzung in die Bundeshauptstadt nach sensationell kurzer Zeit stattgegeben worden. Aber nicht nur das. Die Position als stellvertretende Leiterin der Kriminalabteilung im Kommissariat Josefstadt, die sie mit 1. Oktober übernehmen sollte, bedeutete auch einen echten Karrieresprung für die knapp 27-jährige Beamtin mit der Modelfigur.

Wallner stand gerade unter der Dusche und verlieh seiner Lebensfreude durch ein kräftiges, aber im Ton völlig daneben gehendes »Vincero, vincero« unüberhörbar Ausdruck. Seit ihn Franca mit ihrer Vorliebe für die italienische Oper angesteckt und ihm die Bedeutung von Kalafs optimistischen Ausbruchs eingedeutscht hatte, war »Nessun dorma« seine Lieblingsarie.

Gerade als er sich ein Da capo zugestehen wollte, erschien Franca mit dem Handy. »Es ist Martin Sandegger und er sagt, es ist sehr wichtig«, unterband sie den erfahrungsgemäß zu erwartenden Widerspruch ihres duschenden Freundes. Dessen Reaktion auf ihre plötzliche, nur von einem knappen T-Shirt bedeckte physischen Präsenz ließ unübersehbar den Schluss zu, dass ihm der Sinn nach einer ganz anderen Tätigkeit stand als mit seinem Stellvertreter zu telefonieren. Auch wenn die Sache noch so wichtig war.

Franca, die ihren Helden nur zu gut kannte, schien durchaus angetan von dem, was sie sah. Trotzdem signalisierte sie mit gespielter Strenge Ablehnung, zumindest für den Augenblick.

»Etwas mehr Professionalität, mein Lieber«, ermahnte sie ihn mit einem Schmunzeln um den Mund. »Du weißt, wenn Martin einmal stört, dann muss es wirklich einen besonderen Grund dafür geben.« Sie hat ja recht, wie meistens, dachte Wallner resignierend.

Schnell streifte er einen Bademantel über, ehe er das Mobiltelefon in die Hand nahm. »Was ist los, Martin«, meldete er sich. Franca, die ihn beobachtete, fand es beängstigend, gleichzeitig aber auch faszinierend, wie sich die entspannten Gesichtszüge des Mannes schlagartig verhärteten und einen konzentrierten Ausdruck annahmen. Wallner kommentierte das Gehörte lediglich mit einzelnen »Ahas« und »Hmms.« Dann meinte er nur: »Wir sind in 15 Minuten da«, und beendete das Gespräch.

»Eine wirklich schlimme Sache« war der einzige Kommentar, den ihm Franca entlocken konnte. »Zieh dich rasch an, falls du mitkommen willst. Wir müssen zur Filzmayer-Villa in der oberen Himmelstraße. Alles Weitere erzähle ich dir unterwegs.«

*

Palinski stand in seiner kleinen Küche und ging seinem jüngsten Hobby nach, dem Kochen. Er fand in dem gezielten Bearbeiten und Zusammenführen der verschiedenen Lebensmittel und Zutaten eine unwahrscheinliche Befriedigung und den idealen Ausgleich zu seinen sonstigen Tätigkeiten. Gleichzeitig war er fasziniert von den Parallelen zu seiner Arbeit, die ja auch aus einer ständig wechselnden Mischung aus Fakten und Intuition bestand. Nicht, dass er jetzt einen sonderlichen Aufwand für seine eigene Verpflegung trieb, wirklich nicht. Nach wie vor genoss er es überaus, von »Mama Maria« im gegenüber liegenden Ristorante verwöhnt zu werden. Es machte ihm aber Spaß, für Wilma und die Kinder, für seine wenigen Freunde und die »Kollegen« von der Polizei aufzukochen.

Ja, selbst die »Haberertruppe« aus dem Café »Kaiser« war schon einmal da gewesen und hatte seine »Spareribs à la Mario« weggeputzt wie nichts. Seither nannte ihn der »Oberlehrer« nur mehr »Boküß« und mit der Zeit auch alle anderen. Obwohl kaum einer wusste, warum. Palinski mochte das, auch wenn ihm durchaus bewusst war, dass und warum einige aus der Runde immer so blöd grinsten, wenn sein neuer Spitzname fiel.

Heute war aber ein ganz besonderer Tag für den begeisterten Hobbykoch. Von Entspannung konnte aber keine Rede sein, als er jetzt sein »Palinski-Schnitzel« zubereitete. Ganz im Gegenteil. So was von aufgeregt war er nicht einmal gewesen, als er Sophie Lettenberg das Handwerk gelegt hatte. Der Teufel musste ihn geritten haben, als er sich vor etwas mehr als einem Monat zu dem von der expandierenden Fast-Food-Kette »Wieners Beisl-Bar« ausgeschriebenen Schnitzelwettbewerb angemeldet hatte. Bei der vor einer Woche in der Filiale am Schottenring stattgefundenen Vorausscheidung war er unter die letzten acht Teilnehmer und damit ins Finale gekommen. Das heute im Rahmen der Eröffnung der neuesten »Beisl-Bar«-Filiale in der Döblinger Hauptstraße, Ecke Sommergasse steigen sollte. Ab 15 Uhr mussten alle Finalisten ihre Kreationen nochmals zubereiten und einer prominenten Jury präsentieren. Für 17.30 Uhr war dann die Siegerehrung vorgesehen, gleich nach den verschiedenen Ansprachen und der offiziellen Eröffnung durch Altbürgermeister Dr. Ladak.

Palinski konnte eigentlich nicht verstehen, wie ihm der Vorstoß unter die besten acht der, wie er gehört hatte, immerhin mehr als 150 Teilnehmer gelungen war. Im Grunde genommen war seine »Schnitzelschöpfung« nichts anderes als ein Cordon bleu mit anderer Füllung. Er hatte das traditionelle Gespann Schinken und Käse einfach durch eine gut abgeschmeckte Mischung aus Schalotten, Champignons, Kräutern und einer kleinen, fein gehackten Chilischote ersetzt und der Mutation den Namen »Schnitzel Diabolo« gegeben. Als sich etwas später herausstellte, dass diese Bezeichnung schon vergeben war, hatte er das unbestreitbar teuflisch scharfe Zeug in aller Bescheidenheit einfach »Palinskis Schnitzel« genannt.

Der Gedanke, dass dieses Gericht möglicherweise schon in naher Zukunft in allen sechs bereits existenten und den zukünftigen Betrieben von »Wieners Beisl-Bar« auf der Karte stehen könnte, erfüllte Palinski mit fast sinnlicher Lust. Wer konnte schon wissen, ob sein großer Wurf nicht bereits in wenigen Jahren den gleichen Stellenwert unter den »Fast Foodern« dieser Welt haben würde wie heute der »Big Mac« und der »Super Whooper« oder wie das Zeug noch hieß? Sein Name den Menschen von Arizona bis Zaire, von Adelaide bis Zagreb ein unverwechselbarer Begriff sein würde?

Man konnte wirklich nicht behaupten, dass nüchterne Sachlichkeit und strikter Realitätsbezug Palinskis hervorragendste Eigenschaften waren. Wie hatte Harry in seiner knappen Art erst kürzlich so treffend zu Wilma gemeint? »Manchmal spinnt der Papa aber schon ganz ordentlich.«

Spinnen und blöd sein war aber nicht das Gleiche, schon gar nicht bei Palinski. Er betrachtete das richtige »Spindisieren« nämlich als eine Art Philosophie, die einem das Leben einfacher machte. Da war vor allem die Vorfreude. Selbst in ihrer unrealistischsten Form machte sie viel Spaß. Spaß, den einem Niemand mehr wegnehmen konnte. Was für die meisten der berühmte Kick beim Bungee-Jumping war, war für ihn die Vorfreude z. B. auf den Literaturnobelpreis. Völlig unrealistisch, aber wirklich schön. Nach der Überreichung des Preises war er immer ganz glücklich und fest entschlossen, jetzt endlich mit seinem »großen Roman« zu beginnen. Er hatte auch die Erfahrung gemacht, dass die gelegentlich nachfolgende reale Freude mit der vorher gehabten Vision davon meistens nicht mithalten hatte können.

Die erfreuliche Vorstellung vom Siegeszug seines kulinarischen Geniestreiches um die ganze Welt hatte Palinskis Nervosität völlig verdrängt. Wild entschlossen, heute den Sieg zu erringen oder zumindest einen Platz auf dem »Stockerl«, holte er das schön gleichmäßig gebräunte Schnitzel aus der Pfanne und legte es auf den vorbereiteten Teller. Mit diesem, Messer und Gabel sowie einer Flasche Mineralwasser machte er sich auf den Weg in sein altes »Speisezimmer«.

Gerade als er mit der systematischen Verätzung von Speiseröhre und Magenschleimhaut beginnen wollte, klingelte das Telefon auf dem Schreibtisch.

»Institut für Krimiliteranalogie, Palinski«, es war das erste Mal, dass er sich so meldete. Diesmal war die Freude darüber fast so groß wie seine Vorstellung davon, stellte er erstaunt fest.

Es war Helmut Wallner, der Palinski mit knappen Worten über einen Entführungsfall der besonderen Art informierte. »Können wir heute noch darüber sprechen?«, wollte der Inspektor wissen. »Ich glaube, deine unorthodoxe Denkweise ist wieder einmal gefragt.«

Also war wieder business as usual angesagt, dachte Palinski. Auch gut, zuviel Vorfreude stumpfte ohnehin nur ab oder machte einen mit der Zeit gaga.

Sie verabredeten sich für 8 Uhr abends beim »Zimmermann« in Salmannsdorf.

*

Inspektor Wallner, sein Stellvertreter Martin Sandegger und Franca Aigner saßen mit den meisten Mitgliedern der Familie Suber in dem als Bibliothek bezeichneten Raum der riesigen Villa. Herta, die eilig und zu ihrer großen Freude aus dem Ruhetag zurückgeholte Perle, kochte fleißig Tee und Kaffee und Herr Kiefer, der Gärtner/Chauffeur servierte die Getränke mehr engagiert als gekonnt.

Die Leute von der Tatortgruppe waren fertig und packten bereits wieder ihre Sachen zusammen. Heinz Blum, der für die eiligst installierte Telefonüberwachung verantwortliche Techniker beendete eben den letzten Test und erklärte die Abhöranlage für einsatzbereit.

»Lassen Sie mich zusammenfassen«, Wallner blickte auf die voll beschriebenen Seiten seines Notizbuches. »Herr Filzmayer wurde bereits …«

»Das ist immer noch der Herr Kommerzialrat Filzmayer«, brummte Herta Dworack im Vorbeigehen leise, aber laut genug, dass alle es verstehen konnten.

»Lassen Sie das, Herta«, ermahnte Erika Suber-Filzmayer das treue Hausmonster, »jetzt ist wirklich keine Zeit für eine Diskussion über Titel und Ehrenbezeichnungen.«

»Wenn's aber wahr ist«, gab sich die derart Gemaßregelte nicht so rasch geschlagen.

»Also gut«, zeigte sich Wallner einsichtig, »der Herr Kommerzialrat wurde bereits …«

»Doktor honoris causa ist er auch«, versuchte die Perle nochmals zu punkten.

»Ja, und Honorarkonsul von Mauritius auch, ich weiß«, der Inspektor war nicht nur ein geduldiger, sondern auch ein gut informierter Beamter, »und auch Universitätslektor. Falls Sie aber darauf bestehen sollten, dass ich den Entführten ständig mit all seinen Titeln anspreche, sitzen wir morgen noch hier und sind um keinen Schritt weiter gekommen.«

»Entschuldigen Sie«, steckte Herta zurück, »ich bin ja schon ruhig.« Sie konnte es sich aber nicht verkneifen, im Abgehen noch darauf hinzuweisen, dass »der Herr Kommerzialrat seine Tätigkeit an der Technischen Universität schon vor drei Jahren beendet hat.«

Kurt Suber schüttelte nur den Kopf und seine Frau erklärte entschuldigend, dass die Gute »schon seit ihrem 17. Lebensjahr im Hause ist und eben nicht anders kann.«

Kommerzialrat Filzmayer war also bereits gestern vor zwei Wochen verschwunden. Er hatte mittags sein Büro in der Wiener Innenstadt verlassen und die Absicht geäußert, sich nach einem kurzen Mittagessen in das Werk in Stadlau bringen zu lassen. Sein Chauffeur, der ihn um 14.30 Uhr vom Restaurant »Tabakspfeife« abholen sollte, hatte vergebens gewartet. Nach zehn Minuten war er in das Lokal gegangen, um seinen sonst so pünktlichen Chef zu suchen. Doch hier hatte ihn an dem Tag noch niemand gesehen.

Inzwischen hatte Dr. Suber einen von einem kleinen Buben beim Portier abgegebenen Brief erhalten, in dem 500.000 Euro Lösegeld gefordert und vor der Verständigung der Polizei ausdrücklich gewarnt worden war. Der Brief war auf weißem, handelsüblichem 80-Gramm-Papier ausgedruckt worden, Schrifttyp Arial 11. Weitere Aufschlüsse dazu würde die Untersuchung durch das Kriminallabor bringen.

Die Modalitäten der Geldübergabe wurden mit einer

Suber per Boten zugestellten Tonkassette am darauf folgenden Montag bekannt gegeben. Das Geld sollte in Scheinen zu zehn, zwanzig und fünfzig Euro in einer Sporttasche im linken Abfallbehälter bei der Einfahrt zum Parkplatz des Neustifter Friedhofs deponiert werden. Der Tag und die genaue Zeit sollten noch kurz vorher bekannt gegeben werden.

Dr. Suber hatte schließlich am Donnerstag auf dem Weg nach Hause die Anweisung über Handy erhalten, die Tasche an diesem Abend um exakt 23.15 Uhr zu hinterlegen. Was auch geschehen war.

Seither hatte die Familie nichts mehr in der Angelegenheit gehört. Weder von den Entführern noch von Eugen, Pardon, von Kommerzialrat Eugen Filzmayer. Zumindest bis heute Morgen.

Plötzlich lag ein weiteres, in Form und Inhalt völlig vom ersten Erpresserbrief abweichendes Schreiben vor. Mit einer zusätzlichen Forderung und einer sehr eindringlichen Zahlungsermunterung in der Anlage. Wallner hatte zwar schon von abgehackten Körperteilen gehört, mit scheinbaren oder echten Trittbrettfahrern zu tun gehabt und damit auch mit zusätzlichen Geldforderungen. Ein Fall, der alle drei Merkmale vereinte, war ihm bisher aber noch nie untergekommen. Er hoffte stark auf Palinskis Datenbank.

Während Wallner sprach, beobachtete Franca Aigner aufmerksam das Verhalten der Anwesenden, das unterschiedlicher nicht hätte sein können.

Erika Suber-Filzmayer, die Tochter des Entführten, wirkte sehr besorgt, aber durchaus gefasst. Ihr Mann machte einen fahrigen, ungemein nervösen Eindruck und zuckte bei den leisesten Geräuschen zusammen. Viola, die mittlere Tochter der Subers benahm sich so, als ob sie das Ganze eigentlich nichts anginge. Nur Miriam, die jüngste der drei Mädchen machte einen wirklich betroffenen Eindruck und weinte zwischendurch immer wieder leise vor sich hin. Und das nicht nur, weil der »Opa jetzt nicht mit mir am Mittwoch zum ›Riverdance‹-Gastspiel gehen wird«, wie er ihr offenbar versprochen hatte.

Susanne wieder, die Älteste aus dem Suber'schen Dreimäderlhaus, die die Nacht bei einer Freundin zwei Seitengassen weiter verbracht hatte, hatte es bisher noch nicht einmal der Mühe wert gefunden, nach Hause zu kommen, obwohl sie bereits vor mehr als zwei Stunden informiert worden war. Komische Familie, dachte Franca und hoffte, dass Helmut und sie das eines Tages besser hinbekommen würden.

»Jetzt müssen wir in die Wohnung Ihres Vaters«, kündigte Inspektor Wallner an, »und mit Frau Beckmann sprechen.« Das war die bei Eugen Filzmayer wohnende Haushälterin. »Wird jemand von Ihnen mit uns kommen?«

Schlagartig konzentrierten sich die Blicke der Familie auf Herrn Kiefer, der auch ohne Worte verstand. Er stellte die Teekanne, mit der er eben nachschenken wollte, wieder ab. »Wenn Sie so weit sind, können wir fahren«, emotionslos deutete er zur Türe.

»Danke, Herr Kiefer. Einen Moment noch.« Wallner wandte sich an Kurt Suber. »Könnten Sie veranlassen, dass uns der Fahrer Ihres Vaters wie auch seine anderen engen Mitarbeiter so rasch wie möglich für eine Befragung zur Verfügung stehen? Es ist sicher angenehmer, wenn Sie das veranlassen, als wenn wir diese Personen zu Hause aufsuchen. Das macht möglicherweise einen schlechten Eindruck bei den Nachbarn.«

Suber nickte gedankenverloren. »Ich werde mich bemühen, die wichtigsten Mitarbeiter für morgen Vormittag in das Büro in der Singerstraße zu bestellen. Wäre das in Ordnung?«

Wallner blickte auf seine Uhr. Ein früheres Treffen war praktisch wohl kaum möglich. »9 Uhr morgen früh wäre gut«, meinte er. »Aber machen Sie den Leuten klar, dass wir sie ins Kommissariat bestellen müssten, falls sie nicht freiwillig zu diesem Termin erscheinen.«

»Wenn möglich, lassen Sie bitte auch eine Liste der in letzter Zeit gekündigten Mitarbeiter anfertigen. Solche Leute kommen manchmal auf so abwegige Ideen«, fügte Franca noch hinzu. Und Helmut Wallner musste wieder einmal anerkennen, dass seine Freundin auch beruflich große Klasse war.

2

»Wien ist anders.« Nicht mit »ß« oder »ss« im Verbum, sondern schlicht und einfach mit nur einem »s«. Soll also heißen, dass diese Stadt anders ist als Zürich, Berlin, Mailand oder Prag. Und jede andere Stadt auf dieser Welt. Dass Wien also vorgibt, anders zu sein als z. B. Berlin, bedeutet gleichzeitig, dass Berlin wiederum anders sein muss als Wien. Und damit auch jede andere Stadt. Denn es wird doch niemand ernsthaft behaupten wollen, dass Berlin nicht anders wäre als Zürich, Mailand oder Prag.

Niemand konnte sich aber damit ausreden, nicht vor der Andersartigkeit Wiens gewarnt worden zu sein. Wo und wie auch immer man nach Wien hereinkam, über die Autobahnen, den Flughafen oder die Bahnhöfe, überall fanden sich diese großen Tafeln, auf denen die für die Stadtverwaltung offenbar so wichtige Feststellung affichiert worden war.

Entweder waren alle, die in die Bundeshauptstadt strömten besonders mutig oder sie nahmen die Drohung nicht weiter ernst, denn es ist kein einziger Fall bekannt, in dem auch nur ein Besucher die »andere Stadt« fluchtartig wieder verlassen hätte. Zumindest nicht sofort.

Dieser Tage war Wien aber anders »anders« und damit auch tatsächlich. Zumindest ein bisschen. Schuld daran war die unheilvolle zeitliche und damit auch thematische Verquickung der letzten bürokratischen Dummheit aus Brüssel mit dem derzeit seiner heißen Phase zustrebenden Wiener Landtags- und Gemeinderatswahlkampf. Und diese Dummheit hatte einen Namen. Sie hieß »Neue EU-Gastronomierichtlinie«.

Begonnen hatte die ganze Angelegenheit mit einem zunächst von den meisten Lesern noch milde belächelten Artikel im »Neuen Wiener Tagblatt« vom 28. Juli.

»Neue EU-Gastronomierichtlinie –
Streit um Spezialitätenliste.«

Brüssel: Was zunächst eher operettenhaft anmutet, scheint sich tatsächlich in einen handfesten Streit zwischen Österreich und seinen Nachbarn Italien, Ungarn, der Tschechischen Republik und Deutschland auszuwachsen.

Dabei geht es um die Aufnahme der heimischen Gerichte »Fiakergulasch, Schweinsbraten und Wiener Schnitzel« in die so genannte »Spezialitätenliste«, der Grundlage für die neue »Europäische Speisenkarte«.
Die Ungarn beanspruchen das Gulasch, der Schweinsbraten wird sowohl von den Bayern als auch den Tschechen als typisch für ihre Küche reklamiert. Am meisten gestritten wird aber um das Wiener Schnitzel, von dem die Italiener behaupten, dass es sich bloß um eine spezielle Form des »Mailänder Schnitzels« handle. Dessen Rezept vom legendären Feldmarschall Radetzky gestohlen und gegen jedes Völkerrecht nach Wien entführt worden sei.
Mit Ausnahme der Italiener haben alle Verhandlungsteams bereits Kompromissbereitschaft signalisiert. Unsere südlichen Nachbarn dagegen bestehen auf ihrem Standpunkt und drohen mit ihrem Veto, falls Wien das Schnitzel nicht auf-

gibt. Ein gastronomiepolitisch einmaliger Eklat mit Auswirkungen auf die gesamte EU kann nicht ausgeschlossen werden.

Nachdem die »BIB – Bin Im Bild«, die auflagenstärkste Vertreterin der Yellow Press im Lande der Lipizzaner und Mozartkugeln die unheimliche Sprengkraft dieses Themas erkannt und zur Stopfung des traditionellen Sommerlochs für ihre Zwecke instrumentalisiert hatte, kam auch die Politik nicht mehr um dieses heiße Eisen herum. Als Erster wetterte der bis dahin unbekannte Falk Geyer, der Spitzenkandidat der erstmals antretenden Bürgerliste »Wehrhafte Demokraten (WD)« gegen die »Neu aufkeimenden Gemeinheiten der Welschen« und bewies damit eindrucksvoll die Richtigkeit zweier in diesem Konnex in den Medien vertretenen Thesen. Dass nämlich die Abkürzung WD der Gruppierung eigentlich für »Wahrhafte Deppen« stand und dass die »Wehrhaften Demokraten« nicht den rechten Rand des politischen Spektrums abdecken wollten, sondern der rechte Rand waren.

Natürlich blieb Falk Geyer – ein bisschen viel Vogel für einen einzigen Menschen, finden Sie nicht auch – nicht lange alleine. Innerhalb einer Woche hatte, die Grünen ausgenommen, jede in Wien wahlwerbende Partei zumindest einen eigenen Vogel, der sich für das Wiener Schnitzel ins Zeug legte, als ginge es um die Sanierung des Gesundheitssystems. Der berühmte Brecht'sche Sager »Erst kommt das Fressen, dann die Moral«, erlebte einige eigenwillige Interpretationen in diesen Tagen.

Am Höhepunkt der in den Medien luftig-locker als »Schnitzelkrieg« apostrophierten Auseinandersetzung kam es teilweise zu wirklich unschönen Szenen. Wer die mitunter heftigen Angriffe gegen Brüssel und den südlichen Nachbarn belächelte oder gar die verräterische Frage stellte, ob »wir denn wirklich keine anderen Sorgen haben«, wurde deutlich zur Ordnung gerufen oder gar als »Unpatriot« und »Verräter« beschimpft. In Jesolo, Lignano und anderen Orten der oberen Adria war es um »Ferragosto« herum vereinzelt sogar zu Handgreiflichkeiten zwischen »Wiener« und »Mailänder Schnitzlern« gekommen. Auch zahlreiche »Unpatrioten« sollen dabei ihr Schmalz abbekommen haben.

Am 21. August gründete eine Gruppe besonnener Wiener Bürger und Bürgerinnen die überparteiliche »Plattform für das Schnitzel« und ersuchte den allgemein beliebten und weit über die Grenzen der Stadt, ja des Landes hinaus be- und anerkannten Altbürgermeister Dr. Ladak, den Vorsitz zu übernehmen. Dem eloquenten und weltgewandten ehemaligen Politiker gelang es erfreulich rasch, die Wogen wieder etwas zu glätten und die »Kirche ins Dorf« zurückzubringen. Seit einer am 26. August gehaltenen, auch international sehr beachteten Rede Dr. Ladaks an »die Freunde des Wiener Schnitzels« in Österreich und der ganzen Welt beruhigten sich die Gemüter wieder. Sein Appell an Brüssel und die beteiligten Mitgliedsländer, Toleranz und gegenseitigen Respekt an die Stelle von Scheuklappen und kleinkarierten Egoismen treten zu lassen, hatte seine Wirkung selbst bei vielen der bisherigen Hardlinern nicht verfehlt. Danach erreichten Falk Geyers Hasstiraden sowohl qualitativ wie auch quantitativ nicht einmal mehr Kabarettcharakter.

Dennoch konnte Palinski eine leichte Spannung spüren, die sich im Umkreis des neuen Lokals an der Ecke Hauptstraße/Sommer-Gasse aufgebaut hatte.

Auf der gegenüberliegenden Seite hatten sich einige Anhänger der WD mit Transparenten wie »Hoch lebe unser Wiener Schnitzel« und »Nieder mit dem Katzlmacherfraß« aufgebaut. In diesem Moment genierte sich Palinski für seine engeren Landsleute und hoffte nur, dass seine geliebte »Mama Maria« diesen Mist nicht zu sehen bekommen würde.

Obwohl die Eröffnung erst in einer Stunde beginnen sollte, war der Kreuzungsbereich schon mit hundert oder noch mehr Menschen bevölkert. Vor der »Beisl-Bar« hatte eine aus mindestens 30 Musikanten bestehende Kapelle der Wiener Stadtwerke Aufstellung genommen. Dass sie ihre musikalischen Darbietungen nach dem »Oh du mein Österreich«-Marsch von Franz von Suppé ausgerechnet mit dem Triumphmarsch aus Verdis »Aida« fortsetzten, zeigte ein erfreuliches Gespür für Ausgewogenheit, das Palinski angenehm überraschte.

Die vereinzelten »Buhs« der wahren Deppen als Reaktion auf Verdis klassischen Evergreen gingen erfreulicherweise im allgemeinen Applaus des Publikums unter.

So, jetzt wurde es langsam Zeit, der Welt sein Schnitzel zu schenken. Ein Griff in die Jackentasche bestätigte ihm, dass er die so wichtige Chilischote nicht vergessen hatte. Bei allen anderen Zutaten konnte er improvisieren, falls Herr Wiener vergessen haben sollte, sie bereitzustellen. Auf die Schote kam es aber an.

*

Der Entführer war wieder in das abgelegene Haus im Wienerwald gekommen. Er saß auf der Bank in der kleinen, nur mit dem Allernotwendigsten ausgestatteten Küche und dachte nach. Zwei zentrale Punkte waren es, die ihn bereits den ganzen Tag beschäftigten.

Da war zunächst die Frage, wie er die Übergabe des Lösegelds organisieren sollte, ohne Gefahr zu laufen, dabei erkannt oder gar gefasst zu werden. Er hatte bereits mehrere Möglichkeiten überlegt und wieder verworfen.

Auf der Fahrt hierher war ihm ein großes, eingerüstetes Wohnhaus aufgefallen, an dessen Außenfront eine Art Röhre vom vierten Stock hinab auf das Straßenniveau führte.

Soviel er wusste, dienten diese Vorrichtungen zum einfachen Abtransport von Bauschutt, wie er bei Restaurierungen und Umbauten anfällt. Wenn er Dr. Suber nach oben dirigierte und ihn die Tasche mit dem Geld über die Schuttrutsche hinunter schicken ließ? Bis der Schwiegersohn des Kommerzialrats wieder herunten war, würde er mit der Marie, also dem Zaster schon längst über alle Berge sein. Nicht schlecht, fand der etwa 40-jährige Mann. Ausbaufähig, falls ihm nicht noch etwas Besseres einfallen sollte.

Wesentlich mehr beschäftige den Entführer aber die Frage, was er mit der Leiche des Alten machen sollte. Bei dem Gedanken an die Situation gestern Nachmittag schlug neuerlich eine riesige Woge des Selbstmitleids über seinem Kopf zusammen.

Er hatte sich seinem scheinbar schlafenden Opfer genähert, um ihm einen Krug frischen Wassers hinzustellen. Plötzlich und völlig unvermutet hatte sich der Kommerzialrat aufgerichtet, ihm die wollene Maske vom Gesicht gerissen und geschrien: »Ich kenne Sie doch, Sie Schwein. Ich werde Sie lebenslang hinter Gitter bringen.« Dann war er ihm mit den mehrere Tage nicht manikürten und daher mit langen Nägeln bestückten Fingern ins Gesicht gefahren.

Unbewusst griff sich der Mann jetzt auf die beiden tiefen, noch immer schmerzenden Kratzer auf der linken Wange. Dass er ihm im Effekt zweimal mit dem schweren Glaskrug auf den Kopf geschlagen hatte, war nur Notwehr gewesen. Es tat ihm auch leid, dass er den alten Mann dabei erschlagen hatte. Wirklich. Er hatte den Seniorchef vom ersten Tag an immer geschätzt, ja sogar verehrt. Er war ja auch immer freundlich und fair zu ihm gewesen. Bis zu dem Tag, an dem der Alte diesen verdammten Brief unterschrieben hatte, der dem Entführer vor drei Tagen zugestellt worden war. Er war immerhin schon seit zwölf Jahren in der Firma und hatte für eine Frau und zwei halbwüchsige Kinder zu sorgen. Das kleine Haus in Aderklaa war noch lange nicht abbezahlt, ja nicht einmal ganz fertig gestellt. Und die Schufte in der Personalabteilung wussten das ganz genau.

Dabei hatte er anfangs nicht die geringste Ahnung gehabt, um wen es bei dem angeblichen »Scherz« gehen sollte. »Es ged um a Oat scherzhafte Rache aun an Gschäftsmau«, hatte ihm dieser Janos erzählt. »Du muasst den Mau nur a boar Daug festhoadn, eam wos zum Papperln und zum Tschechan gem und hin und wida aufs Häusl fian. Nocha loss man wida frei und des woas daun a scho.« Dafür sollte er 10.000 Euro bekommen.

Als er dann erkennen hatte müssen, mit wem der »Scherz« getrieben wurde, hatte er sich fast angemacht vor Schreck. Er hatte sich von der Sache distanzieren, nicht weiter mitmachen wollen, aber da lag der alte Filzmayer schon vollgepumpt mit Beruhigungsmitteln im Keller dieses Häuschens auf dem Weg zum Steinriegl. Janos hatte nur gelacht, etwas von »mitgefangen, mitgehangen« gefaselt und ihm 5.000 Euro als Anzahlung in die Hand gedrückt.

Das viele Geld hatte die Reste an Skrupel und Verstand bei dem Entführer mit einem Schlag weggefegt. Endlich würde er die jährliche Klassenfahrt seines Sohnes selbst bezahlen können und nicht mehr auf die milden Gaben des Elternvereins angewiesen sein. Seine Frau würde sich über eine neue Waschmaschine freuen. Seit das mehr als zehn Jahre alte Vorgängermodell vor fast drei Monaten endgültig den Geist aufgegeben hatte, musste Trude die komplette Wäsche der vierköpfigen Familie waschen wie weiland Urgroßmuttern. Und das neben ihrem Job im Supermarkt.

Das Beste war aber, in einigen Tagen sollte es die gleiche Portion noch einmal geben. So hatte er sich eben gefügt und auf den Alten Acht gegeben. Trotz aller ambivalenten

Gefühle hatte er sich sogar frei genommen, um zumindest tagsüber für das Opfer da sein zu können. Nachts musste er es ohnehin alleine lassen, sonst hätte seine Frau Verdacht geschöpft.

Letzten Mittwochnachmittag, nach 12 Tagen sorgfältigen »Opfersittings« hatte ihn Janos vom Flughafen angerufen. »Serwas«, hatte sich der Komplize gemeldet. »Du kaunnst den Oidn murgn freilossn. Oba vursichtig, damid ea di net sicht. Die Sache is gessn und i bin untawegs in die Domreb. Tschüß und baba.«

Wohin er unterwegs wäre, hatte der Entführer wissen wollen und erfahren müssen, dass die besseren Leute unter »Domrep« die Dominikanische Republik verstanden. »A schene Insl in da Karibik«, hatte Janos noch großmütig erklärt.

»Und was ist mit dem Geld, das ich noch bekomme?«, hatte Eugen Filzmayers Wächter mit einem unguten Gefühl im Magen wissen wollen.

»Zum O revoar hob i no an guat'n Rod fia di, Oida. Glaub net imma ois, wos da di Leit dazön.« Mit diesen Worten war Janos aus seinem Leben ebenso überraschend wieder verschwunden, wie er zwei Wochen vorher aufgetaucht war, erinnerte sich der Entführer verbittert.

Dann war er in dem alten, von einem Großonkel geerbten Häuschen gesessen und hatte begonnen, über sein beschissenes Leben nachzudenken. Wäre nicht gerade an diesem Tag auch der besagte Brief gekommen, hätte er den Kommerzialrat wahrscheinlich freigelassen. Er hatte schon öfters Geld verloren. Das war zwar äußerst ärgerlich, aber der alte Herr konnte schließlich nichts dafür. Aber da war eben noch dieser Brief. Und für den war diese alte Sau verantwortlich. Er hatte ihn mehrmals durchgelesen und war bei jedem Mal noch etwas wütender geworden.

Dann hatte er zu rechnen begonnen und überlegt, wie er

doch noch zu seinem Geld kommen könnte. Vielleicht sogar zu ein bisschen mehr als zu 5.000 Euro.

*

Soll ich noch etwas von dieser Soja-Sauce in die Masse geben? Komisch, zu Hause hat die Füllung weniger trocken gewirkt als hier. Dabei habe ich sie ganz genau so zubereitet wie immer. Glaube ich zumindest.

Dieser Wiener ist ja ein recht witziger Kerl. »Wie fühlen Sie sich so als einziger Mann mit sieben Frauen im Finale, Herr Palinski?«, wollte er wissen. Na wie schon. Wenn ich nach rechts zu der niedlichen Brünetten schaue, gut. Die hantige Alte links von mir, mit dem Anflug von Oberlippenbart und der säuerlichen Ausdünstung verursacht mir dagegen Unbehagen.

Wie man sein Kind nur Hektor taufen kann? Seine Eltern seien fanatische Altphilologen gewesen, hat Wiener erzählt. Und dass sein Bruder Paris noch viel größere Probleme mit seinem Vornamen habe. Es könne halt nicht jeder so viel Glück haben wie seine Schwester Helena, hatte der Witzbold gemeint.

Man stelle sich das einmal vor. Mein Vater war ein begeisterter Karl-May-Fan. Was für ein Glück, dass ich nicht Winnetou heiße oder Kara Ben Palinski. Winnetou Palinski und sein treuer Hund Maximilian. Wirklich nett von Harry, dass er den Hund für zwei Tage übernommen hat, aber beim Kochen kann ich den Racker wirklich nicht brauchen. Er geht mir aber ganz schön ab, wenn ich ehrlich bin. Also wenn ich so drüber nachdenke, klingt Winnetou Palinski gar nicht so übel.

Was macht die Blonde da bloß? Zerbröselt Kartoffelchips und paniert das Schnitzel damit? Ja, warum eigentlich nicht. Das geht ja auch mit Cornflakes. Und diese Chips gibt es ja in was weiß ich wie vielen Geschmacksrichtungen. Muss ich direkt auch einmal probieren.

Ob der Mann schwul ist? Der geht mir ja überhaupt nicht mehr von der Seite. Tatsächlich, er hat was? Wiener behauptet allen Ernstes, das Geld für seinen ersten Betrieb bei der »Millionenchance« gewonnen zu haben. Das gibt es ja gar nicht. Finde ich irgendwie toll.

Und die letzte Frage war die einzige, deren Antwort er zweifelsfrei gewusst hat? Weil er ab seinem 14. Lebensjahr regelmäßig an der Wiener Staatsoper statiert hat. Der Bursche ist wirklich unglaublich. Entweder als Aufschneider oder als Glückspilz. Ich weiß nicht einmal die Antwort auf die erste Frage zweifelsfrei. Meistens zumindest. Aber das macht nichts, die beantwortet der Erwin Emminger ohnehin immer selbst. Mehr oder weniger.

Wieners Nennonkel Willi, ein pensionierter Mitarbeiter der »Statistik Austria« hat die Antwortverteilungen aller Folgen der »Millionenchance« statistisch erfasst und ausgewertet. Differenziert nach Fragenabfolge und Themenbereichen. Erinnert mich ein wenig an meine Datenbank. Im Vertrauen auf diese statistischen Daten hat es der gute Hektor tatsächlich bis zur letzten Frage geschafft, ohne auch nur eine einzige Antwort wirklich zu kennen. Die letzte hat er dann gewusst. Und jetzt, nach zwei Jahren gehören ihm sechs Lokale, Tendenz steigend. Wirklich eine ungewöhnliche Karriere. Wiener ist eben anders.

Na endlich geht er weiter. Jetzt schaut er sogar der Blonden in den zugegebenermaßen sehr attraktiven Ausschnitt. Entwarnung, dieser Blick war eindeutig hetero.

Wieso kassiert jemand Lösegeld, lässt den Entführten dann nicht frei und will nochmals kassieren? Klar, er will mehr Geld. Aber so einfach ist es nicht. Man muss die Frage anders formulieren: Warum verlangt der Erpresser nicht gleich beim ersten Mal die gesamte gewünschte Summe. In Verbindung mit dem zweiten Schreiben drängt sich natürlich der Verdacht auf, dass noch eine zweite Person oder Gruppe mitschneiden will. Ist alles schon da gewesen. Trittbrettfahrer hat es immer schon gegeben. Aber wo nimmt ein Trittbrettfahrer bloß den Ringfinger des Entführten her? Noch dazu mit einem Siegelring, der zweifelsfrei als Eigentum des Opfers erkannt wurde? Das hat es wahrscheinlich noch nicht oft gegeben. Ich muss so rasch wie möglich in die Datenbank.

Schau einmal, da ist Wilma mit Tina. Das ist aber lieb von den beiden. Drücken mir die Daumen. Wer ist denn der Mann neben der Frau, die ich seit 24 Jahren nicht geheiratet habe? Irgendwie kommt mir die Rückenansicht bekannt vor. Ja, komm schon, dreh dich endlich um. Ich befürchte das Schlimmste. Tatsächlich, es ist dieser unmögliche Dullinger. Dieser Schleimer, der Wilma seit einem Jahr den Hof macht. Mehr oder weniger, in letzter Zeit eher mehr. Nicht nur am Arbeitsplatz, in der Schule, sondern jetzt auch immer öfters außerhalb.

Das ist eine derartige Frechheit von Wilma, hier mit diesem unmöglichen Kerl anzutanzen. Ich weiß wirklich nicht, was ich ihr angetan habe, dass sie mich jetzt derartig quält. Ob ihr das überhaupt bewusst ist?

Na, da haben wir den Salat auch schon, jetzt wäre mir fast mein Siegerschnitzel à la Palinski angebrannt. Danke Wilma, herzlichen Dank.

*

Die unter dem Vorsitz von Ing. Robert Ansbichler, dem amtierenden Stadtrat für Tourismus und Freizeit stehende fünfköpfige Prominentenjury machte sich ihre Aufgabe nicht leicht.

Romy Kragen, die Lebensgefährtin Dr. Ladaks tänzelte um den großen Tisch mit den acht Tellern herum. Etwas, das sie als ehemalige Primaballerina der Wiener Staatsoper noch immer gut konnte.

»Hmm, das riecht aber herrlich, da muss ich unbedingt das Rezept dafür bekommen. Das wird meinem Werner gut schmecken.« Rückschlüsse aus dieser positiven, wenn auch wenig fachsubstanziellen Bemerkung auf die tatsächliche Beurteilung ließen sich aber nur schwer ziehen, da Frau Kragen alle acht Schnitzel mit dem gleichen Kommentar bedachte.

Baumeister Katz, der stadtbekannte Society-Tiger betrachtete die einzelnen Zubereitungen wie eine offensichtliche Zumutung, sniffte daran wie ein Süchtiger am Leim und quälte sich schließlich je einen Bissen hinunter. »Das macht mein Schatzi viel besser«, lautete sein uniformer Kommentar, der auch keine echten Schlüsse auf seine Benotung zuließ.

Lediglich die beiden Profis, der bekannte Gastronomiekritiker Phillip Büttner und der Zwei-Haubenkoch Fritz Nowitzki vom »Le Dineé« walteten kundig und vor allem wortlos ihres Amtes.

Automatisch blicke Palinski auf seine Uhr. Es war zehn Minuten vor fünf Uhr. Bald war es also an der Zeit …, Wilmas Auto aus der Tiefgarage zu holen, ging es ihm siedend heiß durch den Kopf. Sie wollte morgen eine Freundin in Greifenstein besuchen und würde ihn köpfen, falls das Auto nicht rechtzeitig zur Verfügung stehen sollte. Er musste innerhalb der nächsten Stunde unbedingt in die Tiefgarage.

Hektor Wiener näherte sich mit zwei Glas Champagner und reichte Palinski eines davon. »Hier«, flüsterte er, »Sie haben es verdient. Soviel ich bisher erfahren konnte, werden Sie auf einem der ersten drei Plätze landen. Ich gratuliere.«

Geschmeichelt nahm Palinski das Glas und prostete dem Hausherrn zu. Während er den nach dem Konsum kohlesäurehaltiger Getränke kaum zu vermeidenden Rülpser zumindest so lange zu unterdrücken versuchte, bis sich Wiener wieder entfernt haben würde, sah er Harry auf der Straße vor dem Lokal.

»Brrr ääää ää«, entfuhr es ihm wider Willen, als er sich Richtung Eingang in Bewegung setzen wollte. »Entschuldigen Sie, die Kohlensäure«, meinte er zu dem überraschten Wiener, »ich bin gleich wieder da.«

»Aber deswegen müssen Sie doch nicht hinausgehen«, wollte der Hausherr beruhigen, »so was passiert mir auch immer wieder.« Doch Palinski war schon unterwegs. Vielleicht konnte er seinen Sohn dazu bewegen, das Auto aus der Garage zu holen. Gott sei Dank hatte Harry vor knapp zwei Wochen seinen Schein gemacht. Gleich beim ersten Antreten.

Als er die Straße erreicht hatte, war sein Sohn aber, wie häufig in solchen und ähnlichen Situationen, plötzlich wie vom Erdboden verschwunden. Sosehr Palinski sich bemühte, er konnte Harry nirgendwo entdecken.

Da kam auch schon Wiener angelaufen, um ihn zu holen. »Sie müssen kommen. Wir fangen jetzt mit der Eröffnung an und Sie spielen eine wichtige Rolle dabei.« Er zwinkerte Palinski verschwörerisch zu und klopfte ihm plump-vertraulich auf die Schulter.

Würde mich nicht wirklich wundern, wenn der Kerl bisexuell wäre, dachte Palinski und ergab sich seinem Schicksal.

*

Während Palinski noch über Hektor Wieners sexuelle Ausrichtung spekulierte und dabei seinem Schnitzel den letzten Schliff gab, begann der Entführer, rund 5,2 Kilometer Luftlinie von »Wieners Beisl-Bar« entfernt, die Taschen von Eugen Filzmayers total verdrecktem Anzug zu leeren. Aus der Brieftasche seines ehemaligen obersten Chefs nahm er die rund 1.200 Euro Bargeld, zwei Eintrittskarten für eine Veranstaltung in der Stadthalle sowie vier Gutscheine zum begünstigten Bezug eines »Big Flops« + eines Bechers Cola, gültig bis Ende des Monats. Also, entweder hatte sich der Herr Kommerzialrat völlig anders ernährt als der Entführer das bisher angenommen hatte oder er hob die Gutscheine für jemand anderen auf. Wahrscheinlich für das nette kleine Mädchen, das er hin und wieder in Gesellschaft des Alten gesehen hatte.

Na, diese Gutscheine haben kein Mascherl, dachte er, vielleicht konnte er seinen Kindern damit eine Freude machen.

Die übrigen Habseligkeiten des Toten wie Schlüsselbund, Kamm, Feuerzeug, das legendäre lederne Zigarrenetui, das schwarze Notizbuch und die Füllfeder legte er in ein Plastiksackerl, das er später im Wald vergraben wollte.

Komisch, dachte der Entführer, objektiv muss es hier fürchterlich stinken. Aber ich bin seit zehn Minuten in dem Verschlag und rieche überhaupt nichts mehr. Wie schnell sich der Mensch doch den Umständen anpasst.

Er wollte schon damit beginnen, die Leiche zu entkleiden, um sie zu waschen, als seine Gedanken noch einmal zu dem wertvollen Schreibgerät in dem Einkaufssackerl zurückkehrten. Von Kindheit an hatte er ein Faible für schöne, wertvolle Füllfedern gehabt. Er liebte diese noble Art des Schreibens ebenso, wie er das seelenlose Gekritzel mit den heute so dominanten Kugelschreibern hasste. Das war tatsächlich eine Aurora St. Petersburg, ein aus Anlass des 300. Gründungstags der Ostseemetropole in limitierter Auflage hergestelltes Schreibgerät der ganz besonderen Klasse. Er brachte es nicht übers Herz, sich von dem eben gefundenen Kleinod zu trennen und nahm es an sich. Er würde es so gut verstecken, dass niemand es finden und ihn damit belasten konnte. Übrigens bedeutete »limitierte Auflage« ja nicht, dass nicht auch jemand anderer ein so schönes, seltenes Stück haben konnte.

Nachdem er die Bekleidungsstücke des alten Herrn verbrannt und den Leichnam gewaschen hatte, schlug er diesen in ein großes weißes Leintuch ein und trug ihn respektvoll zu dem kleinen Schuppen hinter dem Haus, in dem Holzscheite für den Winter gestapelt waren. Hier bahrte er den Toten förmlich auf den bis zu einer Höhe von zwei und auf eine Breite von etwa eineinhalb Metern geschichteten Scheiten auf. Über das Leichentuch breitete er eine dunkelgraue Decke und darüber noch eine dicke, schwarze und wasserundurchlässige Plastikfolie. Dass er mit dem Kommerzialrat noch einiges Geld machen wollte, war eine Sache. Dass dem Toten der nötige Respekt entgegengebracht wurde, eine völlig andere.

Ehe er das kleine Haus endgültig für heute verließ, öffnete er die kleine Luftklappe im Kellerverschlag sowie die Türe. Bis morgen würde sich der jetzt auch wieder von ihm wahrgenommene Gestank hoffentlich verflüchtigt haben.

*

Leider schienen die Wettervorhersagen, die für den Nachmittag bedecken Himmel angekündigt und regionale Regenschauer nicht ausgeschlossen hatten, wieder einmal zuzutreffen. Der Himmel hatte sich ein diffuses, milchig weißes Kleid angelegt. Im Nordwesten zog langsam eine Front dunkler Wolken auf und gelegentliche Windstöße brachten die sich bereits leicht färbenden Blätter der Bäume zum kollektiven Rauschen.

Hektor Wiener blickte besorgt nach oben. Er schätzte die voraussichtliche Dauer der vor 15 Minuten begonnenen Eröffnungsfeierlichkeiten inklusive Preisverleihung auf weitere 30 Minuten ein. Mindestens. Hoffentlich würde das Wetter solange aushalten.

An sich war ein Ereignis wie diese Eröffnung von rein lokaler, bestenfalls regionaler Bedeutung. Berichte darüber würden lediglich im Chronikteil oder vielleicht noch in den »Schickimicki-Spalten« der Medien Platz finden.

Nicht so diese Eröffnung. Vier Wochen vor den Gemeinderatswahlen in der größten Stadt und den Landtagswahlen im flächenmäßig kleinsten Bundesland Österreichs wurden sowohl Straßenfeste als auch Betriebseröffnungen sehr, sehr gerne als zusätzliche Optionen für geschönte Selbstdarstellungen und falsche Versprechungen wahrgenommen. So gesehen war eine Betriebseröffnung im Rahmen eines Straßenfestes ein wahrer Glücksfall für die Strategen der wahlwerbenden Gruppierungen.

Entsprechend groß war auch das Interesse der Medien. Deren Vertreter wussten zwar schon auf den Beistrich genau, was ihnen die Festredner wieder an Worthülsen und sonstigen Peinlichkeiten zumuten würden. Aber da war immer noch die Hoffnung, dass doch irgendetwas Unvorhergesehenes geschah. Und wenn es nur der »Fritzelack« eines patscherten Bezirkskaisers war oder das plötzlich platzende Dekolleté einer der vielen Schönen.

Um die nach wie vor zumindest potenziell vorhandene Gefahr von Störungen durch die wenigen wacker auf der gegenüberliegenden Straßenseite ausharrenden Kämpen der WD im Keim zu ersticken, hatte sich Wiener etwas einfallen lassen. Kurz bevor der erste Redner loslegte, hatte er dem Häufchen Unentwegten, die sich noch nicht ins nächste Wirtshaus zur Strategiebesprechung zurückgezogen hatten, eine ausreichend große Zahl an Schnitzelsemmeln und alkoholfreien Biers bringen lassen. In Plastikbechern natürlich. Damit hatte er ihnen im besten Sinne des Wortes den Mund gestopft.

Um durch diese von inzwischen mehr als zweihundert Zusehern beobachtete Geste nicht in den Verruf zu kommen, ein fördernder Sympathisant dieser Gruppierung zu sein, hatte er gleichzeitig zwei seiner hübschesten und in ihren schmucken Arbeitsdressen tatsächlich zum Anbeißen aussehenden Mitarbeiterinnen herumgehen lassen. Auf den von ihnen getragenen Tafeln stand in übergroßen Lettern geschrieben: »Das ist keine Sympathiebezeugung, sondern Bestechung, Sie verstehen?«

Viele hatten verstanden und gelacht, viele hatten nicht verstanden und dennoch gelacht, weil sie nicht wollten, dass die anderen erkannten, dass sie eigentlich nicht verstanden hatten. Eine dritte, zugegebenermaßen sehr kleine Gruppe von Gästen, ausschließlich Jugendliche, hatten wieder zu gut verstanden. Sie baute sich neben den WD'lern auf, brüllte ein-, zweimal so etwas wie »Scheiß Spaghetti« und hofften wohl, auf diese Weise auch zu einer kostenlosen Jause zu kommen. Da hatten sogar die eifrig kauenden Recken der »Wehrhaften Demokraten« lachen müssen und alles schien bestens.

Jetzt waren alle festredenden aktiven Politiker mit Ausnahme des amtsführenden Stadtrates mit ihren vielfach bewährten Wortspenden durch und der schon zu Lebzeiten zur Legende gewordene Dr. Ladak betrat das Rednerpult. Schlagartig hörte das »Rhabarber, Rhabarber« der Menge auf. Auch die Journalisten spitzten jetzt die Ohren, denn von dem Altbürgermeister konnte man allgemein ein Feuerwerk an geschliffener Rhetorik, pointierten Formulierungen und nicht immer ganz subtil vorgebrachten Wahrheiten erwarten. In der für den Redner typischen Selbstgefälligkeit natürlich. Vor allem aber warf er nie Fragen auf, die er nicht sofort auch selbst beantwortete. Insgesamt standen einige Minuten von hohem Unterhaltungswert bevor.

Palinski, der mit den anderen Finalisten einen der raren

Sitzplätze zugewiesen erhalten hatte, erkannte Wilma und Tina in der Menge. Es war bereits knapp vor halb sechs und er sah keine Chance mehr, das Auto seiner, was war Wilma eigentlich für ihn, also der Mutter seiner Kinder selbst aus der Tiefgarage zu holen. Zumindest nicht, ohne eine Brüskierung Hektor Wieners zu riskieren.

Falls Wilma ihr Auto morgen haben wollte, musste sie es eben selbst holen. Und zwar rasch. Heftig gestikulierend versuchte er, sie auf sich aufmerksam zu machen und zum Herkommen zu bewegen. Ersteres gelang ihm rasch, Zweiteres dagegen überhaupt nicht. Wilma winkte ihm lediglich beiläufig zu und ging dann zu einer Bekannten, die sie auf der anderen Seite der Sommergasse entdeckt hatte.

Immerhin hatte es Palinski auch geschafft, die Aufmerksamkeit Dr. Ladaks auf sich zu ziehen. »Unserem jungen Freund da dauert meine Rede offenbar schon zu lange«, wies ihn »the grand old man« scherzhaft zurecht. »Sonst tät er ja net den hübschen Döblingerinnen so ungeniert zuwinken. Oder?« Schallendes Gelächter des dankbaren Publikums war der Lohn für diesen rhetorischen Geniestreich. »Aber ein bisserl wern Sie schon noch warten müssen, der Herr.« Jetzt lachte auch Palinski. Was sollte er anderes tun, ohne Gefahr zu laufen, als humorlos abgestempelt zu werden.

Nun griff Ladak auch in den Wahlkampf ein. Recht raffiniert, denn er lobte die Leistungen des Magistrats, anerkannte gleichzeitig aber auch die der in den Händen einer anderen Partei liegenden Bezirksverwaltung in höchsten Tönen. »Sie werden sich schon richtig entscheiden, meine Damen und Herren. Hauptsache ist, Sie entscheiden sich überhaupt. Denn Wählen ist des Demokraten höchstes Recht. Und meinem Freund Hektor«, Ladak pflegte jeden, mit dem er einmal gesprochen hatte, als »Freund« zu bezeichnen, außer er mochte ihn absolut nicht. »Meinem Freund Hektor Wiener gratuliere ich zu diesem wunderbaren neuen Betrieb und wünsche ihm viel Erfolg für die Zukunft.«

Er trat vom Pult weg und schüttelte dem herantretenden Stadtrat Ansbichler demonstrativ die Hand. »Komm, lieber Robert. It's your time now, wie wir Germanisten zu sagen pflegen.« Hahaha.

Das dürfte der obligatorische Abschiedsschmäh gewesen sein, für den der alte Herr berühmt-berüchtigt war. Höflicher, rasch abflauender Applaus begleitete seinen Abgang.

Ing. Robert Ansbichler, der bullige, amtsführende Stadtrat für Tourismus und Freizeit war durch und durch Pragmatiker. Wichtig war, was ihm diente und wichtig war auch, was der Partei diente. Besonders wichtig war daher alles, was ihm und der Partei diente. Mit einem gut entwickelten Gespür für die menschliche, im Besonderen die Wiener Seele, inszenierte er seine Auftritte wie der 90-Jährige »und noch immer kein bisschen müde« Regiealtmeister Karl Enterich seinerzeit seine erfolgreichen Herzschmerz-Filme. Ein bisserl was fürs Herz, ein bisserl was fürs Gemüt, aber auch etwas zum Lachen und zum Weinen.

Aus diesem Grunde schleppte er auch seine nach einem Unfall von den Hüften abwärts gelähmte und daher an den Rollstuhl gefesselte Frau seit einigen Wochen zu allen möglichen Veranstaltungen mit. Dabei achtete er darauf, dass sie sich mit ihrem Rollstuhl immer knapp hinter ihm nahe am Rednerpult befand. So war sie für alle Anwesenden unübersehbar und damit auch sein beispielhaftes Verhalten ihr gegenüber. Er unterstrich dieses zu Herzen gehende Bild gerne noch durch ein beiläufiges Streicheln über Carolas Haare. Oder er umarmte sie »spontan« und rührte die Massen damit. Um die optische Wirkung dieser Dramaturgie noch zu unterstützen, hatte er seiner Frau sogar einen Rollstuhl mit ausfahr- und fixierbaren Teleskopbeinen konstruieren lassen. Damit konnte ihre Sitzposition um bis zu einem halben Meter angehoben und seine »geliebte Frau« auch für die Leute in den hinteren Reihen sichtbar gemacht werden.

Den gar nicht so wenigen, insgesamt aber nur eine Minderheit darstellenden Kritikern von Ansbichlers penetrantem Verhalten war völlig unklar, warum Dr. Carola Ansbichler-Schmuck, eine anerkannte Sozialpädagogin und Eigentümerin von fünf gutgehenden Hotels in Wien, sich so instrumentalisieren ließ. Dass sie sich von ihrem Robert aus lauter Liebe so vorführen ließ, wurde nur ganz entfernt als ernsthaftes Motiv in Betracht gezogen.

Carola war natürlich auch heute wieder dabei und ragte etwa 30 Zentimeter über die Köpfe der anderen Ehrengäste hinaus. Wie zufällig stand ihr Rollstuhl so im Nahbereich des Rednerpults, dass ihrem Mann ein winziger Sidestep genügte, um zur Verstärkung seiner Ausführungen Hand an seine Frau legen zu können.

Ein Blick auf die langsam unruhig werdende Menschenmenge und ein zweiter auf die dunkle, immer näher kommende Wolkenfront ließ es Ansbichler angebracht erscheinen, sich möglichst kurz zu fassen, Weniger würde heute eindeutig mehr sein, wusste der erfahrene Demagoge.

»Zunächst wollen meine Frau und ich«, er legte Carola seinen Arm auf die Schulter und hatte diesen Teil seines spontanen Redekonzepts damit auch schon erledigt, »Sie alle hier herzlich begrüßen und Herrn Wiener zu dieser jüngsten Perle in der rasch wachsenden Kette seiner Betriebe beglückwünschen. Sonst scheint mir alles bereits gesagt worden zu sein. Im Gegensatz zu meinen Vorrednern will ich nicht Wahlkampf betreiben. Ich stehe hier als Juryvorsitzender des Schnitzelwettbewerbs. Wir werden jetzt die Sieger küren und dann alle gemeinsam ein Fest feiern.«

Unwillig musste Palinski die Brillanz dieses rhetorischen

Schachzuges anerkennen. Die Leute wollten endlich saufen und fressen und nicht noch einmal mit politischen Sonntagsreden gelangweilt werden.

»Ich schreite daher jetzt zu der ehrenvollen Aufgabe, die drei Sieger bekannt zu geben.« Eine der beiden besonders feschen Mitarbeiterinnen Wieners überreichte dem Stadtrat ein gelbes Kuvert. Der hatte sich inzwischen seine Lesebrille fotowirksam so auf der Nasenspitze platziert, dass er gar nicht anders konnte, als über die Halbgläser hinweg sehen zu müssen.

»Wir geben jetzt den dritten Sieger und damit den Gewinner von 2.000 Euro bekannt.« Scheinbar aufgeregt riss er den Umschlag auf, nahm ein Blatt heraus und blickte darauf.

»And the winner is ... Isabella Popovich aus Wien-Brigittenau.« Die Blonde, die ihr Schnitzel mit den zerbröselten Erdäpfelchips paniert hatte, warf die Arme in die Höhe und jubelte. Und die links hinter Palinski sitzende hantige Alte mit dem Anflug an Oberlippenbart knurrte etwas wie »Schiebung, die kann doch gar nicht kochen.« Ich auch nicht, dachte sich Palinski.

Inzwischen hatte sich Isabella ihren Preis, einen kleinen Pokal in der Form einer Friedhofsvase und vor allem natürlich auch ihren Scheck geholt. Nach dem obligatorischen Küsschen mit dem Stadtrat und den davon gemachten Fotos kam der zweite Gewinner dran. Diesmal in einem grünen Kuvert.

Die trockene Luft hatte Ansbichler durstig gemacht und er bat um ein Glas Wasser. Die dadurch bedingte Pause wurde durch das fast wie geplant wirkende Auftauchen eines Sportflugzeuges über der Hauptstraße verkürzt. Auf dem nachgeschleppten Transparent konnte man gerade noch: »Mit uns in eine bessere Zukunft für Wien« lesen. Wer »uns« war, blieb wegen der auf diese Distanz nicht mehr entzifferbaren, weil zu kleinen, Schrift allerdings ein Geheimnis.

Nachdem der Stadtrat seine Mundschleimhäute gewässert hatte, nahm er ein Stecktuch aus dem Sakko. Offenbar um sich damit über die Stirne zu wischen. Dabei schien ihm etwas aus dem Brusttascherl heraus und auf den Boden gefallen zu sein. Prompt bückte er sich hinter das Rednerpult, um den Gegenstand aufzuheben.

Palinski, der sich innerlich auf seinen, wie er vermutete, jetzt bevorstehenden Auftritt als »zweiter Sieger« vorbereitete, bemerkte plötzlich instinktiv, dass etwas nicht stimmte. Ein Geräusch, das nicht durch das Flugzeug mit der Werbebotschaft im Schlepptau hervorgerufen worden sein konnte sowie eine fast unmerkliche Bewegung am äußersten Rande seines Blickfelds ließen eine Alarmanlage in seinem Kopf losgehen.

Da kamen auch schon erste entsetzte Aufschreie aus den Reihen der Ehrengäste. Nicht erstaunlich angesichts der Tatsache, dass Carola Ansbichler-Schmucks Körper in sich zusammengesunken war. Und das 30 Zentimeter über den der anderen. Knapp über ihrem linken, leblosen Auge war selbst für einen Laien unübersehbar ein Einschussloch erkennbar.

Ein Medizinstudent im vierten Semester, der als Schichtführer in der »Beisl-Bar« engagiert war, reagierte als Erster. Scheu trat er zu dem zusammengesunkenen Körper der Frau, suchte einen Puls und fand trotz wiederholter Bemühungen keinen mehr. Schließlich schüttelte er nur stumm den Kopf und Ing. Ansbichler brach tränenüberströmt über der Leiche seiner Frau zusammen.

Inzwischen hatten auch die meisten der Umstehenden mitbekommen, was geschehen war, und rannten in Panik auseinander. Nur die Vertreter der Medien blieben. Keiner von ihnen hätte je zu hoffen gewagt, einmal persönlich und unmittelbar bei der Genesis einer solchen Topmeldung dabei zu sein. Schade nur, dass auch noch so viele andere Kollegen hier waren.

Wenigstens hatte er jetzt eine Entschuldigung dafür, dass er Wilmas Auto nicht hatte holen können, schoss es Palinski durch den Kopf. Gleich darauf schämte er sich aber schon für diesen spontanen Gedanken und nahm sein Handy heraus, um Helmut Wallner zu verständigen. Er bemerkte zunächst gar nicht, wie seine Hände zitterten.

*

Die Nachricht von dem terroristischen Anschlag auf einen amtsführenden Wiener Stadtrat, dessen unwahrscheinliches Glück, sich genau im entscheidenden Moment zu bücken und die gleichzeitige Tragödie, dass seine Frau dabei getötet wurde, verbreiteten sich in Windeseile. Nicht nur in den österreichischen TV-Sendern beherrschte dieses schreckliche Geschehen die Abendnachrichten. Es bildete auch die Spitzenmeldung in den Ländern der Europäischen Union und zahlreicher außereuropäischer Sendeanstalten.

Ein Aufruf der Polizei an die Bevölkerung nach sachdienlichen Hinweisen, vor allem aber nach vor, während und nach dem schrecklichen Geschehen gemachten Videoaufnahmen und Fotos rundete die mehr als 20-minütige Berichterstattung ab. An jedem anderen Tag hätten die Entführung eines steinreichen Großindustriellen und die Zusendung seines linken Ringfingers, mit Siegelring des Firmengründers wohlgemerkt, den ersten Platz im Meldungsblock eingenommen. Heute rangierte die Nachricht aber nur an der Spitze der Palette: »Was sonst noch alles geschah.« Da der anschließende Bericht über den unerwarteten 2:1 Erfolg der Nationalmannschaft bei WM-Qualifikationsgegner Island ebenfalls mehr Gemüter zu bewegen verstand als ein einzelner handloser Finger mit oder ohne Ring, blieb das traurige Schicksal Eugen Filzmayers, dessen gesamtes Ausmaß ohnehin nur eine einzige Person auf dieser Welt kannte, der breiten Öffentlichkeit weitestgehend verborgen.

Nicht so dem Entführer, der auf die Meldung gewartet hatte wie ein Verdurstender auf ein Glas Wasser. Während seine Frau noch wortreich das Schicksal der »armen Frau im Rollstuhl« bedauerte, ärgerte er sich maßlos über ein für ihn völlig neues Faktum. Dass nämlich »die Entführer bereits 500.000 Euro kassiert und jetzt neuerlich Forderungen erhoben haben.« Ihn hatte Janos unter Hinweis auf eine Gesamtforderung von 100.000 Euro mit nur 10 Prozent abspeisen wollen. Und war dann auch noch mit der zweiten Rate seines Geldes nach, wie hieß die Insel in der Südsee noch bloß, abgepascht.

»Der Mann war mein Chef«, stellte er mitten während der gar nicht erfreulichen Wetternachrichten für die nächsten Tage fest.

»Du meinst, der Stadtrat ist dein Chef?«, wunderte sich seine Frau.

»Nicht der Stadtrat, sondern der tote Mann«, korrigierte er. »Ich meine, der entführte Mann. Kommerzialrat Filzmayer.«

»Du meinst, der Mann, dem diese Verbrecher den Finger abgeschnitten haben, ist dein Chef? Na so etwas, das habe ich ja gar nicht gewusst.«

Wie konnte sie auch, die Gute, dachte sich der Entführer in einem seiner seltenen scharfsinnigen Anflüge, die Nachricht ist ja eben erst über den Bildschirm gegangen. Die Bemerkung mit dem Verbrecher schmerzte ihn überraschenderweise, aber woher sollte Dorothea es auch besser wissen.

Bei der nachfolgenden Werbung fielen ihm die Gutscheine für den »Big Flop« wieder ein. Er griff in seine Jackentasche und holte die lose darin befindlichen Papierln heraus, darunter auch die beiden Karten für die Stadthalle.

Er war fest entschlossen, diese Karten zu vernichten, um auch nicht das geringste Risiko einzugehen. Obwohl, wie er sich vorhin telefonisch informiert hatte, die Veranstaltung am nächsten Mittwoch bereits seit Wochen ausverkauft und die Nachfrage nach Eintrittskarten nach wie vor groß war. Er erinnerte sich, im Fernsehen einmal einen Beitrag über diese irische Tanzgruppe gesehen zu haben. Die perfekte Show hatte selbst ihm als Balletthasser gut gefallen. Immerhin war jedes der beiden erstklassigen Tickets 80 Euro wert und würde im Schwarzhandel unmittelbar vor Beginn noch wesentlich mehr bringen. Aber das Risiko war zu groß. Entschlossen stand er auf, ging in die Küche und warf die beiden Karten in den Abfalleimer.

Dann gab er jedem seiner beiden Söhne zwei Fressgutscheine und freute sich darüber, dass sie sich freuten. »Jetzt aber nichts wie ins Bett mit euch beiden. Der Film jetzt ist nichts für Kinder.«

»Habe ich geschenkt bekommen«, beruhigte er Dorothea, ehe sie noch auf die Idee kommen konnte, ihm wegen dieser Verschwendung Vorwürfe zu machen.

Doch die hatte gar nicht daran gedacht. »Ist schon gut«, meinte sie und streichelte ihm liebevoll übers Haar. »Warum sollen die beiden nicht auch hin und wieder eine Freude haben. So wie ich mit ihrem lieben Papi.« Sie begann ihn zu küssen und er war sehr dankbar, auf andere Gedanken gebracht zu werden. Den Film kannte er ohnehin schon.

*

Der abendliche Heurigentermin in Salmannsdorf war erwartungsgemäß den Ereignissen des späteren Nachmittags zum Opfer gefallen. Statt gemütlich bei einem Gspritzten und einem knusprigen Backhenderl zu sitzen und entspannt über den möglichen Aufenthaltsort des Fingerrests und der daran hängenden Person zu rätseln, hatte sich eine interessante Runde im »Institut für Krimiliteranalogie« zusammengefunden.

In gelegentlichen Anflügen von Selbstkritik musste sich Palinski eingestehen, dass sein zunehmendes Engagement in der Praxis der Verbrechensaufklärung mit einer Verrohung seines Denkens und seiner Sprache Hand in Hand ging, die ihm eigentlich Sorge machen sollte. Aber vielleicht war das ganz normal so. Musste so sein, um mit dem Mist, mit dem man es unmittelbar zu tun bekam, besser fertig zu werden. So wie die Ärzte das mit ihren Witzen schaffen.

Eben war ein völlig entnervter Ministerialrat Dr. »Miki« Schneckenburger zu Inspektor Wallner, seinem Stellvertreter Martin Sandegger, Franca Aigner und Palinski gestoßen. Seine Frau Moni war schon vier Tage über den errechneten Geburtstermin ihres ersten Kindes hinaus und noch immer war alles bummfest zu. »Miki« hatte seine Frau in den letzten beiden Wochen nur mehr verlassen, wenn es absolut nicht anders gegangen war und dann auch immer nur so lange wie unbedingt notwendig. In diese selbstverordnete Anwesenheitspflicht war auch das Schlafen mit einbezogen gewesen und genau so sah er auch aus. Schlicht und einfach »beschissen«. Palinski hasste es, diesen Ausdruck in Verbindung mit einem Freund auch nur zu denken, aber ihm fiel kein treffenderes Attribut ein.

»Der Minister selbst hat mich hierher abkommandiert«, berichtete »Miki« mit leichter Empörung in der Stimme. »Der hohe Herr hat wohl noch nie ein erstes Kind erwartet.«

Schwer vorstellbar, dachte sich Wallner, bei sechs Kindern und einer Familienbeihilfe, die deutlich über dem österreichischen Durchschnittseinkommen liegen musste.

»Im Bundeskriminalamt sitzen die Herren seit mehr als

zwei Stunden zusammen und für morgen ist eine außerordentliche Sitzung des Nationalen Sicherheitsrates anberaumt. Punkt 11 Uhr im Ministerium. Und Sie werden auch erwartet«, er blickte auf Wallner.

»Welch hohe Ehre«, flachste der Inspektor, »wie komme ich dazu?«

»Der Minister meint, dass Sie als Kenner der örtlichen Gegebenheiten von Nutzen sein können. Vor allem ist ja davon auszugehen, dass mögliche ausländische Terroristen Helfershelfer in der lokalen Szene haben«, kommentierte er den Grund für Wallners Einbeziehung mit einem etwas lächerlich klingenden, selbst gestrickten Amtsdeutsch.

»Auch gut, dann müsst ihr«, Wallner meinte Franca, Sandegger und Palinski, »die Befragung der Mitarbeiter vom Filzmayer ohne mich durchziehen. Denn bis halb elf sind wir sicher noch nicht fertig.«

Auch recht, dachte sich Palinski, wem der Minister Subventionen gibt, den lässt er das auch spüren. Er hatte das von Sandegger verfasste, von den befragten Familienmitgliedern aber noch nicht unterschriebene Protokoll gelesen und wusste so weit Bescheid. Er blickte zu dem am Boden liegenden Maximilian, den Harry vor einer halben Stunde gebracht hatte. Komisch, dachte sich Palinski, da hat man 25 Jahre lang keinen Hund und er geht einem überhaupt nicht ab. Maximilian, der seit Mai bei ihm war, war jetzt nur zwei Tage lang weg gewesen und er hatte ihn schrecklich vermisst.

»Und der Minister geht davon aus, dass es ausländische Terroristen waren, die auf Ansbichler geschossen haben?« vergewisserte sich Wallner.

»Ja, dem militärischen Geheimdienst liegen entsprechende Hinweise vor. Es gibt angeblich gewisse Parallelen zu dem Fall aus dem Jahr 1981«, erläuterte Schneckenburger. »Ansbichler hat in den letzten Monaten auch einige Drohbriefe erhalten.«

»Aber solche Briefe bekommt doch jeder, der an vorderster Linie im öffentlichen Leben steht«, widersprach Franca, »das hat doch noch nichts zu bedeuten.«

»Man wird sehen, wir lassen jetzt gerade die letzten Drohbriefe untersuchen, die er erhalten hat. Man kann …«

Das Schrillen des Telefons unterbrach Schneckenburgers Ausführungen. Es war Wilma, später als Palinski eigentlich erwartet hatte.

»Hallo Mario, das ist ja wirklich eine schreckliche Geschichte mit der Frau vom Stadtrat Ansbichler. Eine so nette Frau, ich habe sie einmal bei einem Treffen des Lionsclubs kennen gelernt. Eigenartig, wenn man jemanden persönlich gekannt hat und der ist dann plötzlich tot, trifft einen das besonders.« Wilma schien in gesprächiger Stimmung zu sein. Was einerseits gut war, andererseits aber in stundenlange Monologe ausarten konnte. Für die jetzt keine Zeit war. Normalerweise hätte Palinski es riskiert, Wilma mit einem burschikosen »Hupf ins Finale, Mädel« aufzufordern, zur Sache zu kommen. Der vermutliche, etwas sensibel zu handhabende Anlass ihres Anrufes ließ ihn aber zaudern.

»Ja, eine schlimme Sache. Und ich bin ja praktisch daneben gesessen. Gott sei Dank habe ich damit nur am Rande zu tun.« Er bemerkte den Anflug von Zweifel in »Mikis« Gesicht, ignorierte diesen aber. »Weißt du was, ich lade dich für einen der nächsten Abende zu einem guten Essen ein, du suchst dir das Lokal aus und das Datum und wir ziehen los. Ganz so wie früher.« Manch einer würde das als »vorauseilende Buße« bezeichnen und Palinski würde dem nicht widersprechen.

»Danke, ich werde sehen, was sich machen lässt«, also etwas mehr Begeisterung in der Stimme hätte er sich schon erwartet. »Aber Manfred bekommt Besuch aus Portugal und hat gebeten, mich mit ihm etwas um diese Leute zu kümmern.«

Who the hell is Manfred, dachte Palinski, dem gleichzeitig ein ganz böser Verdacht kam. »Ist das Professor Dullinger?«

»Ja«, klang Wilmas Stimme jetzt wirklich angeregter als vorher oder bildete er sich das nur ein? »Ja, Professor Dullinger und ich haben letzte Woche Bruderschaft getrunken. Unter so alten Kollegen war das schon lange fällig.«

Also gut, Wilma wollte es nicht anders. »Warum hast du eigentlich angerufen«, brummte Palinski in den Hörer. »Doch nicht, um mir von Manfred zu erzählen.«

»Aber Mario«, kicherte sie, »du wirst doch nicht eifersüchtig sein. Ich kann dich aber beruhigen. Deine Stellung in meinem Leben bleibt unangetastet.«

Das hörte sich nicht schlecht an, fand der derart Beruhigte. »Wirklich, das beruhigt mich.«

»Aber sicher, Mario. Oder glaubst du allen Ernstes, dass ich mir noch von jemandem zwei Kinder machen lassen werde?«

Gott, konnte dieses Weib gemein sein. Plötzlich war ihm so richtig zum Heulen zumute.

»Übrigens, dein Auto steht noch irgendwo, wo man es vor Montag nicht herausbekommen kann. Und es tut mir nicht einmal leid, dass du morgen kein Auto hast.« So patzig war Palinski seines Wissens nach zuletzt im Kindergarten gewesen.

»Aber das macht doch nichts, mein Lieber«, Wilmas Stimme hatte einen leicht zynischen Ton angenommen, bildete er sich ein. »Manfred hat angeboten, den morgigen Tag mit uns zu verbringen. Er muss ohnehin seinen neuen BMW einfahren. Also dann, noch einen schönen Abend.«

Palinski war total fertig. Zuerst der Mord an einer Frau, dann seelische Grausamkeit durch eine andere Frau, das war ein bisschen viel für einen Tag. Maximilian schien etwas zu spüren, denn er war aufgestanden und leckte seinem Herrl die Hand. Wenigstens einer, der mich lieb hat, dachte Palinski.

Die anderen im Raum hatten den Tenor des Gespräches natürlich mitbekommen und reagierten je nach Temperament. Franca meinte besänftigend: »Das wird schon wieder werden«, Wallners Bemerkung: »So sind sie halt, die Frauen« trug ihm einen nicht ganz ernst gemeinten Ellbogencheck der Freundin ein und Sandegger überging die Situation mit diskretem Schweigen. Nur Schneckenburger hatte völlig andere Sorgen. Verständlicherweise. »Ich halte diese Warterei nicht mehr aus, ich muss etwas tun.« Da ihm offenbar nichts Besseres einfiel, beschloss er, seine Moni wieder einmal anzurufen.

»Verdammt noch einmal, der Akku ist ja leer«, schimpfte er aufs Neue los. »Wer weiß, was inzwischen alles passiert ist und ich erfahre nichts. Und warum? Weil ein Akku leer ist und ich nicht zu erreichen war. Darf ich«, er blickte Palinski an und deutete auf das Telefon.

»Wenn ich jetzt nein sage, was machst du dann?«, grinste der Befragte. »Dann hau ich dir eine übers Häuptl«, konterte der werdende Vater völlig unministerialratsmäßig.

»Moni meldet sich nicht, was ist da los«, jammerte er wenige Sekunden und mehrere erfolglose Klingelzeichen später hysterisch los.

»Ruf doch deine Schwiegermama an«, empfahl Franca. »Mütter wissen in solchen Situationen meistens, was mit ihren Töchtern gerade los ist.«

»Die Schwiegermutter, das ist gut. Die rufe ich jetzt an.« Kurze Zeit später hatte er die Gewünschte erreicht und innerhalb von Sekundenbruchteilen glättete sich sein Gesicht. Die bisher gehetzt wirkenden Züge »Mikis« machten einem Strahlen Platz, wie es Palinski noch nie gesehen hatte.

»Danke, ja, wie viel Gramm. 3250, das ist doch eine ganze

Menge. Und 51 Zentimeter. Ist das nicht toll?« Die kindliche Freude des für einen Neu-Papa nicht mehr ganz jungen Mannes übertrug sich auf die anderen. »Ja, das tut mir sehr leid, aber der blöde Akku war im wichtigsten Moment meines Lebens leer. Sag Moni, ich liebe sie und bin sofort bei ihr.«

Er legte den Hörer auf und verkündete stolz. »Mein Sohn Lukas Herbert Manfred Schneckenburger hat um exakt 21.32 Uhr im Notarztwagen das Licht der Welt erblickt. Der kleine Bursche muss es aber eilig gehabt haben, seinen Papa kennen zu lernen. Und ich war nicht da.«

»Na Hauptsache, Mutter und Sohn sind wohlauf«, stellte Palinski fest. Sein nachfolgender Einwand gegen den dritten Vornamen ging allerdings in den allgemeinen Glückwünschen unter. Dann machte sich die Runde auf, um den stolzen Papa ins Allgemeine Krankenhaus zu bringen. Zu seiner Familie.

»Wie schön, dass an diesem Tag schließlich auch noch etwas so Positives, Lebensbejahendes geschehen ist und nicht nur Mord und Erpressung«, meinte Franca und sprach damit genau das aus, was alle dachten.

3

Das nächtliche Gewitter hatte die Atmosphäre wieder gereinigt und der Sonntagmorgen zeigte sich von seiner besten Seite. Der strahlend blaue, mit einigen Schäfchenwolken entzückend dekorierte Himmel gab den perfekten Rahmen ab für die schon um 9 Uhr herunterbrennende Sonne. Es versprach so richtig ein Tag zu werden, an dem man noch einmal zum Baden gehen oder einen Ausflug aufs Land machen sollte. Oder sonst was Schönes mit der Familie oder mit Freunden. Alles war besser an so einem Tag als in einem Büro in der Innenstadt oder im Ministerium zu sitzen und über Entführungen oder Terrorismus nachzudenken.

Aber was soll's, dachte Palinski, als er das schöne alte Palais in der Singerstraße betrat, in dem sich das Stadtbüro der »Alfons Filzmayer & Söhne AG« befand. Pflicht war eben Pflicht und Schnaps war Schnaps.

Der Portier wusste offenbar Bescheid, denn er deutete nur in die Richtung des Aufzugs. »Zweiter Stock, der Herr. Dann links, bis Sie beim Konferenzzimmer anstoßen.«

Das »Konferenzzimmer« mit den Ausmaßen einer kleinen Reithalle hätte Palinskis Institut und Wohnung locker beherbergen können und trotzdem wäre noch ausreichend Platz für einen komfortablen Besprechungsraum geblieben. In dem »Zimmer« befanden sich acht ihm unbekannte Personen, Mitarbeiter des Unternehmens, wie Palinski annahm, sowie Martin Sandegger. Wallner und Franca Aigner glänzten noch durch Abwesenheit, obwohl die große Uhr über dem Kamin bereits zehn Minuten nach 9 Uhr anzeigte. Palinski begrüßte Sandegger, dann stellte er sich bei den fünf Damen und drei Herren vor. Obwohl heute Sonntag war und damit Freizeit, waren alle Mitarbeiter des Hauses überkorrekt gekleidet. Palinski war froh, anstelle der sonst üblichen Jeans wenigstens eine normale Hose angezogen zu haben. Dennoch fühlte er sich mit seiner leichten Strickjacke deplatziert an diesem Ort. Hier hatte alles Stil, alleine das Frühstücksbuffet, das in einer Ecke aufgebaut war, hätte jedem guten Hotel alle Ehre gemacht. Er bedauerte, bereits zu Hause gefrühstückt zu haben, ließ sich aber von der im traditionellen schwarz-weißen Gewand sehr nett aussehenden Servierkraft gerne noch eine Schale Kaffee bringen. Wirklich alles sehr stilvoll. Antiquiert, aber stilvoll. In diesem Ambiente konnte man sich gar nicht vorstellen, dass die »Filzmayer AG« ein führendes High-Tech-Unternehmen im Werkzeugbau war.

Endlich hetzten auch Franca Aigner und Helmut Wallner durch die hohe Doppeltüre und entschuldigten sich wortreich für die Verspätung. Zugegebenermaßen war es heute sehr früh geworden, ehe sie alle ins Bett gekommen waren. Schneckenburger hatte nach dem Besuch im AKH noch darauf bestanden, mit Champagner auf seinen Stammhalter anzustoßen. Wer hätte da schon nein sagen können. So war es bereits kurz vor 4 Uhr gewesen, als Palinski ins Bett gekommen war. Den beiden Nachzüglern war deutlich anzusehen, dass sie möglicherweise schon früher im Bett gelandet waren, aber erst viel später erholsamen Schlaf gefunden hatten.

Wallner ergriff jetzt das Wort. Zunächst stellte er sich und seine Kollegen vor, wobei er Palinski als »Freiberuflichen Experten« vorstellte, der der Polizei schon häufig sehr hilfreich gewesen sei. Dann ersuchte er die Mitarbeiter des Unternehmens, sich mit Namen, Funktion und gegebenenfalls auch Naheverhältnis zu dem entführten Firmenchef vorzustellen. Helmut nahm das in Angriff wie ein Seminar am Wirtschaftsförderungsinstitut, fand Palinski. Jetzt noch ein bisschen Pseudosmalltalk und der Herr Inspektor würde sich zur Besprechung im Ministerium verabschieden. Und ihnen die Arbeit zurücklassen.

Die Präliminarien waren dann aber doch rascher erledigt als befürchtet. Bereits zehn Minuten später saß Palinski Frau Erna Wismuth gegenüber. Sie war Leiterin des Chefsekretariats. Seit mehr als 20 Jahren im Hause und vermittelte ihm wortreich ihre Sicht der Ereignisse am Tag der Entführung.

»Das war der Freitag vor zwei Wochen. Der Herr Kommerzialrat hat mir noch den Auftrag gegeben, darauf zu achten, dass sein Nachmittagstermin um 15 Uhr nur koffeinfreien Kaffee trinkt. Der Dr. Winkelreither, das ist sein Anwalt, hat nämlich schon seit Jahren einen zu hohen Blutdruck. Kein Wunder«, sie senkte die Stimme und flüsterte ihm fast zu, »der Mann schleppt ja mindestens 20 Kilo Übergewicht mit sich herum. Ich habe ihn schon zu einer Diät überreden wollen, aber wissen Sie, was er darauf gesagt hat?«

Sie blickte ihn so an, dass sich Palinski unwillkürlich fragte, ob die gute Frau jetzt tatsächlich eine Antwort von ihm erwartete. Gottergeben nickte er verneinend mit dem Kopf.

»Die eine Hälfte der Menschheit hat einen Bauch und«, still lachte sie in sich hinein. »Die andere Hälfte stirbt auch. Na, dem habe ich aber meine Meinung gesagt. Wo er doch genau im gefährlichen Alter ist. Bei uns im Haus, ich meine, zu Hause, also privat ist erst vorigen Monat ein 52-Jähriger am Herzinfarkt gestorben. Er ist beim Betreten des Lifts einfach umgefallen und hat die Anlage mehr als eine Stunde lang blockiert.«

Langsam wurde es Palinski, der an sich ein guter Zuhörer war, zu bunt. Er hasste es zwar, Menschen in ihrem natürlichen Mitteilungsdrang zu unterbrechen, hier blieb ihm aber wahrscheinlich nichts anders übrig.

»Ich bin sicher, Sie hatten den koffeinfreien Kaffee ohnehin schon vorgesehen«, warf er diplomatisch ein und die ältere Frau strahlte zustimmend über das ganze Gesicht. »Wohin wollte der Herr Kommerzialrat danach gehen?«, brachte Palinski das Gespräch wieder auf das Wesentliche zurück.

»Er musste noch kurz in das Kartenbüro Ecke Weihburggasse, um die Billetts für die Stadthalle abzuholen. Dann wollte er in seine geliebte ›Tabakspfeife‹ gehen. Auf ein ›Herrengulasch‹ und einen Pfiff Bier, wie meistens.«

Palinski notierte »Kartenbüro Ecke Weihburggasse« unter die zuvor gemachte Notiz »Rechtsanwalt Dr. Winkelreither«.

»Das war das letzte Mal, dass ich den Herrn Kommerzialrat gesehen habe.« Jetzt hatte die treue Seele Tränen in den Augen. Das weitere Gespräch ergab, dass der Herr Kommerzialrat eigentlich keine Feinde habe und mit seinem Schwiegersohn ständig wegen der Unternehmenspolitik im Streit lag. Besonders interessant war aber die Information, dass die japanische »Mikatawashi Corporation« einen Vertrag mit der Firma abgeschlossen habe, der den Asiaten einen gewissen Einfluss auf die Unternehmensleitung einräumte.

»Und das nur eine Woche nachdem der Herr Kommerzialrat verschwunden ist«, Erna Wismuth schüttelte missbilligend den Kopf. »Dabei ist der Chef absolut gegen diese Zusammenarbeit gewesen, zumindest noch bis vor Kurzem.«

Palinski notierte »Generationsprobleme in der Geschäftsleitung?« »Und wie sieht es mit unzufriedenen Mitarbeitern aus? Ehemalige Arbeiter oder Angestellte, die gekündigt wurden und sich ungerecht behandelt fühlen«, wollte er jetzt wissen.

Frau Wismuth zuckte mit den Achseln. »Sicher gab und gibt es den einen oder anderen, der auf die Geschäftsleitung geschimpft oder sich ungerecht behandelt gefühlt hat. Immerhin hat sich der Mitarbeiterstand in den letzten zehn Jahren von 6.500 auf 4.400 reduziert. Aber der Herr Kommerzialrat war immer der Letzte, der diesen Maßnahmen zugestimmt hat. Er hat nicht verstehen können, wie man gleichzeitig den Umsatz verdoppeln, den Gewinn verdreifachen und die Belegschaft halbieren kann. Er hat das irgendwie fast als obszön empfunden.«

Ja, ja, antiquierter Stil, aber ganz ohne Zweifel Stil, den hatte der alte Herr, dachte Palinski. Ein Fossil aus einer Zeit, in der die Verantwortung für die Mitarbeiter noch einen hohen Stellenwert hatte. Eine Zeit, die schon lange vorüber war.

»Er hat seine Mitarbeiter als eine große Familie gesehen und jede Kündigung hat ihn persönlich betroffen gemacht. Dazu ist noch gekommen, dass er als Vorstandsvorsitzender auch die Personalagenden überhatte. Seit vor sechs Jahren reorganisationsbedingt fast regelmäßig jedes Jahr eine größere Anzahl an Kündigungen anstand, hat er sich geweigert, die blauen Briefe selbst zu unterschreiben. Das mussten wir im Sekretariat mit einem Faksimilestempel machen. Ihn hätte das zu sehr mitgenommen.«

»Und hat es einmal Ärger mit einem gekündigten Mitarbeiter gegeben? Irgendwelche Drohungen oder etwas Ähnliches?«

Erna Wismuth überlegte, dann schüttelte sie den Kopf. »Also mir ist nichts bekannt. Außer vielleicht der Willmann vor drei Jahren.« Die Erinnerung an den Mann schien sie zu amüsieren. »Der war schon eine Type, der Willmann.«

»Was hat der denn gemacht, der Willmann?«, bohrte Palinski nach.

»Nun ja«, sie musste wieder lachen. »Nachdem er seine Kündigung erhalten hat, ist er in die Kantine gegangen und hat eine Flasche Cognac gestohlen. Außer Bier gibt es ja bei uns keinen Alkohol zu trinken. Aber für Gäste ist natürlich alles da. Also Willmann schnappt sich die Flasche Cognac, klettert aufs Dach der Garage und betrinkt sich. Inzwischen füllt sich der ganze Hof mit Schaulustigen und die Feuerwehr rückt an, um ihn vom Dach zu holen. Inzwischen hat der Betriebsratsobmann versucht, ihn mit schönen Worten zum Runterkommen zu bewegen. Aber umsonst. Als die Feuerwehr die Leiter ausfahren will, stellt sich der Willmann an den Rand des Daches und brüllt ›Bleibt's, wo's seid, Kollegen oda i spring‹. Jetzt ist auch der Chef in den Hof gekommen und hat auf den Willmann eingeredet wie auf ein krankes Pferd. Wieder nichts, obwohl ich den Eindruck gehabt habe, dass ihm die Worte vom Herrn Kommerzialrat schon unter die Haut gegangen sind. Dann hat sich aber der Dr. Suber, der Schwiegersohn …«, Palinski gab zu erkennen, dass er wusste, wer Dr. Suber war. »Also der Dr. Suber«, fuhr sie fort, »baut sich vor der Garage auf und fängt an, den Willmann anzubrüllen. Ob er überhaupt wisse, wie viel diese Arbeitsunterbrechung koste. Betriebswirtschaftlich und auch für die Volkswirtschaft und ähnlichen Quatsch. Und dass er höchstpersönlich dafür Sorge tragen wird, dass man diesem asozialen Element den Schaden von der noch ausstehenden Zahlung abziehen wird. Daraufhin hat sich der Willmann wieder ganz an den Rand gestellt und zurückgebrüllt. ›Sie, Herr Kommerzialrat san a feina Mensch und i hob Ochtung voa Ihna. Sie, Herr Dokta Suba san oba ein A…‹«

Frau Wismuth hatte den Dialekt Willmanns mustergültig imitiert, brachte es aber nicht über sich, das hässliche A-Wort in den Mund zu nehmen. Dafür deutete sie unmissverständlich auf ihr verlängertes Rückgrad.

»Sie verstehen, A…« Jetzt lachte sie richtig auf. »Dann hat er noch gesagt: ›Wissen S' wos Sie mi kennan, Herr Dokta Suba, Sie kennan mi am Oa…‹«

Jetzt wäre es fast passiert und Erna Wismuth hätte diesen Ausdruck erstmals in ihrem Leben doch verwendet. Näher als in dieser Situation sollte sie niemals wieder daran herankommen. Palinski wäre stolz gewesen, hätte er gewusst, wie weit diese Frau fast für ihn gegangen wäre.

»Also er hat ihm das Götzzitat zugerufen, sich dabei umgedreht und die Hose heruntergelassen.« Ihrem plusternden Lachen folgte abrupt ein Schluchzen als hörbares Zeichen ihrer Rückkehr von der kleinen Zeitreise in die bittere Gegenwart.

Obwohl das alles eigentlich recht amüsant war, hatte Palinski langsam genug von dieser Anekdotensammlung auf Beinen. Obwohl er einiges erfahren zu haben glaubte. Nein, er war sich sogar ziemlich sicher.

»Was macht dieser Willmann jetzt?«, immerhin soll Rache kalt genossen ja besonders gut munden.

»Das Letzte, was ich gehört habe, war, dass er operiert werden musste«, Frau Wismuth versuchte, sich zu erinnern. »Ich glaube, irgendwas mit der Lunge. Er soll seit seinem 13. Lebensjahr geraucht haben, bis zu 60 Zigaretten am Tag.« Sie schüttelte missbilligend den Kopf.

»Eine letzte Frage noch, Frau Wismuth. Wurde innerhalb der letzten, sagen wir zwei Monate, Mitarbeitern gekündigt?« Sie nickte und berichtete ihm, dass am Montag nach Filzmayers Entführung rund 30 Kündigungsschreiben zur Post gegangen waren.

»Ich habe mir schon gedacht, dass Sie danach fragen werden und eine Liste der Betroffenen vorbereitet.« Sie reichte ihm ein dicht beschriebenes Blatt Papier.

Jetzt war es so weit, Inspektor Wallner musste weg, wollte er bei seinem ersten Auftritt im Nationalen Sicherheitsrat nicht mit Unpünktlichkeit punkten. Palinski war ganz froh über die erzwungene Unterbrechung. Erna Wismuth schien sich eben so richtig warm geredet zu haben und das ließ das Schlimmste befürchten. Er nutzte die Chance, dankte ihr und wechselte noch einige Worte mit dem Inspektor. Falls sich nichts anderes ergab, wollten sie sich heute beim »Zimmermann« in Salmannsdorf treffen. Natürlich wieder um 20 Uhr.

Palinskis nächster Gesprächspartner war laut Visitkarte ein gewisser »Alexander D. Nowotny – Deputy Chief Finance Officer« des Unternehmens. Auch gut, dachte er, es wird sich schon noch herausstellen, was der Mann arbeitet.

Nowotny war sensibler als seine etwas grobschlächtige Erscheinung vermuten hätte lassen. »Lassen Sie sich durch diese geschwollene Formulierung nicht irritieren«, schmunzelte er, »bevor sich die Japaner vor einigen Tagen hier breit gemacht haben, war ich schlicht und einfach Oberbuchhalter mit Prokura.«

Palinski fand das zufällige zeitliche Zusammentreffen der Söhne Nippons mit der Entführung immer eigenartiger. Er bat den »Deputy Chief«, ihm die Zusammenhänge zu erklären.

»Unser Unternehmen ist zwar eine AG, die Aktien werden aber nicht an der Börse gehandelt, sondern befinden sich alle im Besitz der Familie sowie der Nachkommen eines Freundes unseres Gründervaters. Josef Melcher war stiller Teilhaber von Alfons Filzmayer. Seinem Geld war es zu verdanken, dass das Unternehmen überhaupt zum Laufen gekommen ist. Die Beteiligung wurde später in ein 25-prozentiges Aktienpaket umgewandelt. Nach zwei Kapitalerhöhungen, die die Inhaber nicht mitgemacht haben, werden 18,7 Prozent der Aktien heute von den Familien Melcher und Siwald gehalten. Dr. Fritz Siwald ist seit zwei Jahren auch im Vorstand, zuständig für Marketing und Verkauf.«

Nowotny unterbrach seine Ausführungen und nahm einen großen Schluck Mineralwasser.

»Seit mehr als einem Jahr geistert die Idee durch das Haus, die ›Mikatawashi Corporation‹ zu beteiligen und sich so frisches Eigenkapital und modernstes Know-how zu holen.«

»Klingt logisch«, fand Palinski, spürte aber, dass sein Gesprächspartner nicht ganz diese Meinung teilte.

»Logisch vielleicht, gleichzeitig aber nicht unproblematisch. Dem Dr. Suber und vor allem dem Dr. Siwald geht es besonders um die Zahlen. Solange die stimmen, ist ihnen alles andere egal. Auch, dass die Produktion hier in einigen Jahren geschlossen und nach Korea oder China verlegt wird. Und das Unternehmen hier nur mehr das Bein der Japaner in der Türe zur EU ist.«

»Sie meinen also, die beiden Herren würden auch über Leichen gehen?«, entfuhr es Palinski. »Im übertragenen Sinn natürlich.«

Nowotny sah sein Gegenüber nachdenklich an. Dann rang er sich zu einem diplomatischen »Das haben jetzt aber Sie gesagt« durch.

»Aber überlegen Sie einmal«, setzte er fort. »Am Freitag wird der Kommerzialrat, der sich immer dezidiert gegen den Deal mit den Japanern ausgesprochen hat und einen Kooperationsvertrag nie unterschrieben hätte, entführt. Und knapp eine Woche später ist bereits alles gelaufen. Es sieht so aus, als ob das ganze Geschäft schon lange ausgehandelt gewesen war. Man nur gewartet hat, bis der Alte außer Stande war, sein Veto gegen den Handel einzulegen.« Die Frage nach dem »Cui bono?« lieferte rasch eine Reihe attraktiver Verdächtiger mit starken Motiven.

»Aber musste bei diesem Geschäft nicht der Aufsichtsrat zustimmen«, fiel dem trotz mangelnden Abschlusses ausgezeichneten Juristen Palinski ein.

»Hat er auch«, antwortete Nowotny, »aber das war bloße Formsache. Da sitzen die Ehepartner der Aktionäre drinnen, der Vorsitzende ist der Anwalt vom Herrn Kommerzialrat.«

»Der Doktor Winkelreither«, versicherte sich Palinski.

»Ja, genau dieser Herr. Ich will ja nichts sagen«, Nowotny

senkte die Stimme, »aber ganz koscher ist mir der Herr Rechtsanwalt nicht. Nomen est omen, Sie verstehen«, er blinzelte Palinski verschwörerisch zu.

»Sie meinen, dass er möglicherweise auch seine eigene Zukunft in dem Unternehmen im Auge behalten hat«, mutmaßte Palinski. »Klingt logisch.«

»So sehe ich das auch, aber erzählen Sie es bitte nicht weiter. Mit 54 Jahren finde ich keinen Posten mehr wie diesen hier. Falls ich überhaupt noch einen finde.«

Palinski machte eine beschwichtigende Geste. »Keine Angst, was Sie mir erzählt haben, wird vertraulich behandelt. Jetzt informieren Sie mich doch bitte noch über die Bereitstellung des Lösegelds.«

»Wir waren eigentlich alle etwas überrascht, dass unser Chef nicht mehr wert sein soll als eine halbe Million.« Er lachte bitter. »Die Aufbringung des Betrags hat überhaupt kein Problem dargestellt. Das Unternehmen verfügt über hohe Rücklagen und ist äußerst solvent. Es wäre übertrieben zu sagen, dass wir das aus der Portokasse bezahlt haben. Aber viel problematischer war es nicht.«

»Ist Ihnen sonst etwas Ungewöhnliches in dem Zusammenhang aufgefallen?« wollte Palinski wissen.

Nowotny bewegte seinen Kopf bedächtig hin und her. »Ja, ich glaube schon. Da war einmal dieser Brief, der dem Aufsichtsrat angeblich vorlag. Ich selbst habe ihn nicht gesehen, aber nach allgemeiner Ansicht soll er echt gewesen sein.«

»Und was ist in dem Brief gestanden?«, Palinski hasste solches Herumgerede vor allem dann, wenn es gerade spannend wurde.

»Ach ja, das Wichtigste zuletzt. In dem Brief soll sich der Kommerzialrat ausdrücklich mit dem Japangeschäft einverstanden erklärt haben. Angeblich war das Schreiben an die Hausbank gerichtet, um sie über die bevorstehenden Veränderungen zu informieren. Warum der Chef das allerdings gemacht haben soll, will mir nicht einleuchten. Die Bank hätte überhaupt keine Möglichkeit gehabt, sich dagegen oder dafür auszusprechen. Also wozu das Ganze. Das ist so, als ob Sie Ihre Hausverwaltung darüber informieren, dass Sie auf Urlaub fahren.«

Das erschien Palinski tatsächlich etwas eigenartig zu sein. »Und was war das Zweite?«, wollte er wissen.

»Wir mussten die 500.000 Euro in zehn Einheiten zu je 50.000 verpacken und die zehn Päckchen in einen Geldkoffer geben. Angeblich haben die Entführer darauf bestanden. An und für sich ist mir das egal. Bloß verstehe ich nicht, wozu das gut gewesen sein soll.« Er zuckte fragend mit den Achseln.

»Vielleicht soll das Geld auf zehn Personen aufgeteilt werden und man wollte sich das Zählen ersparen«, scherzte Palinski.

»Ach, Sie denken, das war ein Sonderbonus für die Mitglieder des Aufsichtsrats«, bewies Nowotny einen gewissen Hang zu schwarzem Humor.

Palinski fiel in das schallende Lachen des »Deputy Chiefs« ein. Je länger er aber darüber nachdachte, desto mehr Charme hatte diese absurde Vorstellung.

*

»Der Terror hat jetzt auch Österreich erreicht.« Mit dieser dramatischen Aussage hatte der Innenminister das außerordentliche Treffen des Nationalen Sicherheitsrates eröffnet. 23 Jahre nachdem schon einmal ein Wiener Politiker Opfer eines Anschlages geworden war, war wieder auf einen Stadtrat geschossen worden. Dass der das Attentat körperlich unversehrt überstanden hatte, war reines Glück gewesen. Für den Politiker.

Helmut Wallner war von Ministerialrat Schneckenburger dem Minister und von diesem den Angehörigen des NSR vorgestellt worden. Die Bandbreite der Reaktionen der Teilnehmer darauf reichte von freundlichem Desinteresse bis unverhohlener Ignoranz. Der Inspektor fühlte sich so richtig willkommen in dem ausgewählten Kreis. Da der Minister Verständnis für die private Situation seines Ministerialrates zeigte und ihm nicht weiter übel nahm, sich gestern mehr um die Geburt »Schneckenburger« als um den Fall »Ansbichler« gekümmert zu haben (»Dass mir das aber nicht wieder vorkommt«), informierte ein Major vom BKA, dessen Namen Wallner nicht verstanden hatte, über den aktuellen Stand der Erkenntnisse.

Der oder die Schütze/-in hatte zweifelsfrei von einem der obersten Stockwerke des mächtigen, nicht nur wegen seiner bewehrten Dachterrasse an eine Festung erinnernde »Blaschek-Hauses« Ecke Hauptstraße/Billrothstraße geschossen. Da das bedauernswerte Opfer seine Kopfhaltung nach dem Einschlag der Kugel zwangsläufig verändert hatte, musste der exakte Standort des Täters/der Täterin zum Zeitpunkt der Abgabe des tödlichen Schusses erst anhand von vor dem Schuss gemachten Aufnahmen rekonstruiert werden. Die Kollegen und Kolleginnen des Kriminaltechnischen Labors warteten jetzt nur noch darauf, solche Aufnahmen auch zu bekommen.

Wallner fand es bemerkenswert, wie der Major, dessen Namen er noch immer nicht wusste, in seinen Ausführungen politisch völlig korrekt eine einseitige Bevorzugung des männlichen Geschlechtes vermied. Aus Gründen der Zeiteffizienz erschien die Einführung geschlechtsneutraler Begriffe wie »das Schützlein« oder »das Täterlein« in den Amtsgebrauch durchaus diskussionswürdig, blödelte der Inspektor still vor sich hin.

»… ziemlich sicher, dass der Schuss von hier«, der Referent hatte inzwischen ein mannshohes Foto des »Blaschek-Hauses« aufgebaut und richtete seinen Laserpointer auf ein Fenster direkt unter der Terrasse, »abgegeben worden ist. Abschürfungen am Verputz der an das Fensterbrett anschließenden Mauer untermauern diesen Schluss.«

So ein Quatsch, fuhr es Wallner durch den Kopf. Falls aus dieser Höhe ein Schuss auf Ansbichler abgegeben worden wäre, hätte dieser die Frau des Stadtrates bestenfalls ins Knie treffen können, nie aber in den aus der Menge herausragenden Kopf. Wenn überhaupt. Dazu war der Schusswinkel gefühlsmäßig viel zu steil.

»Das besagte Fenster gehört zur Kanzlei eines Steuerberaters, die gestern nachmittags naturgemäß unbesetzt war. Das Schloss der Eingangstüre weist zwar keinerlei Einbruchsspuren auf. Für einen erfahrenen Spezialisten mit der entsprechenden Ausrüstung stellt das einfache, relativ billige Schloss aber kein Hindernis dar.«

Der Major nahm einen kräftigen Schluck aus dem vor ihm stehenden Wasserglas und fuhr fort. »Zwei Stockwerke darunter befindet sich die Wohnung einer gewissen Marlene Dumbra. Die junge Frau pflegt regelmäßigen Umgang mit Personen aus dem Nahen Osten. Ihr Freund ist ein ägyptischer Student, der in Wien Medizin studiert. Er lebt mit ihr in der Wohnung, war aber zum Zeitpunkt der Perlustrierung nicht anwesend. Eine Durchsuchung der Wohnung hat einige Ausgaben arabischer Zeitungen sowie ein Exemplar des Korans zum Vorschein gebracht. Unserer Meinung nach besteht der dringende Verdacht, dass diese Wohnung als konspirativer Treff gedient hat. Speisereste in der Küche und im Mülleimer lassen den Schluss zu, dass sich kurz vor dem Anschlag auf Stadtrat Ansbichler mehrere Personen in der Wohnung befunden haben dürften.«

Der Major war mit seinen Ausführungen zu Ende und machte einem Waffenexperten Platz.

»Bei der verwendeten Munition handelt es sich um das Kaliber 222 Remington. Aufgrund gewisser typischer Merkmale auf der Patrone vermuten wir, dass es sich bei der Waffe um eine ›Mannlicher‹ handelt. Wahrscheinlich ein Modell ›Pro Hunter‹, erläuterte der Mann und setzte sich wieder.

Wie schön, dachte Wallner, eine Mordwaffe made in Austria.

»Gibt es noch Fragen zu dem bisher Gesagten?« wollte der Minister wissen.

Ein Vertreter des Bundesamtes für Terrorismusbekämpfung meldete sich. »Ich habe noch eine Frage an Major Kranzjenich«, jetzt hatte Wallner den Namen endlich verstanden, war aber gar nicht sicher, ob er sich auch in einigen Minuten noch daran erinnern würde.

»Wie sind Sie mit dieser Marlene Dumbra verblieben?« Euphemistisch verbrämt wollte er offenbar wissen, ob sich die Gute noch in Untersuchungshaft befand. »Und wie sieht es mit ihrem Freund aus?«

Der Major war wieder aufgestanden, antwortete aber von seinem Platz aus. »Die junge Frau ist wegen Gefahr in Verzug und wegen Verdunklungsgefahr in Polizeigewahrsam. Gegen den ägyptischen Studenten läuft ein Haftbefehl. Darüber hinaus wartet ein aus zwei Mann bestehendes Team in der Wohnung auf seine Rückkehr, um ihn festzunehmen.«

»Gut, das ist zwar noch nicht sehr viel, aber doch schon einiges«, zeigte sich der Minister nicht unzufrieden. »Dann wollen wir einmal hören, was uns Inspektor Wallner vom örtlichen Kommissariat auf der Hohen Warte alles zu berichten hat.«

Jetzt wusste Helmut Wallner endlich, warum man ihn hierherbestellt hatte. Wie schön wäre es doch gewesen, wenn man ihn schon vorher informiert hätte. Dann hätte er sich einfach krank gemeldet und würde jetzt mit Franca im Bett liegen. Statt sich dieser unabwendbar erscheinenden Blamage, die ihn hier erwartete, aussetzen zu müssen.

Um Zeit zu gewinnen, begann er, in seinen Taschen zu kramen. Ganz so, als ob er nach seinen Aufzeichnungen suchte. Auf einmal schoss ihm der Witz von dem Missionar durch den Kopf, der von chinesischen Banditen gefangen worden war und hingerichtet werden sollte. Plötzlich hatte der Gefangene begonnen, im regionalen Dialekt heftig auf den wild aussehenden Chefbanditen einzureden. So lange, bis der sein Messer zog, dem Missionar die Fesseln durchschnitt und ihn gehen ließ.

Wieder zu Hause, erzählte er seinen Mitbrüdern von dem aufregenden Vorfall. »Was, du hast mit diesen Leuten in ihrem Dialekt gesprochen? Aber du kannst ja nicht einmal Mandarin«, waren alle ganz erstaunt.

»Aber ich bitte euch«, entgegnete der Angesprochene, »in der Todesangst.«

Und so begann Helmut Wallner einfach zu reden. Es sollte der Bluff seines Lebens werden, mit dem er schlagartig die Aufmerksamkeit selbst der freundlichsten Desinteressierten und der unverhohlensten Ignoranten auf sich zog und später sogar Applaus ernten sollte.

»Wir sind zunächst der scheinbar zufälligen Koinzidenz des Auftauchens des Flugzeuges mit der Wahlwerbung und des Schusses nachgegangen.« Jetzt verwendete er sogar schon Worte, die er eigentlich gar nicht kannte, wunderte sich Wallner. »Wie sich aber bald herausstellte, ist diese Aktion von der Partei Ansbichlers ausgegangen und war nicht als Ablenkung von dem oder als Signal für den Schützen gedacht.« Das mit der Partei hatte Palinski einem Gespräch zwischen zwei kleineren Funktionären entnommen, die in der fraglichen

Zeit neben ihm standen. Wie gut, dass ihm sein Freund auch dieses zunächst unwichtig scheinende Detail mitgeteilt hatte. »Allerdings kann natürlich nicht ganz ausgeschlossen werden, dass der Schütze sich spontan entschlossen hat, den Motorenlärm zur Überlagerung des Schussgeräusches zu nutzen.«

Die überraschte Reaktion auf diese Ausführung ließ Wallner vermuten, dass bisher noch niemand an eine mögliche Verbindung zwischen den beiden Vorfällen gedacht hatte. Kein Wunder, ihm war das auch gerade erst eingefallen.

»Die Befragung der neben und hinter Carola Ansbichler sitzenden Gäste ergab übereinstimmend, dass der Stadtrat kurz vor dem Schuss sein Stecktuch aus der außen aufgesetzten Brusttasche seines Sakkos gezogen hat. Wahrscheinlich, um sich einige Schweißtropfen von der Stirne zu wischen. Dabei fiel ein darin befindlicher Glücksbringer zu Boden. Eine alte 50-Schilling-Münze, die Ansbichler als Bub erhalten hatte und, abergläubisch, wie er war, immer mit sich herumtrug. Im selben Moment, in dem der Schütze abdrückte, bückte sich der Stadtrat, um die Münze aufzuheben.«

Bei der Polizei waren im Laufe des gestrigen Abends einige vage Hinweise von Passanten eingegangen, die kurz nach dem Schuss einen mindestens 1,80 Meter großen Mann das »Blaschek-Haus« verlassen sehen hatten. Mit einer großen Reisetasche, in der auch eine langläufige Schusswaffe ohne Probleme Platz gehabt hätte.

»Die Beschreibungen der einzelnen Zeugen weichen aber so voneinander ab, dass bisher kein brauchbares Phantombild angefertigt werden konnte.« Kein Wunder, denn es wurde noch nicht einmal versucht. Das wusste aber keiner der Anwesenden.

Oder doch? Wallner sah, wie »Miki« Schneckenburger am anderen Ende des Raumes immer größere Probleme bekam, die luftig-lockeren Schaumschlägereien des Inspektors noch länger zu verkraften. Der Ministerialrat schwankte zwischen dem Zwang, laut herauszuprusten und dem Drang, sich unter dem Tisch zu verstecken. Im Augenblick schien er der zweiten Option den Vorzug geben zu wollen.

Wallner kam jetzt aber erst so richtig in Fahrt. »Der Aufruf an die Bevölkerung, privates Foto- und Filmmaterial von der Szene zur Verfügung zu stellen, hat sich bisher zumindest quantitativ als eher erfolgreich erwiesen. Alleine bis heute Morgen 9 Uhr haben sich mehr als zehn Personen gemeldet.« Tatsächlich waren es nur drei, aber sicher waren inzwischen noch welche dazugekommen.

»Wir versprechen uns von den Auswertungen erfahrungsgemäß zwar nicht allzu viel. Aber wir hoffen, angenehm enttäuscht zu werden.« Das sollte reichen, um seinen Kopf zu retten, hoffte Wallner, während er sich unter Applaus wieder setzte.

»Guter Mann«, anerkannte sogar der Minister. »Redet nicht viel herum, kommt gleich zur Sache, kompetent.« Dann beendete er die Sitzung des NSR.

»Sag einmal, bist du wahnsinnig geworden«, wollte Schneckenburger einige Minuten später von Wallner wissen. »So viel heiße Luft auf einmal habe ich noch nie zuvor zu hören bekommen.«

»Na und«, entgegnete der Inspektor, »ist doch sehr gut gelaufen. Oder ?«

*

Sein kleiner Freund mit der großen roten Fahne zeigte Palinski an, dass er auch an einem Sonntag E-Mails erhielt. Es war Hektor Wiener, der zutiefst bedauerte, dass die Siegerehrung des »Schnitzelwettbewerbs« bedingt durch die »schrecklichen Ereignisse« des Vortages abgebrochen hatte werden müssen.

»Ich möchte Sie daher herzlich zu unserem am Mittwoch, dem 22. September, um 18 Uhr in den Räumen unserer ›Beisl-Bar‹ in Wien 19, Hauptstraße, stattfindenden Pressegespräch einladen. Im Rahmen dieser Veranstaltung werden die Bekanntgabe der Sieger des Wettbewerbes und die Verleihung der Preise nachgeholt. Anstelle des verhinderten Stadtrates Dr. Ansbichler wird die Siegerehrung durch Altbürgermeister Dr. Ladak erfolgen.« Dann folgte noch das übliche Bla, Bla.

Palinski notierte den Termin, denn die Überreichung des zweiten Preises an ihn und damit den Siegeszug »seines« Schnitzels um die Welt wollte er auf keinen Fall versäumen.

Der Anrufer auf Band entpuppte sich als Martin Sandegger, der Stellvertreter Inspektor Wallners. »Inzwischen haben sich acht Personen gemeldet, die während des Attentates gefilmt haben. Bis zum späten Nachmittag sollten wir alle Bänder im Kommissariat haben. Ich hoffe, Sie haben um 18 Uhr Zeit, wenn wir das Material zu sichten beginnen. Falls nicht, bitte um Nachricht.«

Auch gut. Die Kinderparty in Klosterneuburg begann um 15 Uhr und mehr als zwei Stunden wollte er ohnehin nicht bleiben. Der Besuch des kleinen Buben lag ihm zwar sehr am Herzen, würde ihn sicher aber auch belasten.

Markus Waismeier war der heute exakt sechs Jahre alte Sohn eines Kriminalbeamten, der im Zuge von Palinskis erstem praktischem Fall im Mai dieses Jahres zu Tode gekommen war. Mit etwas mehr Aufmerksamkeit im entscheidenden Moment hätte er den absolut unsinnigen Tod des Mannes verhindern können, war Palinski noch heute fest überzeugt. Er machte sich zwar keine selbstzerfleischenden Vorwürfe mehr wie noch vor zwei Monaten, aber er wollte sich wenigstens etwas um den Buben kümmern.

Durch eine ungewollte und unerwünschte Indiskretion hatte die Witwe Waismeiers erfahren, dass die anonym für den kleinen Markus gespendeten 20.000 Euro von Palinski stammten. Vor zwei Wochen hatte er einen sehr netten Brief von dem Buben erhalten. Geschrieben musste ihn wohl seine Mutter haben, da der Kleine gerade erst mit der Volksschule begonnen hatte.

»Lieber Onkel Mario«, stand da. »Du bist sicher ein guter Freund von meinem Papa gewesen, sonst hättest du mir nicht so geholfen. Ich möchte dich gerne kennen lernen und würde mich freuen, wenn du zu meiner Geburtstagsparty am Sonntag, dem 19. September, ab 15 Uhr, kommen könntest. Die Adresse ist: Klosterneuburg, Wagnergasse 15.

Bitte komm, ich würde mich sehr freuen. Dein Markus.

P. S. Wenn du möchtest, kannst du auch jemanden mitbringen.«

Palinski war zunächst gar nicht sicher gewesen, ob es klug war, dieser Einladung zu folgen. Schließlich hatte seine Neugierde über die Vernunft gesiegt und er hatte ein Geschenk besorgt. Einen Zauberkoffer mit Tricks für 5- bis 10-Jährige, wie der eloquente Verkäufer im besten Geschäft der Stadt versichert hatte. Er hoffte, den Geschmack des Buben damit zu treffen.

Maximilian machte sich bemerkbar, er schwänzelte wedelnd um Palinski herum und machte ihn auf sich aufmerksam.

»Klar kommst du mit, bist ja auch eingeladen.«

*

Widerwillig hatte der 14-jährige Klaus den wiederholten, erstmals bereits am Vorabend erfolgten Aufforderungen seiner Mutter endlich Folge geleistet. Er schaffte den vollen Sack mit Abfall in den Mistcontainer vor dem hübschen Reihenhaus nahe der Wiener Stadtgrenze.

Bei aller Wut wegen seines letztlich mit Fernsehverbot erpressten Gehorsams bewunderte er die Hartnäckigkeit der Frau, die er trotz aller pubertär bedingten Rotzigkeiten heiß liebte. Mutter blieb immer ruhig und schaffte ihn regelmäßig mit ihrer Beharrlichkeit. Vater war da ganz anders, der explodierte immer gleich. In letzter Zeit war er besonders schwierig, auch wenn er ihm gestern zwei Gutscheine für verbilligte Hamburger geschenkt hatte.

Was nutzte ihm schon ein Gutschein, wenn er nicht einmal das Geld hatte, um den reduzierten Preis zu bezahlen? Und wenn er vom Alten etwas brauchte, war der nie da.

Langsam beruhigte er sich wieder und freute sich auf seine Freunde, die er in Kürze am Sportplatz treffen wollte. In Gedanken bereits beim bevorstehenden Fußballspiel, übersah er ein am Boden liegendes Spielzeugauto seines kleinen Bruders. Als er daraufstieg, rollte das Ding davon. Er verlor das Gleichgewicht und landete unsanft auf seinem Hintern. Schlimmer war aber, dass gleichzeitig auch die Hälfte des Mülls aus dem Sack gefallen war und sich über den Boden verstreut hatte.

So eine Scheiße, warum musste Benny immer alles herumstehen lassen. Der Bub begann, den Mist wieder einzusammeln. Plötzlich blieb sein Blick auf zwei Eintrittskarten haften. Vorsichtig nahm er die Tickets zur Hand. »Riverdance« in der Wiener Stadthalle, las er da. Erste Reihe Mitte, Plätze 14 und 15, die Karte zu 80 Euro. Die Show sollte doch erst kommende Woche steigen.

Zu seiner größten Überraschung waren die Karten noch gültig, für Mittwoch, den 22. September. Er verschwendete keinen Gedanken daran, wie die Karten in den Müllsack gekommen sein mochten. Das war ihm reichlich egal. Was ihn einzig und alleine interessierte, war, dass er jemanden kannte, der ihm für die beiden Karten mindestens 50 Euro bezahlen konnte. Damit würde er endlich etwas Geld haben und sich nicht nur einen verbilligten »Big Flop« kaufen können.

*

Also manchmal denke ich ernsthaft daran, mir ein Auto zuzulegen. Wie zum Beispiel heute. Bis Klosterneuburg war die Fahrt ja noch das reinste Kinderspiel. In einem nicht sonderlich bequemen Waggon der Bundesbahnen, aber relativ rasch und zuverlässig. Am Bahnhof Kierling hieß es dann, bis zur Wagnergasse seien es nur fünf Minuten. Nach etwa 25 Minuten ist mir klar geworden, dass mich die freundliche alte Dame, die mir diese Auskunft gegeben hat, für einen Autofahrer gehalten haben muss. Na schön, Bewegung soll ja gesund sein und Maximilian hat auch seinen Spaß gehabt. Kurz nach halb vier nachmittags sind wir endlich vor dem Haus Wagnergasse 15 gestanden.

Ich verschwitzt und leicht in Auflösung begriffen, der Hund mit wedelndem Schwanz. Und beide ziemlich durstig.

Mit dem Zauberkoffer habe ich ja anscheinend einen Volltreffer gelandet. Markus und seine Freunde haben sich gleich darauf gestürzt und begonnen, irgendwelche Kunststücke zu produzieren.

Margit Waismeier hat heute viel besser ausgesehen als damals beim Begräbnis. Was natürlich kein Wunder ist. Sie hat sich sogar an mich erinnert. Eine sehr nette Frau, überhaupt eine nette Familie. Wie gut, dass ihr die Schwiegereltern so zur Seite stehen und auf den Buben Acht geben. Die arme Frau muss täglich nach Schwechat zur Arbeit. Ich werde mich einmal umhören, vielleicht ergibt sich was Näheres für sie und sie kann mehr Zeit mit Markus verbringen. Wohnen die beiden jetzt eigentlich hier oder noch im 18. Bezirk?

Maximilian war der Star des Nachmittags. Ich habe zunächst befürchtet, dass ihn so viele kleine Kinder nervös machen. Aber nicht die Spur. Der hat sich wirklich alles gefallen lassen. Fast alles, denn das am Schwanz ziehen hat ihm gar nicht gefallen. Kann ich gut verstehen.

Ob ich Margit Waismeier einmal zum Abendessen einlade? Nur so, ganz ohne Hintergedanken. Plaudern, zuhören und ein gutes Glas Wein trinken, wäre sicher nett. Aber jetzt geht das noch nicht, knapp fünf Monate nach dem Tod ihres Mannes. Ob das mit dem Trauerjahr noch so genau genommen wird? Ein halbes Jahr, o. k., aber gleich ein ganzes? Ich meine, bei aller Trauer ist das Leben für diese junge Frau doch noch nicht zu Ende.

Wird sich alles zeigen. Markus hat mich ja eingeladen, ihn wieder einmal zu besuchen. Und das werde ich auch machen. Dann wird man weitersehen.

Komm her Maximilian, ich muss dich wieder an die Leine nehmen. Wir sind gleich in Heiligenstadt. Jetzt leisten wir uns aber ein Taxi, damit wir uns nicht wieder verspäten.

*

Als Palinski sich Wallners Büro näherte, schlug ihm schallendes Gelächter entgegen. Der Inspektor berichtete den anderen gerade von seinem bemerkenswerten Vortrag vor dem Nationalen Sicherheitsrat. »Ich hoffe nur, dass wir jetzt bald tatsächlich etwas finden. Nach der heißen Luft, die ich heute produziert habe, sollte ich langsam auch einen echten Beitrag zur Aufklärung leisten.«

»Miki« Schneckenburger, der sich von Moni und Lukas losgerissen hatte, lieferte einige lustige Kommentare dazu. Seit sein Sohn auf der Welt war, war der sonst eher trockene, meistens nur unfreiwillig lustige Jurist wie ausgewechselt.

Vielen Dank, Moni und Lukas, dachte Palinski, für den »neuen« Ministerialrat.

Die junge Dame, die an einem der beiden Computer saß, wurde als Mag. Renate Busch vorgestellt. Sie war Expertin des BKA für elektronische Bildbearbeitung und -auswertung und hatte bereits alles für das Abspielen der verschiedenen Aufzeichnungen vorbereitet. Die Filme würden sowohl auf dem Monitor des PCs als auch auf einem großen Flachbildschirm an der Wand zu sehen sein. Sehr professionell, die Frau Magistra, fand Palinski.

»Wir haben hier das komplette Material der beiden TV-Aufnahmeteams sowie elf Bänder, die von Privatpersonen zur Verfügung gestellt worden sind«, erläuterte Martin Sandegger. »Die Laufzeit des gesamten Materials beträgt bei Normaldurchlauf 178 Minuten. Ich hoffe, Sie haben sich für heute nichts weiter vorgenommen.«

Dann ging es auch schon los und Palinski hatte rasch ein überwältigendes Déjà-vu-Erlebnis. Immer dieselben Szenen aus nur unwesentlich abweichenden Perspektiven. Ladak spricht, Ansbichler spricht und überreicht den dritten Preis, holt sein Stecktuch heraus, bückt sich und – peng. Aufnahmen der tödlich getroffenen Frau Ansbichlers lieferten, zum größten Teil reichlich verwackelt, lediglich die beiden Profikameraleute und ein Laie. Und nicht die Spur eines Hinweises, der in der Sache weiterführen könnte. Zumindest bis zum Ende des siebenten Bandes.

Dann, nach 131 Minuten mehr oder zuletzt weniger konzentrierter Betrachtung der entscheidenden zehn Minuten, legte das schon reichlich geschlauchte Team eine Pause ein.

Ein gar nicht mehr lustiger Schneckenburger sehnte sich nach seiner Familie, ein frustrierter Wallner stellte zornig fest, dass das eigentlich die Aufgabe des Bundeskriminalamts war und Palinski unterdrückte den seit einiger Zeit immer stärker werdenden Drang, Wilma anzurufen. Er wollte einfach wissen, ob sie schon zu Hause war oder sich noch immer mit diesem Dullinger herumtrieb.

Fünfzehn Minuten später oder so ging es weiter. Ladak sprach, dann Ansbichler. Plötzlich machte die Kamera einen Schwenk hinauf zu dem eben auftauchenden Flugzeug und verfolgte es mehrere Sekunden, um dann wieder das Rednerpult zu erfassen.

Franca und Magistra Busch hatten die besten beziehungsweise vielleicht auch die geschultesten Augen. Während die Salzburgerin noch »Halt, zurück, das möchte ich nochmals sehen«, rief, hatte die Spezialistin des BKA bereits begonnen, das Band zurücklaufen zu lassen.

Als die Sequenz ab dem Auftauchen des Flugzeuges nochmals im »very slow motion modus« ablief, erkannte auch Palinski, was den beiden Frauen bereits beim ersten Durchlauf aufgefallen war. Unscharf, aber dennoch unverkennbar war da eine Person zu erkennen, die sich aus einem Fenster im dritten Stock des »Blaschek-Hauses« lehnte und mit einem längeren Gegenstand auf die Straße zielte.

Mag. Busch hatte den Film sofort angehalten und machte sich daran, den betreffenden Bildausschnitt mit allen dem Programm zur Verfügung stehenden Mitteln zu vergrößern und zu schärfen. Eine wirklich kompetente Frau, ging es Palinski durch den Kopf, und noch dazu verdammt gut aussehend. Vielleicht sollte ich sie einmal zum Abendessen einladen.

»Wusste ich es doch«, kam es fast triumphierend von Wallner. »Bei einem Standort des Schützen im obersten Stockwerk wäre der Schuss nie in den Kopf der Frau gegangen, sondern bestenfalls in ihre Beine. Der Schusswinkel musste viel, viel flacher sein.« Er berichtete ein weiteres Mal über die Feststellungen des Majors des BKA, dessen Namen er schon wieder vergessen hatte.

Inzwischen war das Bild des mutmaßlichen Täters auf ein Format von etwa 12 x 12 Zentimetern aufgeblasen worden. Etwas unscharf, aber durchaus erkennbar zeigte es einen etwa 30-35 Jahre alten Mann mit hellen Haaren. Ganz und gar nicht der Typ eines Terrorschützen aus dem Nahen Osten.

»Dieses Gesicht habe ich schon gesehen«, in Sandegger war unübersehbar das Jagdfieber ausgebrochen. »Da bin ich mir ziemlich sicher. Geben wir das Bild doch einmal in die Suchdatei ein.«

Sie hatten Glück. Bereits nach etwas mehr als 20 Minuten war der Computer fündig geworden. Bei dem Mann handelte es sich mit einer Wahrscheinlichkeit von 92 Prozent um einen gewissen Oleg Rybatschow, einen gebürtigen Ukrainer. Er war auch unter den Namen »Oskar Wellner«, »Marco Buttani« und »Ralph Albrecht« bekannt und wurde in Zusammenhang mit mehreren Banküberfällen, aber auch zwei Mordanschlägen in Deutschland, Belgien und Polen gesucht. Er wurde dem Dunstkreis der russischen Mafia zugerechnet.

Bingo, das war der Durchbruch, den Wallner erhofft hatte. Jetzt konnte er dem Minister wirklich ein Ergebnis liefern.

Palinski ging noch etwas durch den Kopf. Er war zwar absolut kein Experte für Ballistik, aber der ihm auffallende Widerspruch war so gravierend, dass man kein Experte dafür sein musste. Schiere Logik reichte, wie so oft im Leben, völlig aus.

»Sag einmal, Helmut«, wandte er sich an den Inspektor. »Du hast gerade vorhin etwas von zu steilem Schusswinkel gesprochen und dass der Schütze Frau Ansbichler aus dem obersten Stockwerk nie in den Kopf hätte treffen können.«

»Das stimmt«, bestätigte der Inspektor, »aber das ist inzwischen überholt. Die exakte ballistische Untersuchung wird beweisen, dass der Schuss genau von dem Standort gekommen ist, den wir auf dem Film ausgemacht haben.«

»Das meine ich auch nicht. Ich habe aber das Gefühl, dass der Täter entweder ein miserabler Schütze ist oder Stadtrat Ansbichler überhaupt nicht treffen wollte. Wäre der Schuss direkt über den gebückten Stadtrat hinweggegangen, hätte eigentlich der neben Frau Ansbichler sitzende Bezirksvorsteher Dr. Thaler getroffen werden müssen.«

Palinski nahm ein Blatt Papier und machte eine grobe Situationsskizze. Er zeichnete den Standort aller Beteiligten ein, so wie er sich daran erinnerte. Dann zog er eine direkte Linie vom Schützen über den gebückten Ansbichler hinweg. Und tatsächlich, falls die Positionen richtig eingezeichnet waren, könnte sich Dr. Thaler in vier Wochen sicher nicht mehr der Wiederwahl stellen.

Alle Anwesenden waren verblüfft. »Das ist aber ein echter Hammer«, entfuhr es Schneckenburger.

»Natürlich kann ich mich irren. Falls die tatsächlichen Positionen nur geringfügig von jenen der Skizze abweichen, stimmt meine Schlussfolgerung nicht mehr«, war Palinski völlig klar.

»Wir werden das sofort morgen früh überprüfen«, stellte Wallner fest. »Ich habe aber das Gefühl, dass du völlig recht hast.«

»Um Gottes willen, wie soll ich das bloß meinem Minister klar machen«, jammerte Schneckenburger. »Damit wäre doch seine ganze schöne Terrortheorie im Eimer und wir hätten es mit einem hundsordinären Verbrechen zu tun.«

4

Der junge Morgen hatte sich wieder einmal sehr bemüht, sich von seiner allerbesten Seite zu zeigen. Kein Wölkchen lenkte den frühen Betrachter von dem leuchtenden Tiefblau des Himmels ab, von dem die alles beherrschende Sonne ihre sengende Kraft zur Erde sandte.

Palinski war mit Maximilian unterwegs zum Café »Kaiser«, wo ein exquisites englisches Frühstück angeboten wurde. Der einzige bedeutende Beitrag des Inselvolkes zur internationalen Kulinarik, zumindest für alle, die keine Minzsauce mochten. Oder nicht auf panierte Fischstückchen mit Fritten standen.

Seit er mit seinem »Palinski-Schnitzel« selbst vor einer Art zweiter Karriere im globalen Fast-Food-Geschäft stand, fühlte er sich durchaus berufen, solche früher als chauvinistisch angesehenen Urteile abzugeben. Nicht vergessen, ermahnte er sich. Übermorgen um 18 Uhr gab es in »Wiener's Beisl-Bar« einen Preis für den lieben Mario.

Dass Palinski heute so guter Laune war, lag nicht nur am schönen Wetter. Die attraktive Magistra vom BKA hatte ihm gestern noch angeboten, ihn mit ihrem Auto mitzunehmen. Bei einigen »Absackern« in der Trummelhofbar in Grinzing hatte man sich rasch auf das kollegiale Du geeinigt und die »Bruderschaft« mit einem nicht ganz so kollegialen Kuss bekräftigt. Später vor seinem Haus hatte er Renate noch eine seiner neuen Visitkarten gegeben, worauf sie unbedingt wissen hatte wollen, was denn »Krimiliteranalogie« eigentlich sei.

Eine zweifelsfreie Erklärung war ihm aber unter den

besonderen Umständen nicht mehr ganz gelungen. So hatten sie sich für heute Abend verabredet. Um 20 Uhr beim »Zimmermann« in Salmannsdorf. Dann wollte er ihr ganz genau erklären, was er arbeitete und wie er das tat.

Palinski musste selbstkritisch eingestehen, dass er seit Kurzem geil war wie ein alter Bock. Im Großen und Ganzen war er Wilma, der Frau, mit der er seit 24 Jahren nicht verheiratet war, ebenso lange treu gewesen. Hatte sich in den letzten Jahren mit den gelegentlichen, meistens mehr aus Gewohnheit denn aus spontaner Lust ergebenden One-Night-Stands mit der Mutter seiner Kinder durchaus zufriedengegeben.

Seit Wilma aber mit diesem Dullinger herumzumachen schien, spürte er in seinen Lenden immer öfter Widerstand. Und seit sie ihn vorgestern damit schockiert hatte, dass sie »Manfred« bei der Betreuung seiner portorikanischen Gäste oder woher immer die auch stammten, helfen wollte, ganz kollegial natürlich, war bei ihm der Ofen aus. Nein, falsch, er brannte lichterloh. Palinski hatte den Verdacht, nein, war sich absolut sicher, dass er eine neue Frau brauchte. Und das so rasch wie möglich.

Apropos Wilma, er durfte nicht vergessen, am Heimweg ihren PKW aus der Tiefgarage zu holen. Das war er ihr schon noch schuldig.

Im Café »Kaiser« waren die meisten Tische trotz der frühen Stunde bereits besetzt. Darunter auch »sein« Tisch, wie er bedauernd feststellen musste. Schon wollte er sich mit einer Ersatzlösung zufriedengeben, als er bemerkte, dass Sonja, die Seele des Kaffeehauses, seinen Tisch für ihn geräumt hat. »Kommen S', Herr Boküß, Ihr Platzerl is schon frei.«

Palinski war irgendwie gerührt, andererseits tat ihm der verjagte Gast leid. Wie kam der eigentlich dazu?

»Danke, Frau Sonja. Aber wegen mir brauchen Sie doch keinen Gast vertreiben«, bemerkte er.

»Des is ka Gost, des is mei Stiafbruada, der Charlie. Der kaun ruig wo aundas sitz'n. I waas do, wia gern Sie do sitz'n.« Ungefragt legte sie ihm zwei Tageszeitungen auf den Tisch. »Des Übliche für Sie und a Wassa fürs Hunderl?« Palinski nickte und versenkte sich in die Berichterstattung der die Schlagzeilen beherrschenden Themen »Terror in Wien« und »Kommerzialrat entführt«. Falls über die Sachen, über die er nicht näher Bescheid wusste, ebenso viel Blödsinn geschrieben wurde wie über die beiden Fälle, na dann gute Nacht. Was da an Spekulationen, Halbwahrheiten und simplen Erfindungen die Seiten füllte, war abenteuerlich.

Sonja servierte ihm die Ham and Eggs und Palinski legte das Blatt zur Seite. Ungewollt bekam er wesentliche Passagen des Gespräches am Nebentisch mit. Dabei ging es um das Attentat am Samstag, vor allem aber um die Ehe Stadtrat Ansbichlers. Nach einigen Minuten winkte er Sonja zu sich und flüsterte ihr ins Ohr: »Kennen Sie die beiden Herrschaften am Nebentisch?«

»Na sicha, Herr Boküß, des is da Herr Meiler. Der is Portier im Hotel ›Palais am Kohlmarkt‹. Der andere Herr is sei Bruada.« Sonjas Stärke war es, die Wünsche ihrer Gäste schon zu kennen, bevor sie denen selbst bewusst waren. »Soll i Sie dem Herrn Meiler vuastön?«

»Das wäre wahrscheinlich ganz im Sinne der österreichischen Rechtspflege«, antwortete Palinski großspurig.

»Wos Sie mi imma auf die Schaufl nemman, Herr Boküß«, lachte Sonja kokett und klopfte ihm scherzhaft auf die Finger. Dann ging sie an den Nebentisch und stellte den Kontakt her. Zu einem, wie sich bald herausstellen sollte, sehr wichtigen Informanten.

Meiler war seit 30 Jahren Chefportier im größten Haus der Schmuck-Hotelkette und hatte schon unter dem alten Doktor gearbeitet. Carola hatte ihn bis vor zehn Jahren noch

Onkel Arthur genannt. Das Verhältnis der beiden war erst nach ihrem Eintritt in die Geschäftsleitung formeller geworden. »Und das auch nur nach außen hin«, wie Meiler betonte. Dem alten Mann war anzusehen, wie sehr ihn der Tod seiner Chefin getroffen hatte.

»Das Attentat auf den Ansbichler halte ich für vorgetäuscht«, war seine feste Meinung. »Damit man nicht drauf kommt, dass jemand Carola loswerden wollte.« Meiler betonte das »jemand« so, dass man durchaus meinen konnte, er habe schon jemand ganz Bestimmten im Sinn. So abenteuerlich, wie sie zunächst klang, war diese Theorie gar nicht, fand Palinski. Im Gegenteil, die Erkenntnisse des gestrigen Abends sprachen durchaus dafür.

»Sie mögen den Dr. Ansbichler nicht besonders«, vermutete Palinski, nein, eigentlich stellte er es fest. Die Art, wie Meiler über den Mann Carolas sprach, ließ keinen anderen Schluss zu.

»Das ist nicht zu überhören, oder?«, Meiler lachte. »Ich habe ihm das auch schon ins Gesicht gesagt. Das ist so weit gegangen, dass er seine Frau zwingen wollte, mich zu entlassen.« Er zuckte mit den Achseln. »Wer weiß, jetzt bin ich meinen Job vielleicht eh schon los.«

Meiler bezeichnete Ansbichler als aufgeblasenen Popanz, als Opportunisten der übelsten Sorte. Sowohl als Politiker wie auch privat.

»Ein Jahr nach ihrer Hochzeit ist er bereits mit der ersten Freundin angetanzt, Carola hat das zunächst ignoriert. Nachdem seine außerehelichen Aktivitäten aber beim besten Willen nicht mehr zu übersehen waren, hat sie ihm ein Ultimatum gestellt. Entweder er lässt das bleiben oder er fliegt hinaus.«

Das hatte zunächst gewirkt, da Ansbichler außer seinem damaligen Gehalt als Parteisekretär kein Einkommen hatte.

Das luxuriöse Leben, an das er sich rasch gewöhnt hatte, konnte er nur mit dem Vermögen seiner Frau finanzieren. Er hatte schlicht und einfach Angst davor gehabt, wieder in seine alte Gemeindewohnung ziehen zu müssen.

Nach dem Unfall, der für seine Frau den Rollstuhl bedeutet hatte, war Ansbichler wieder unverschämter geworden. Obwohl es ihr schwergefallen sein musste, hatte Carola ihrer eingeschränkten Attraktivität insofern Rechnung getragen, dass sie ihrem Mann eine oder auch mehrere Freundinnen zugestand. Allerdings unter der Voraussetzung strikter Diskretion.

»Daran hat sich dieser Arsch natürlich wieder nicht gehalten. Vor zwei Jahren soll er sich sogar in einem Jugendlager an drei Minderjährigen vergangen haben. Die Partei hatte größte Mühe, diese Angelegenheit wieder einigermaßen zu bereinigen«, Meiler hatte sich richtig in Rage geredet.

»Aber warum hat man ihn dann nicht schon längst aus dem Verkehr gezogen? Ein solcher Mensch ist doch eine Belastung für die Partei und den Magistrat«, wunderte sich Palinski.

»Das fragen sich viele. Ich bin seit mehr als 40 Jahren Parteimitglied und stolz darauf. Es gibt aber einige Punkte, für die ich mich schäme. Ansbichler steht ganz vorne auf dieser Liste.«

Anscheinend hatte es der Stadtrat gut verstanden, als eine Art »Jolly Joker« wechselnde Allianzen einzugehen und sich auf diese Weise irgendwie unentbehrlich zu machen. Es wurde aber auch gemunkelt, dass er die Leichen in den Kellern einiger einflussreicher Leute kannte und daher bis zu einem gewissen Grad unantastbar geworden war.

Vor einigen Monaten war es Carola Ansbichler-Schmuck dann doch zu bunt geworden und sie hatte die Scheidung eingereicht.

»Ihr Mann soll ihr mit einem langwierigen Scheidungskrieg

mit all dem Schmutz, der bei solchen Gelegenheiten aufgewirbelt wird, gedroht haben. Oder sie müsste sich bereit erklären, ihn im Wahlkampf noch als »liebende Gattin« zu unterstützen und eine stattliche Abfindung zu bezahlen. Dann würde er sich ohne Probleme zu machen einige Monate nach der Wahl scheiden lassen. Natürlich ohne jede Schuldzuweisung.« Der alte Herr wusste wirklich Bescheid. Meiler hatte den Mann vom Nebentisch bis jetzt für einen interessierten Zeitgenossen gehalten, vielleicht auch für einen Journalisten. Und Palinski hatte ihm nicht widersprochen. Aus Gründen der Fairness war es jetzt aber an der Zeit, Meiler über die wahren Motive von Palinskis Neugierde aufzuklären.

Die Tatsache, dass er mit der Polizei zusammenarbeitete, störte Meiler aber nicht im Geringsten. Im Gegenteil. »Ich bin jederzeit bereit, das Gesagte auch zu Protokoll zu geben«, versicherte er.

»Noch eine letzte, wahrscheinlich doch sehr spekulative Frage, Herr Meiler.« Palinski überlegte, wie er das am besten formulieren sollte. »Ansbichler würde selbst bei großzügigster Dotierung der Abfindung im Falle einer Scheidung nur einen Bruchteil dessen erhalten, was ihm im Erbfalle zusteht. Halten Sie es für möglich, dass er Maßnahmen gesetzt haben könnte, die seine Chancen in diese Richtung hin deutlich verbessern?«

Meiler schüttelte nur den Kopf. »Mein Gott Sie drücken sich umständlich aus. Sie wollen wissen, ob ich ihm den Mord an Carola zutraue. Oder auch einen Mordauftrag.«

Recht hat er, dachte Palinski und nickte stumm.

»Fairerweise kann ich diese Frage nicht mit einem eindeutigen Ja beantworten«, Meiler blickte seinem Gegenüber direkt ins Gesicht. »Aber ausschließen würde ich es nicht, wirklich nicht.«

Palinski nickte nochmals, dann holte er sein Mobiltelefon

heraus und informierte Inspektor Wallner über die wirklich interessanten Neuigkeiten.

*

Ich kenne Helmut Wallner jetzt schon einige Zeit, habe aber noch nie erlebt, dass er so rasch jemanden geschickt hat, um einen Zeugen zur Befragung abholen zu lassen. Die Aussage dieses Meilers ist aber auch wirklich Dynamit. Vor allem, wenn sich herausstellt, dass meine These zutrifft und der tödliche Schuss genau die Person getroffen hat, die der Täter zu treffen beabsichtigte. Na, wir werden ja bald mehr wissen.

Komm Maximilian, jetzt holen wir das Auto vom Frauerl. Stimmt ja gar nicht, der arme Hund hat gar kein Frauerl. Ob Renate Hunde mag. Gestern hatte sie zwar keine Berührungsängste, aber besonders herzlich war sie auch nicht zu dir, gell. Aber die Margit Waismeier hat dir den Bauch gekrault, ziemlich lange. Ich stelle mir das schön vor.

Wo ist der Wagen jetzt? Ich habe ihn doch hier abgestellt. Definitiv auf dem Platz hier, neben dem Zugang zum Aufzug. Das gibt es doch nicht, der Wagen ist weg.

Ob die Marktleitung den Schmäh durchschaut und das Auto abschleppen hat lassen? Aber wie soll das gehen? Hier kommt doch kein Abschleppwagen herein. Viel zu eng. Man kommt ja kaum um die Ecken mit dem Van. Ob der Wagen gestohlen worden ist? Das wäre was, dann habe ich bei Wilma endgültig ausgeschissen.

Aha, da ist das Telefon zum Marktleiter. Hallo, mein Name ist Palinski. Ich vermisse mein Auto hier in Ihrer Garage. Ist möglicherweise ein Fahrzeug abgeschleppt worden? Nein, das habe ich mir gedacht. Gut, ich kläre das ab und melde mich wieder.

Also die Polizei verständigen kann ich auch selbst. Viel-

leicht sollte ich Wilma noch fragen, ob sie was darüber weiß. Aber die weiß sicher nichts, sonst hätte sie mich angerufen.

Hallo, Helmut, mit wem spreche ich am besten, wenn ich einen Autodiebstahl melden muss. Aha, Hauptmann Gertmar. Nein. Ich verstehe, Gärtner. Kannst du ihn bitte vorinformieren, vielleicht haben wir Glück und der Wagen taucht auf, bevor Wilma die ganze Sache mitbekommt.

Na, du hast leicht lachen. Wilma ist nicht wie Franca. Da kann man nichts machen. Gut, ich rufe Hauptmann Gärtner in zehn Minuten an. Oder noch besser, ich komme gleich ins Kommissariat. Gut, ich schau bei dir vorbei. Bis gleich.

Komm Maximilian, gehen wir, bevor ich noch eine Depression aufreiße.

*

Exakt um 10.12 Uhr klingelte das Telefon in der Suber'schen Villa in der oberen Himmelstraße. Heinz Blum, der für die Telefonüberwachung zuständige Beamte, setzte seine Kopfhörer auf, drückte einige Knöpfe und gab Dr. Suber ein Zeichen, das Gespräch anzunehmen. Suber, dessen Nerven seit dem Auffinden des abgetrennten Fingers seines Schwiegervaters offen lagen, griff mit zitternder Hand zum Hörer.

»Sssuber«, meldete er sich mit leiser, unsicherer Stimme, dann nochmals etwas lauter »Dr. Suber.«

»Haum S' de 87.000 Euro beinander?« wollte der Entführer wissen.

»Ja, ja, machen Sie sich keine Sorgen«, murmelte Suber, »das Geld liegt bereit.« Blum wollte ihm heftig gestikulierend etwas zu verstehen geben. Was hatte er ihm seit vorgestern gebetsmühlenartig immer wieder eingetrichtert? Ah ja, das Gespräch in die Länge zu ziehen, damit der Standort des Anrufers festgestellt werden kann.

»Kann ich mit meinem Schwiegervater sprechen, ehe wir fortfahren?«

So was in der Art hatte der Entführer befürchtet. Nach längerem Überlegen hatte er sich für diesen Fall eine Notlösung ausgedacht, die entweder funktionierte oder auch nicht. Das würde sich jetzt gleich zeigen.

»Einen Moment, Ihr Vater ist gerade beim Waschen. Ich werde sehen, ob er kommen kann. Ich rufe Sie gleich wieder an.« Wie jeder aufmerksame Freund einschlägiger Filme wusste auch der Entführer, dass Gespräche mit über 30 Sekunden Länge zur Ausforschung des Anrufers führen konnten.

»War wohl zu kurz«, mutmaßte Suber, doch Blum winkte ab. »Ich fürchte, auch ein längeres Gespräch würde uns nicht weiterbringen. Wenn ich mich nicht sehr irre, dann spricht der Mann«, so viel stand inzwischen zweifelsfrei fest, »mit einem Wertkartenhandy.«

»Man kann zwar den Standort eines solchen Mobiltelefons zum Zeitpunkt des Anrufes feststellen, aber kein Verbrecher wird so blöd sein«, der Telefontechniker lachte meckernd auf, »dort zu warten, bis die Polizei eintrifft.« Das Meckern war unangenehm.

Blum hatte recht, soweit es das Wertkartenhandy betraf, nicht aber, was die Intelligenz des Anrufers oder sagen wir, sein Wissen über die Aufspürbarkeit von nicht registrierten Mobiltelefonen betraf. Denn der Entführer dachte gar nicht daran, seinen Standort, das einsame Häuschen im Wienerwald, zu verlassen.

»Der Herr Kommerzialrat will nicht mit Ihnen sprechen. Er geniert sich, da seine dritten Zähne, also seine Brücke gebrochen ist«, meldete sich der Entführer wieder. »Es klingt sehr komisch und unverständlich, wenn er spricht. Darum geniert er sich auch. Es tut mir leid.«

Suber überlegte. Er hatte gar nicht gewusst, dass sein

Schwiegervater falsche Zähne hatte, aber bei einem Mann seines Alters war das wohl nur logisch. »Aber wie soll ich wissen, dass er noch am Leben ist, wenn ich seine Stimme nicht höre.«

Das war ein Argument, musste der Entführer sich eingestehen und artikulierte das auch. »Das ist ein Argument. Ich werde sehen, was ich machen kann und rufe Sie wieder an.«

29 Sekunden, das war sich gerade noch ausgegangen. Schwer atmend legte er das Telefon zur Seite und dachte nach. Was sollte, was konnte er jetzt noch tun. Der Alte war tot und konnte daher nicht mehr sprechen. Das Einzige, was ihm blieb, um die 87.000 Euro noch zu retten, war ein überzeugender Bluff.

Der Entführer war kein gebildeter Mensch und auch nicht sonderlich intelligent. In ganz seltenen Momenten hatte er aber Genieblitze der Marke »Bauernschlau« und das war jetzt sein erster. Dachte er zumindest.

Da waren doch diese beiden Karten für die Stadthalle, für irgend so ein ausländisches Ballett. Für übermorgen Abend, falls er sich nicht irrte. Das war doch eine Information, die nur der Kommerzialrat haben konnte. Oder?

Er wählte neuerlich die Nummer Dr. Subers, der sich nach dem zweiten Signalton meldete.

»Hören Sie zu. Der Herr Kommerzialrat will nicht, dass Sie sein unverständliches Kauderwelsch zu hören bekommen. Er geniert sich und das sollten Sie respektieren. Er lässt aber ausrichten«, der Entführer holte tief Luft, »dass Sie endlich zahlen sollen, damit die Karten für die Stadthalle, für die Veranstaltung am Mittwochabend nicht verfallen. Halten Sie sich also morgen Abend ab 22 Uhr bereit, dann werden Sie telefonisch zum Übergabeort dirigiert werden.« Die Verbindung war wieder unterbrochen und Blum zuckte mit den Achseln. »28 Sekunden, der Bursche muss ein ganz ausgebuffter Profi sein.«

Suber grübelte über den Hinweis mit den Karten nach. Was sollte das bedeuten? Im Zweifel würde er bezahlen, denn die 87.000 Euro taten ihm nicht weh. Das war er dem Alten schließlich schuldig. Einmal sehen, ob irgendjemand etwas mit dem Hinweis auf Karten für die Stadthalle für übermorgen anfangen konnte.

Der Entführer rätselte, ob das wohl gereicht hatte. Er hatte ein ganz gutes Gefühl, irgendjemand in der Familie musste doch etwas von diesen Tickets wissen. Oder hatte der Alte irgendwo ein nettes, kleines Mauserl, mit dem er sich die Zeit vertrieb?

Es musste einfach klappen, schließlich benötigte er die Kohle. 22.000 zur Abzahlung der Hypothek auf das Haus und 60.000 als eiserne Reserve, denn er würde ja in Kürze arbeitslos sein.

Die restlichen 5.000 standen ihm auch zu, schließlich konnte er nichts dafür, dass sich Janos mit seinem Geld auf irgendeiner Insel ein schönes Leben machte.

*

Auf dem Weg zum Kommissariat hatte Palinski noch dreimal versucht, Wilma zu erreichen. Doch vergebens. Es war für ihn auch nicht vorstellbar, wie sie oder sonst wer an den Wagen gekommen sein sollte. Montags hatte sie immer ab 8 Uhr Unterricht und keine Zeit gehabt, das Fahrzeug vorher abzuholen. Falls sie überhaupt gewusst hatte, dass es in der Tiefgarage stand. Und er hatte es ihr sicher nicht gesagt.

Hauptmann Gärtner war dann sehr zuvorkommend gewesen und hatte zugesagt, die Suchmeldung sofort weiterzuleiten.

Jetzt saß Palinski in Wallners Büro. Im Nebenzimmer nahm Sandegger das Protokoll mit dem Überraschungszeugen Meiler auf. Fasziniert von der Wendung, die der Fall nach dieser Aussage zweifellos nahm, pendelte Wallner zwischen den beiden Zimmern hin und her.

»Wenn das wirklich so gewesen sein sollte, wie es sich jetzt abzeichnet, dann wird das einen irrsinnigen Skandal geben. So kurz vor den Wahlen kommt das einem innenpolitischen Erdbeben gleich. Also ich möchte nicht in Ansbichlers Haut stecken«, dozierte er vor sich hin.

»Also in Ansbichlers Haut würde ich weder jetzt noch irgendwann sonst stecken wollen«, konterte Palinski trocken. »Der Mann hat mich schon immer angekotzt.« Er blickte sich im Raum um. »Ich würde mir gerne noch einmal das Filmmaterial ansehen. Wer weiß, was wir aus dem Blickwinkel der neuen Erkenntnisse noch zu sehen bekommen.«

»Leider hat das BKA den großen Flachbildschirm schon wieder abholen lassen«, bedauerte Wallner, »du musst also mit dem kleinen Monitor vorlieb nehmen.«

»Ich sehe mir das Material auch noch einmal an«, meinte Franca, »vier Augen sehen mehr als zwei.« Palinski war das nur recht. Da sie sich heute nur mehr auf den Auftritt Ansbichlers konzentrierten, lief das Ganze erheblich rascher ab als am Abend zuvor. Nach etwas mehr als einer Stunde hatten sie das gesamte Material durchgesehen. Fast überall das Gleiche. Franca blickte Palinski an und der wieder die junge Frau.

»Ist dir etwas aufgefallen?«, wollte sie wissen und er nickte. »Und dir?«, gab Palinski die Frage zurück und auch Franca nickte. Auf sämtlichen Filmen außer jenem, der den Schützen zeigte, konnte man erkennen, wie die Menschen als Reaktion auf das plötzlich auftauchende Flugzeug ihre Köpfe hoben und den Blick gegen den Himmel richteten. Ansbichler dagegen hatte seinen Kopf wesentlich flacher gehalten und immer wieder auf einen Punkt geblickt, der sich deutlich unterhalb des Flugzeugs befinden musste. Und das nicht erst ab dem unerwarteten Auftauchen des Fliegers, auf das er nur für den Bruchteil einer Sekunde reagiert hatte, sondern schon die ganze Zeit vorher.

So, als ob er, bewusst oder unbewusst etwas gesucht hätte. Etwas oder jemanden, dessen Anblick er an der Außenfront des »Blaschek-Hauses« erwartete.

»Es sieht ganz so aus, als ob Ansbichler gewusst hätte, was geschehen wird. Sein rechtzeitiges Bücken war kein glücklicher Zufall, ganz im Gegenteil. Es war das Signal für den Täter, jetzt den Schuss abzugeben«, fasste Franca ihre Eindrücke zusammen.

Palinski nickte. Er hatte dem nichts hinzuzufügen.

»Als gerichtstauglicher Beweis reichen die Videos wahrscheinlich nicht aus«, kommentierte Wallner den Verdacht der beiden, »aber es sind sehr starke Indizien. In Verbindung mit dem, was wir von Herrn Meiler wissen, und den übrigen Verdachtsmomenten sollte es aber für eine offizielle Untersuchung gegen Ansbichler reichen. Zumindest unter normalen Umständen«, schränkte er ein.

»Wissen wir schon, wem die Wohnung oder das Büro gehört, von dem aus geschossen worden ist?«, wollte Palinski jetzt wissen.

»Laut erster telefonischer Auskunft der Hausverwaltung steht die Wohnung im Eigentum eines Dr. Heimo Baltegg, eines Anwalts aus Klagenfurt. Seine Tochter Sabine studiert an der WU und wohnt normalerweise in dieser Wohnung. Sie ist aber seit Anfang Juli nicht mehr da gewesen, die Studenten haben ja noch Ferien. Die Tatortgruppe ist gerade dabei, die Wohnung zu filzen.«

»Wird es nicht langsam Zeit, den Minister von der unerwarteten Wendung des Falles zu informieren«, gab Palinski zu bedenken, »bevor noch das halbe afroasiatische Institut wegen dringenden Terrorverdachts verhaftet wird?«

»Das werden wir wohl langsam müssen«, gab Wallner zu, »auch wenn mir die Vorstellung gar nicht gefällt.«

»Du musst das ja nicht unbedingt selbst erledigen«, beruhigte Palinski den leicht frustrierten Inspektor. »Wozu halten wir uns einen eigenen Verbindungsmann im Range eines Ministerialrats?«

Ein Strahlen ging über Wallners Gesicht. »Eine wirklich ausgezeichnete Idee«, lobte er den Freund, während er die Nummer »Miki« Schneckenburgers wählte.

*

Der Minister war heute in Brüssel und das verschaffte »Miki« Schneckenburger etwas Zeit zum Überlegen. Die brauchte er auch dringend, um seinem auf »Internationalen Terrorismus« voll eingeschossenen obersten Chef so sanft wie möglich beizubringen, dass die Dinge oft nicht so waren, wie es zunächst schien. Sprich, dass es sich bei dem Fall »Ansbichler« nicht um eine Bedrohung der Staatssicherheit mit internationalen Implikationen handelte, sondern um einen relativ ordinären Mord. Allerdings mit beachtlichem innenpolitischen Explosionspotenzial. Die hektischen Aktivitäten in dieser Causa konnten aber nicht darüber hinwegtäuschen, dass es auch noch den Fall »Filzmayer« gab.

Blum hatte Wallner noch am Vormittag von der für den nächsten Abend angekündigten Geldübergabe informiert. Das Labor hatte die Ergebnisse der Untersuchung des abgetrennten Fingers durchgegeben. Abgesehen davon, dass der Finger einem noch lebenden Kommerzialrat abgehackt worden war, hatten sich unter dem Fingernagel ausreichend Hautreste gefunden, um eine DNA-Untersuchung durchführen zu können.

»Der Entführer muss irgendwo am Körper eine oder

mehrere ordentliche Kratzspuren aufweisen«, hatte Wallner gemeint und auf das Gesicht getippt.

»Ganz schön brutal«, hatte Palinski gefunden, »einem lebenden Menschen einen Finger abzuhacken.« Aber die Alternative dazu war natürlich noch weniger erfreulich. »Der Entführer scheint überhaupt ein etwas widersprüchlicher Charakter zu sein. Einerseits diese Brutalität, andererseits der eher respektvolle Ton seines Schreibens und dann noch diese völlig unverständliche Lösegeldsumme. Viel zu niedrig angesichts der wirtschaftlichen Möglichkeiten des Opfers und kein wirklich gerundeter Betrag. Sieht aus, als ob ein akuter Kapitalbedarf errechnet worden ist.« Er nahm sich vor, noch heute Abend in seiner Datenbank »Crimes – facts and ideas« nach Erklärungsansätzen zu forschen.

Und welche Bedeutung hatten diese mysteriösen Karten für die Stadthalle, die der Entführer erwähnt hatte? Hatte Franca nicht eine Bemerkung über Subers jüngste Tochter fallen lassen, die mit ihrem Großvater in irgendein Konzert gehen wollte? Wie auch immer, der bevorstehende Besuch des Kartenbüros sollte Licht in diesen Detailaspekt des Falles bringen.

Das Gespräch mit Dr. Winkelreither, dem Anwalt Filzmayers und Vorsitzenden des Aufsichtsrates, von dem Wallner und Palinski eben kamen, hatte nicht viel Neues ergeben. Nach den anfänglichen Versuchen, sich hinter der Schweigepflicht zu verschanzen, hatte der Jurist die Ausführungen des ehemaligen Oberbuchhalters und nunmehrigen »Deputy Chief Finance Officers« Nowotny über die gesellschaftsrechtliche Situation und die realen Machtverhältnisse in der »Alfons Filzmayer & Söhne AG« im Wesentlichen bestätigt. Für den gelinde gesagt etwas sonderbaren Brief, der angeblich von Filzmayer stammen und in dem er seinen Widerstand gegen den »Japan-Deal« aufgegeben haben sollte, hatte der Anwalt auch keine befriedigende Erklärung gehabt.

»Finden Sie es nicht eigenartig, dass der Kommerzialrat einen eine so wichtigen Angelegenheit betreffenden Brief schreibt, ohne mit Ihnen darüber zu sprechen? Das noch dazu einen Tag, bevor er entführt worden ist.« Wallner hatte seine gesamte Skepsis gegenüber dem gesunden Menschenverstand der Jünger der Jurisprudenz in den nächsten Satz gelegt. »Das sieht ja so aus, als ob er von der Entführung gewusst oder sie zumindest erahnt hat.«

Dr. Winkelreither hatte nur mit den Achseln gezuckt. »Nachher weiß man immer alles besser«, was für einen hochbezahlten Spezialisten doch ein etwas schwacher Rechtfertigungsversuch war.

»Eine letzte Frage, Doktor. Sind die den Vertrag mit den Japanern betreffenden Beschlüsse rechtlich einwandfrei und unanfechtbar?«, hatte Palinski noch wissen wollen.

»Aufgrund der Gesetze sowie der relevanten handels- und privatrechtlichen Vereinbarungen sind sämtliche Beschlüsse und die darauf basierenden Verträge absolut wasserdicht«, hatte der Anwalt bestätigt. »Der Syndikatsvertrag sieht ohne »Wenns und Abers« vor, dass die Vorstandsfunktion des Herrn Kommerzialrats im Falle einer mehr als dreitätigen Verhinderung auf Dr. Suber übergeht. Und dass Erika Suber-Filzmayer seine Stimmrechte in der Hauptversammlung wahrnimmt.«

Palinski hatte Wallner angeblickt und der hatte genickt. Das war zweifellos ein ausgewachsenes Motiv. Aber doch nicht für das Abhacken eines Fingers. Da musste zusätzlich noch etwas vorgefallen oder schiefgelaufen sein.

Jetzt hatten die beiden die Weihburggasse erreicht und standen vor dem Kartenbüro. »Dass sich so eine kleine Agentur wie diese heute überhaupt noch behaupten kann«, wunderte sich Wallner. »Das ist erstaunlich und macht Mut.«

»Ich habe gehört, dass der Inhaber, ein Herr Walter, außerordentlich gute Kontakte hat und auch dann noch Karten bekommt, wenn andere keine Chance mehr sehen. Sogar Hotelportiers sollen sich gelegentlich an ihn wenden«, erinnerte sich Palinski.

Ihre Ankunft im Laden wurde durch das »Bing« einer dieser altmodischen Türglocken angekündigt. »Augenblick, ich komme sofort«, tönte es aus dem Hinterzimmer und ein alter Herr mit schlohweißen Haaren schlurfte langsam herein. »Guten Tag, meine Herren, womit kann ich Ihnen dienen?«

Wallner holte seine Marke heraus und stellte sich und Palinski vor. »Wir haben ein paar Fragen an Sie?«

»Ich würde mich freuen, wenn ich Ihnen helfen kann«, sagte der alte Herr auf eine Art, die einem das Gefühl gab, dass er meinte, was er sagte.

»Stimmt es, dass Herr Kommerzialrat Eugen Filzmayer zu Ihren Kunden zählt«, eröffnete Wallner.

»Ja, das trifft zu. Der Herr Kommerzialrat ist seit fast 50 Jahren Kunde bei uns. Soviel mir bekannt ist, hat er alle seine Kartenwünsche über uns abgewickelt. Sogar für die Scala und die Metropolitan«, meinte er stolz. »Aber das ist schon lange her. Schrecklich, was ihm da zugestoßen ist.«

»Woher wissen Sie, was geschehen ist?«, mischte sich Palinski in das Gespräch ein.

»Einerseits aus der Zeitung und den TV-Abendnachrichten, aber auch von der kleinen Miriam Suber. Der Herr Kommerzialrat hat offenbar versprochen, mit ihr das ›Riverdance‹-Gastspiel übermorgen in der Stadthalle zu besuchen. Jetzt wird wohl nichts daraus werden. Sie hat mir ihr Leid geklagt.« Der alte Herr senkte seine Stimme: »Offenbar interessiert sich zu Hause niemand sonderlich für das Kind.«

Angesichts der Umstände nicht überraschend, fand Palinski. Aber er verstand auch, was der alte Mann meinte. Einige tröstende Worte für das Kind müssten eigentlich trotz allem drinnen sein.

»Falls jemand in den Besitz dieser Karten kommt, wie kann er sie verkaufen, ohne aufzufallen?«, sprach Wallner aus, was Palinski schon die ganze Zeit durch den Kopf ging.

»Ich denke, das geringste Risiko geht so ein Mensch ein, wenn er die Karten unmittelbar vorher einem Schwarzhändler verkauft. Bei einer Veranstaltung wie dieser ist die Nachfrage viel größer als das Angebot.« Der alte Mann setzte sich. »Da bringen sie die Karten auch mit einem 50-prozentigen Aufschlag weg wie nichts. Besonders so gute Plätze, wie sie der Herr Kommerzialrat bestellt hat.«

»Sie haben doch sicher in Ihrem Computer vermerkt, welche Plätze Herr Filzmayer bekommen hat?«

»Natürlich«, der alte Herr setzte seine Brille auf und schlug ein dickes auf dem Pult liegendes Buch auf. Nach einigem Blättern teilte der den beiden Kriminalisten stolz mit: »Hier ist es: 1. Reihe Mitte, Plätze 14 und 15.«

Wallner und Palinski dankten Herrn Walter für seine Hilfe und der wünschte ihnen viel Glück. »Hoffentlich finden Sie den Herrn Kommerzialrat bald und vor allem auch gesund wieder.«

*

Auf der Fahrt in den 19. Bezirk erhielt Wallner einen Anruf von Hauptmann Gärtner, der ihm mitteilte, dass das »von ihrem Bekannten, Herrn Mario Palinski als gestohlen gemeldete Fahrzeug Renault Espace, Baujahr 2001, sichergestellt und der Fahrer im Koat Penzing festgehalten wird. Eine gute Nachricht, fand Palinski. Mit ein wenig Glück würde Wilma die leidige Angelegenheit überhaupt nicht mitbekommen. Und ihm würden einige Vorwürfe der weniger angenehmen Art erspart bleiben.

Entsprechend beschwingt erreichte er sein Büro, wo er

feststellen musste, dass mit 19 Anrufen am Tonband ein neuer Allzeitrekord aufgestellt worden war. Wie schön, das Geschäft lief immer besser. Wenn das so weiterging, konnte er bald daran denken, zumindest eine Halbtagskraft zu seiner Entlastung einzustellen. Ob Margit Waismeier an so einem Job interessiert wäre? Immerhin lag sein Büro wesentlich näher als ihr derzeitiger Arbeitgeber in Schwechat.

Jetzt war aber zunächst Maximilian an der Reihe. Der Gute war jetzt schon mehr als vier Stunden eingesperrt gewesen und musste dringend hinaus. Gerade als Palinski und sein Hund das Büro verließen, klingelte erneut das Telefon. Anruf Nummer 20 auf Band schraubte den Rekord neuerlich in die Höhe, dachte er sich verspielt. Im Hof angelangt erhielt seine gute Laune allerdings einen Dämpfer. Aus dem offenen Fenster seines Büros drang unüberhörbar Wilmas Stimme. Er konnte zwar nicht verstehen, was sie sagte, aber das Wie ließ nichts Gutes erwarten. Trotz der dicken Haut, die er sich in den letzten Jahren zugelegt hatte, hatte er plötzlich ein mulmiges Gefühl. Egal, jetzt war erst einmal eine Runde mit Maximilian angesagt. Der Ärger lief ihm ohnehin nicht davon.

Plötzlich kam ihm Harry entgegen, offenbar auf dem Weg nach Hause. Und Palinskis Neugierde feierte einen überzeugenden Sieg.

»Hallo, mein Sohn«, begrüßte er den angehenden Studenten der Technischen Universität, der Architekt werden wollte. Zumindest derzeit. Warum auch nicht.

»Hallo, Papa, was willst du von mir?«

»Wieso, was soll ich von dir wollen?«, Palinski stotterte fast etwas. War er schon so leicht durchschaubar?

»Immer wenn du ›Hallo, mein Sohn‹ sagst, willst du gleich darauf, dass ich etwas für dich mache.«

Komisch, dachte Palinski, manche Sachen fallen einem selbst gar nicht auf. »Du liest in mir wie in einem offenen

Buch, mein Lieber.« Er erzählte ihm von den 20 Anrufen, ohne speziell auf den letzten einzugehen. »Falls du mir Maximilian für eine Stunde abnimmst, wäre mir sehr geholfen. Er muss übrigens dringend Pipi.«

Harry war wirklich ein gutes Kind, dachte er sich, als er sich wenige Minuten später an den Schreibtisch setzte und begann, den ersten Anruf abzuhören.

*

Also das mit dem neuen Allzeitrekord stimmt nicht. Wenn ich die »Tom Dooleys« abziehe, also die Aufgehängten und die, die zwei oder mehrmals angerufen haben, bleiben acht echte Anrufe über. Und das ist leider nur guter Durchschnitt.

Was aber schlimmer ist, Wilma hat alleine fünf Nachrichten hinterlassen. Und ist dabei, obwohl das nach dem ersten Anruf kaum mehr möglich zu sein schien, mit jedem Anruf böser geworden. Beim letzten war sie richtig ausfallend, ja ordinär, das muss ich ihr wirklich einmal sagen. »Wenn du je noch einmal deinen Hintern in meinem Wohnzimmer platzieren möchtest, du aufgeblasener Kriminalpopanz, dann rufst du mich sofort zurück. Seit du Detektiv spielst, bist du offenbar größenwahnsinnig geworden. Ich verliere jetzt langsam wirklich die Geduld mit dir.«

Schon eigenartig, dass es diese Frau nach so langer Zeit noch immer schafft, mir Schuldgefühle einzureden, meinen Blutdruck in ungesunde Höhen schnellen zu lassen und in mir den Drang weckt, mich entschuldigen zu wollen. Vor allem das Letztere macht mir irgendwie Angst. Ist das eine Art Hörigkeit oder nur chronische Blödheit? Oder ein Reflex wie beim Pawlowschen Hund? Beruhige dich, Mario, höre dir erst einmal an, was die anderen wollen. Don't worry, be happy.

»Miki« wünscht ebenfalls einen dringenden Rückruf, der Minister will uns noch heute sehen. Also wenn das so weitergeht, wird die Subvention bald aufgebraucht sein.

Renate muss ebenfalls zum Minister und fürchtet, dass unser Rendezvous am Abend darunter leiden wird. Das fürchte ich auch. Wie es aussieht, werden wir uns eben dort sehen.

So, die andern Anrufer können bis morgen warten. Jetzt kommt einmal der Herr Ministerialrat dran.

»Hallo, Miki. Gut, wenn es nicht anders geht, dann eben in aller Kürze. Um 21 Uhr im Ministerbüro. Um was geht es eigentlich? Was meinst du? Ich soll nicht so blöd fragen. Du bist aber nicht sehr nett zu mir. Also bis dann.«

So, jetzt Renate. Was ist das, ihre Mailbox? Hallo, verliere nicht die Hoffnung, wir sehen uns früher, als du glaubst. Liebe Grüße.

So, was steht jetzt noch an? Eigentlich müsste ich wieder einmal etwas aufräumen. Es sieht schon wieder abenteuerlich aus. Ob ich mir einmal pro Woche eine Putzfrau leisten soll? Finanziell müsste das ja inzwischen drinnen sein. So ein Institut muss ja etwas gleichschaun. Zuerst schneide ich mir aber noch die Fingernägel. Bevor mir noch einer abbricht.

Mario, wem willst du eigentlich etwas vormachen. Sei nicht so eine schwache Raspel und ruf endlich Wilma an. Ehe sie noch total durchdreht.

»Hallo, liebe Wilma, was hat dich denn so in Erregung versetzt, mein Schatz?« Ich fasse es nicht. Dullingers neuer BMW hat Probleme mit der Elektronik gehabt und Wilma hat ihm ihr Auto für heute geborgt. Weil der »liebe Manfred« wichtige Wege zu erledigen hat. Statt zu arbeiten. Den hat er sich schon vor 8 Uhr aus der Tiefgarage geholt. Woher hat Wilma bloß gewusst, wo sich der Wagen befunden hat? Na ja, so einmalig war meine Idee wohl doch nicht. Hat sich eigentlich aufgedrängt.

Und um halb zwei hat die Polizei Dullinger auf der Linzer Straße gestoppt und wegen Autodiebstahls verhaftet. Mann, da wäre ich gerne dabei gewesen. Das dumme Gesicht hätte mich für sehr viel Ärger in der Vergangenheit entschädigt.

Vielleicht sollte ich nicht so direkt in den Hörer lachen, das wirkt wahrscheinlich ziemlich provokant. Was soll ich? Ich soll mich bei Manfred entschuldigen. Ich denke gar nicht daran. Das Einzige, was ich machen werde, ist, dass ich mich um seine Freilassung kümmere. Wahrscheinlich sogar noch heute.

Was, das hast du schon veranlasst. Auch gut. Sag, drehst du jetzt komplett durch? Weißt du was, beim nächsten Straßenfest kannst du dir selbst einen Parkplatz suchen. Jetzt hat sie tatsächlich aufgelegt. Wie es aussieht, ist sie wirklich sauer. Was soll ich machen, ich kann es nicht ändern. Don't worry, be happy.

*

Die Abendmaschine aus Brüssel hatte etwas Verspätung und so war es fast 23 Uhr, als Minister Dr. Fuscheé in seinem Büro eintraf.

»Miki« Schneckenburger hatte die aus Wallner, Franca Aigner, Martin Sandegger, Magistra Renate Busch, zwei weiteren Mitarbeitern des BKA und Palinski bestehende Runde im kleinen Besprechungszimmer platziert und sie mit Gulaschsuppe und alkoholfreiem Bier, wahlweise Mineralwasser, bei Laune gehalten.

Der Ministerialrat und Wallner legten die Vorgangsweise für die Präsentation fest. Schneckenburger würde einleiten und moderieren und die anderen zu den entsprechen Punkten zu Wort kommen lassen.

Danach delektierten sie sich an der erstaunlich guten Gulaschsuppe und Palinski überlegte, den Minister um das

Rezept zu bitten. Ob der überhaupt die richtige Adresse in dieser Sache war?

»Kannst du mir morgen Vormittag bei den Befragungen im Büro Ansbichlers im Rathaus behilflich sein?«, wollte Wallner wissen und Palinski konnte. »Gut, also dann um 9 Uhr im Rathaus.«

Magistra Busch versuchte zwischendurch immer wieder, in Blickkontakt mit dem interessanten Mann zu treten, der gestern völlig unerwartet in ihr Leben getreten war. Er war zwar gut und gerne 15 Jahre älter als sie und optisch alles andere als ihr Traumtyp. Aber irgendetwas an dem Mann zog sie unwahrscheinlich an.

Wahrscheinlich war es seine nonchalante Art, an Menschen und Dinge heranzugehen. Oder diese Mischung aus Intelligenz und Inspiration, mit der er Probleme anging und wahrscheinlich auch löste. Alleine diese Chuzpe, sein Büro »Institut für Krimiliteranalogie« zu nennen und damit auch durchzukommen, verdiente Bewunderung. Wer weiß, vielleicht würde es in zehn Jahren sogar schon einen Lehrstuhl dafür geben und Mario wäre dessen Inhaber. Zuzutrauen war es ihm, fand Renate.

Palinski blieben die Bemühungen der schönen Magistra natürlich ebenso wenig verborgen wie den anderen Anwesenden. Einerseits schmeichelte ihm die Aufmerksamkeit der jungen Frau, andererseits war ihm die qualifizierte Öffentlichkeit, in der das geschah, nicht ganz angenehm. Vielleicht wäre es aber gar nicht verkehrt, wenn einer der Anwesenden Wilma einmal so ganz beiläufig steckte, dass auch die schönen Töchter anderer Mütter Interesse an ihm zeigten. Was aber, wenn Wilma das völlig egal war? Palinski konnte sich das zwar nicht vorstellen, auszuschließen war es aber auch nicht.

Endlich hatte der Minister den Raum betreten und Palinski aus seinen Selbstzweifeln gerissen. Er begrüßte die Anwesenden und entschuldigte sich sowohl für den späten Termin als auch für die zusätzliche Verspätung. »Es muss wohl Gegenwind geherrscht haben«, stellte er lapidar fest.

Bevor man in medias res ging, wollte er aber noch kurz eine administrative Sache vom Tisch haben. »Herr Palinski, ich brauche eine Unterschrift von Ihnen. Unter unsere Subventionszusage und Ihre damit verbundene Beratungsverpflichtung«, erklärte er. »Wir haben den Betrag auf 20.000 Euro aufgestockt«, das hörte Palinski gerne, »werden uns aber jeden Cent über Ihre Leistungen zurückholen.« Er lachte gönnerhaft, mit einem leichten Drall zu widerlich.

»So ist es recht«, konnte sich Palinski nicht zu sagen verkneifen, »wie spricht doch Volkes Munde seit Neuestem? Ein guter Abend beginnt mit einem guten Vertrag.«

Er unterschrieb, ohne dem Kleingedruckten größere Beachtung zu schenken. Wenn man einem Minister nicht einmal mehr trauen konnte, wem dann?

Jetzt stand »Miki« Schneckenburgers Vortrag aber nichts mehr im Wege. Er stellte die bisherige offizielle Version eines Terroranschlags an den Anfang und begann dann, diese Theorie Punkt für Punkt zu widerlegen. Besonders die Folien mit den verschiedenen Flugbahnen und Schusswinkeln und die von allen anderen deutlich abweichenden Reaktionen des scheinbaren Opfers Ansbichler auf das Auftauchen des Flugzeuges waren wirklich überzeugend.

»Morgen Vormittag erfahren wir, was die Tatortgruppe in der Wohnung von RA Baltegg alles gefunden hat. Die Kollegen in Klagenfurt befragen den Anwalt und seine Tochter und beschaffen die Fingerabdrücke. Und die internationale Fahndung nach Oleg Rybatschow läuft«, rundete Wallner den aktuellen Stand der Ereignisse ab.

Der Minister zeigte sich beeindruckt. »Das war recht überzeugend, meine Damen und Herren. Und ich bin sehr froh, dass Sie uns so rasch von einem offensichtlich falschen Dampfer heruntergeholt haben …« Er hielt inne und legte eine dramaturgisch beabsichtigte Pause ein.

Wenn Palinski die Politiker um etwas beneidete, dann um ihre häufig exzellente Rhetorikschulung. Obwohl man diese der Mehrzahl der Angehörigen dieser Kaste nicht wirklich anmerkte.

»Sie wissen aber, dass wir in etwas unruhigen, ja sogar leicht instabilen Zeiten leben. Da ist einmal dieser unselige ›Schnitzelkrieg‹, der gerade abflaut. Übrigens, das war sogar ein Randthema in Brüssel. Die Kommission hat die Verabschiedung der ›EGR‹, also der ›Europäischen Gastronomierichtlinie‹ auf den Spätherbst verschoben, um den Verhandelnden noch etwas Spielraum zu geben.«

Er nahm das vor ihm stehende Glas Wasser und leerte es auf einen Zug. »Ich möchte wissen, warum die Luft im Flugzeug immer so trocken ist«, kommentierte er die Löschaktion.

»Dann stehen noch vier Wochen Wahlkampf in Wien bevor, das heißt, die heiße Phase hat noch gar nicht begonnen. Bevor wir jetzt beginnen, offiziell gegen einen amtierenden Stadtrat zu ermitteln, benötigen wir absolut wasserdichte Beweise. Machen Sie weiter wie bisher, aber unter dem offiziellen Mantel ›Terrorismus‹. Sobald die Ergebnisse der ballistischen und der weiteren kriminaltechnischen Untersuchungen vorliegen, werden wir weitersehen.«

Palinski weigerte sich zu glauben, was er da hörte. Nur, um sich unangenehme Diskussionen in der Öffentlichkeit zu ersparen, sollte ein als Charade hinlänglich demaskierter Zustand aufrechterhalten werden. »Was geschieht mit den bereits in Untersuchungshaft befindlichen Personen«, wollte er wissen, wobei eine gewisse Erregung in seiner Stimme nicht zu überhören war.

»Die beiden Verdächtigen werden nach Abwicklung aller

relevanten Verfahren natürlich freigelassen werden«, antwortete der Minister mit unschuldiger Miene.

»Verstehe ich das richtig, Herr Minister, dass die beiden unschuldigen jungen Menschen nur aus, sagen wir einmal, Raison d'etat noch einige Tage festgehalten werden könnten?«, ließ Palinski nicht locker.

»Also zeitmäßig kann ich mich da wirklich nicht festlegen«, versuchte Dr. Fucheé sich herauszureden. »Und was heißt schon unschuldig? Das wissen wir doch noch gar nicht.«

Langsam wurde Palinski zornig. »Aber das ist doch unerhört, Herr Minister. Das ist doch reinste Rechtsbeugung.« Er stand auf und wollte offensichtlich gehen.

»Meine Damen und Herren, ich erinnere Sie ausdrücklich an die Amtsverschwiegenheit.« Die Stimme des Ministers hatte einen eisigen Ton angenommen. »Also kein Wort zu niemandem und schon gar nicht zur Presse. Und Sie, Herr Palinski«, rief er dem eben den Raum verlassenden Löcker wider den Stachel nach, »haben gerade vorhin ebenfalls absolute Verschwiegenheit unterschrieben. Falls Sie nur ein einziges Wort über den Fall verlauten lassen, ist die Subventionszusage null und nichtig. Darüber hinaus würde uns aber auch noch das eine oder andere einfallen, um Ihnen das Leben in Zukunft nicht gerade leichter zu machen.«

So ein Schwein, dachte sich Palinski. Der Minister hatte ihn wie eine Fliege gefangen. Ein Streifen süßlich-klebriger Masse hatte genügt und schon zappelte er daran.

»Ich habe es zur Kenntnis genommen, Herr Minister«, stellte er mit möglichst ruhiger Stimme fest, ehe er stolz erhobenen Hauptes den Raum verließ.

Auf der Straße wartete er schwer atmend auf die anderen und versuchte, seinen ohnmächtigen Zorn unter Kontrolle zu bekommen.

Dieses Gefühl der absoluten Hilflosigkeit erschreckte ihn.

Sollte sich der Hurensohn doch den Vertrag sonst wo hinschieben. Er, Palinski war nicht käuflich. Er war nicht so naiv zu glauben, dass Recht und Gerechtigkeit ein und dieselbe Sache waren. Aber hier lagen die Dinge völlig anders. Die Aufrechterhaltung des inquisitorischen Status quo war nicht nur ungerecht, sie war auch Unrecht.

»Denk nicht weiter darüber nach.« Schneckenburger war von hinten an ihn herangetreten und hatte ihm den Arm um die Schulter gelegt. »Der Alte ist ein absoluter Machtmensch. Machiavelli hätte alt gegen ihn ausgesehen. Er ist ein echter »Wolf im Schafspelz«. Freundlich im Ton, aber knallhart in der Sache.« »Miki« klopfte ihm auf die Schulter. »Also welche Reaktion auch immer du dir durch den Kopf gehen lässt, vergiss sie gleich wieder. Am besten, du schläfst eine Nacht darüber. Muss ja nicht alleine sein«, er schmunzelte und deutete unmerklich in Richtung Renate Busch, die langsam auf Palinski zukam.

»Danke, es geht schon wieder«, Palinski schüttelte den Arm des Freundes ab. »Es ist nur hart, wenn einem das mit 44 Jahren das erste Mal im Leben passiert.«

»Glaube mir, es ist noch viel härter, wenn einem so etwas schon mit 28 das erste Mal passiert ist. Und dann jeden verdammten Monat mindestens einmal wieder«, seufzte Schneckenburger.

»Kann ich dich mitnehmen?«, bot Renate Palinski an.

»Aber das ist doch ein riesiger Umweg für dich«, zierte sich der Gefragte.

»Aber nicht wirklich, du liegst fast auf meinem Heimweg«, sie lachte ihn verführerisch an. Für jemanden, der in Hietzing wohnte, war das, gelinde gesagt die Übertreibung des Jahres. Ganz so, als ob man nach Graz über Linz fahren würde.

»Dann gerne. Das ist aber richtig lieb von dir«, meinte Palinski und folgte der jungen Frau zu ihrem Wagen. Es war besser, jetzt nicht alleine zu sein.

5

Die Leiche des jungen Mannes wurde von zwei rüstigen Pensionisten gefunden, die den Tag noch vor 5 Uhr mit einer Runde »Nordic Walking« am Cobenzl, einem der Hausberge der Wiener, begonnen hatten. Die beiden offensichtlichen Bettflüchter fanden den unbekleideten Körper des Toten nur notdürftig mit einem grauen Pferdekotzen bedeckt im Unterholz knapp neben dem Fußweg.

Wie die ersten Untersuchungen am Fundort ergaben, dürfte der schmächtige junge Mann, kurz bevor er erwürgt worden war, noch Analsex gehabt haben. Ein Eifersuchtsdrama in der Schwulenszene, spekulierte der Leiter des Teams, das den Tatort absuchte und die Spuren sicherte.

Knapp 50 Meter von der Fundstelle entfernt wurde im Laufe des Vormittags ein Bündel Kleider gefunden, die möglicherweise dem Opfer gehört hatten. Außer den Markenzeichen der wohl zigtausendfach verkauften Kleidungsstücke billigster Qualität fehlten aber jegliche Hinweise auf die Identität des Toten. Die einzigen Spuren, die eine Identifizierung unterstützen konnten, war eine Telefonnummer, die der Tote auf der Innenseite des linken Unterarms notiert hatte sowie ein etwa centgroßes, leicht nierenförmiges Muttermal direkt unter dem rechten Ohrläppchen. Sollte das nichts bringen, konnte man nur auf die Veröffentlichung des Fotos in den Medien hoffen. Oder die Fingerabdrücke des Jungen waren schon einmal registriert worden.

Da der Fall »Filzmayer« und die Charade »Ansbichler« die personellen Kapazitäten des Koat Döbling schon mehr als auslasteten und die anderen Kommissariate trotz grundsätzlicher Bereitschaft zu helfen nur zwei Beamte für einige Tage abstellen konnten, versprach der Fall »Johann Doe« auf die lange Bank geschoben zu werden.

Aber erstens kommt es anders und zweitens als man denkt.

*

Dass ich heute Morgen neben Renate aufgewacht bin, war reine Angabe. Auch, dass ich mich bei ihr für eine wunderbare Nacht bedankt habe.

Nachdem wir bei mir angekommen waren, habe ich sie noch auf einen »Gute-Nacht-Schluck« eingeladen, obwohl ich außer einer halbvollen Flasche Inländer-Rum nichts im Hause hatte.

Ich bin aber gar nicht in die Verlegenheit gekommen, das zugeben zu müssen. Kaum hatten wir die Wohnung erreicht, als sie sich auch schon an mich gedrängt und ihre Bereitschaft überdeutlich zu erkennen gegeben hat. Im ersten Moment ist es mir sehr schwer gefallen, nicht einfach über dieses überwältigende Exemplar des anderen Geschlechts herzufallen. Das feste Fleisch, die hohen Brüste, der betörende Duft ihres, keine Ahnung, was da so gut gerochen hat. Damit war aber der Kulminationspunkt schierer Sinnlichkeit auch schon erreicht und überschritten. Schuld daran war, dass ich plötzlich Wilmas Stimme zu hören geglaubt habe.

»Na, du toller Hecht. Zeig der Jungen nur, dass du es auch noch bringen kannst. Apropos, kannst du auch? Einmal wahrscheinlich, ein zweites Mal vielleicht, aber dann? Was ist, wenn sie unersättlich ist und dann herumerzählt, was für ein Schlappschwanz du bist. Und du genau weißt, warum alle so komisch kichern, wenn du das nächste Mal ins Bundeskriminalamt kommst.«

Wilma versteht es wirklich immer, auch die beste Laune kaputt zu machen.

Renate war gelinde gesagt sauer, als ich ihr klar gemacht habe, dass ich dringend noch einige Daten im PC abspeichern musste. »Geh schon einmal vor«, habe ich zu ihr gesagt und sie ins Schlafzimmer geschoben, »ich komme sofort nach. Versprochen.« Dann habe ich zehn Minuten lang Suchworte wie »abgehackter Finger«, »Erpressung mit Finger« und Ähnliches eingegeben. Erwartungsgemäß ohne Erfolg. Plötzlich ist Renate im Zimmer gestanden, splitternackt und so was von appetitlich, es war unbeschreiblich. Ich war schon knapp daran, aufzuspringen und Wilma Wilma sein zu lassen, als mich Maximilian eindringlich darauf aufmerksam gemacht hat, dass er langsam wirklich Pipi musste.

Renate hat gute Miene gemimt und ich habe ihr zugesichert, in fünf, allerhöchstens zehn Minuten bei ihr zu sein.

Etwa eine halbe Stunde später habe ich mich vorsichtig ins Schlafzimmer geschlichen und die junge Frau schlafend vorgefunden. Wie erhofft und auch erwartet. Den entspannten Gesichtszügen nach zu schließen dürfte sie sich schließlich mit einer bewährten Ersatzlösung zufriedengegeben haben. Sehr gut, Hauptsache sie schlief endlich.

Auf der kurzen Couch im Büro habe ich es nur knapp zwei Stunden ausgehalten, dann habe ich mich neben das Mädchen ins Bett gelegt. In aller Unschuld wohlgemerkt.

In der Früh habe ich einen Fehler gemacht, vielleicht auch nicht, das wird die Zukunft zeigen. Dem stummen Vorwurf in ihrem Blick bin ich mit einem: »War es für dich auch so schön wie für mich?« begegnet. Der schmalzige Spruch, den ich in einem dieser unsäglichen Filme aufgeschnappt haben muss, hat eine erstaunliche Wirkung gezeigt. Ihr Blick ist plötzlich weicher geworden und hat einen ungläubigen Ausdruck angenommen.

»Du meinst …«, sie hat zunächst auf sich und dann auf mich gedeutet. Ich habe nur genickt und Wilma in meinem Innenohr: »So ein Angeber« sagen gehört. Das hat mich aber nicht daran gehindert, die rechte Hand zu heben und drei Finger zu zeigen. Wenn schon angeben, dann richtig.

Plötzlich haben die Ereignisse gedroht, wieder aus dem Ruder zu laufen. Lediglich der gegenseitige Mundgeruch und die hurtig auf Renates Arbeitsbeginn zustrebende Uhrzeit haben mich davor bewahrt, am Morgen das nachzuholen, was ich in der Nacht so erfolgreich vermieden habe.

*

Wallner hatte Palinski kurz nach halb neun auf dem Weg ins Rathaus abgeholt. Auf der Fahrt informierte der Inspektor seinen Freund über das dritte Verbrechen in Döbling innerhalb von vier Tagen. »Wenn das so weitergeht, müssen wir den Personalstand demnächst verdoppeln.« Die Identifizierung des unbekannten jungen Mannes könnte schwierig werden, denn außer der auf Haut gekritzelten Telefonnummer und dem auffallenden nierenförmigen Muttermal unter dem rechten Ohr war nichts vorhanden. »Vielleicht sind seine Fingerabdrücke schon in der Datei«, hoffte Wallner.

Im Rathaus mussten sie Palinski endlos erscheinende Wege zurücklegen, bis sie vor dem Büro des »Amtsführenden Stadtrats Ing. Robert Ansbichler« standen.

»Weißt du eigentlich, dass ein Chemiker für den Wiener Tourismus zuständig ist«, flüsterte Wallner, der sich kundig gemacht hatte, Palinski zu. »Wie sagte schon ein weiser Mann einmal«, erwiderte der Angesprochene, »alles im Leben ist Chemie.«

Der Herr Stadtrat war die personifizierte Verbindlichkeit. Freundlich, offen auf die Menschen zugehend, Kumpel und

Gentleman in einer Person. Weniger Kanten und Ecken als dieser Mann hatte lediglich der große, grüne Ball, auf dem Wilma häufig saß. Weil es angeblich so gesund war.

Kaum saßen Wallner und Palinski, eilten auch schon gute Geister mit Kaffee, Tee und Mineralwasser herbei. Ja selbst Zigaretten und Zigarren ließ der Nichtraucher servieren.

Die Kondolenzwünsche der beiden Besucher verdüsterten kurzzeitig seine sonst eher entspannt wirkende Miene. Wie gesagt, nur kurzzeitig. Falls der Mann wirklich um seine erst vor drei Tagen getötete Frau trauerte, so verstand er es hervorragend, das zu verbergen.

»Wir haben nur noch einige ergänzende Fragen, Herr Stadtrat. Das Wesentliche haben Sie ja noch am Samstag zu Protokoll gegeben«, eröffnete Wallner das unter dem vom Minister vorgegebenem Motto »Feuer machen, ohne dass Rauch entsteht« stehende Gespräch.

Apropos Minister, Palinski hatte sich entschlossen, vorerst zu kuschen. Er dachte aber nicht daran, Dr. Fuscheés Verhalten auf Dauer zu akzeptieren. Seine Zeit würde schon noch kommen.

Das Gespräch lief wie erwartet ab, also ergebnislos. Ansbichler hatte natürlich nichts dagegen, dass die Polizei im Anschluss noch mit seinen Mitarbeitern sprechen wollte. Als es gerade ans Verabschieden ging, machte der Inspektor etwas Eigenartiges.

»Ist das nicht Frau Kammersängerin Bergmann auf dem Foto«, er deutete auf ein gerahmtes Foto, das hinter Ansbichler an der Wand hing. Palinski hatte das Gefühl, warum, konnte er nicht sagen, sein Freund Helmut wollte, dass er sich das Bild aus der Nähe ansah.

Ohne groß nachzudenken, stand er auf und ging zur Wand. Falls ihn sein Gefühl täuschte, war damit auch nicht viel verhaut.

»Das ist zwar nicht die Bergmann, aber immerhin Lorenz Killmer, der berühmte Dirigent. Kennen Sie diesen wunderbaren Künstler etwa persönlich, Herr Stadtrat?«

Jetzt war Ansbichler aufgestanden und neben Palinski getreten. »Ja, Lorenz und ich sind gute Freunde«, schmückte er sich stolz. »Und das hier ist Jonny Matthews, der berühmte Soulsänger. Auch ein guter Freund. Wohnt immer bei mir im Hotel, wenn er in Wien ist.«

Er drehte sich wieder um und blickte Wallner an. »Sie sollten sich wirklich Brillen zulegen, wenn Sie auf diese Distanz einen Mann nicht von einer Frau unterscheiden können.« Er kicherte. »Die Bergmann, das ist lustig.«

»Ja, ich sollte mir wirklich Brillen zulegen«, ging Wallner auf den Pflanz ein. Er stand auf, um sich zu verabschieden, doch Palinski hatte noch etwas am Herzen.

»Meine Tochter studiert Politwissenschaften und hat bereits eine interessante kleine Sammlung von Autogrammen berühmter Politiker. Schröder, Prodi, Vranitzky, ja sogar Chirac ist dabei. Darf ich auch Sie um ein Autogramm bitten. Tina würde sich sehr freuen.«

»Das mache ich sehr gerne. Zufälligerweise habe ich sogar ein Foto von mir.« Geschmeichelt entnahm der Stadtrat einer rund 10 Zentimeter hohen Schachtel eine Hochglanzaufnahme und unterfertigte mit »Alles Liebe für Tina, Ingenieur Robert Ansbichler.«

»Geben Sie das Ihrer Tochter und sagen Sie ihr, wenn sie daran interessiert ist, führe ich sie gerne einmal durch das Rathaus.«

Das würde dir so passen, du geiler Furz, dachte Palinski, bevor er sich artig bedankte.

Während die beiden der Sekretärin Ansbichlers zu dem für die weiteren Befragungen zur Verfügung gestellten Raum folgten, flüsterte Wallner: »Was sollte denn der Unsinn mit dem Autogramm? Tina studiert doch Publizistik, soviel ich weiß.«

»Dafür haben wir jetzt einen wunderschönen Fingerabdruck von dem Monster«, freute sich Palinski.

»Aber das war doch gar nicht notwendig«, lachte Wallner und deutete auf das in einem Plastiksackerl befindliche Trinkglas.

»Da kann man nur hoffen, dass die Gläser nicht nachgezählt werden«, meinte Palinski. »Übrigens, du brauchst tatsächlich eine Brille. Die Bergmann, das ist wirklich zum Lachen.«

»Aber ich kenne doch sonst niemanden«, gestand der Inspektor und beide grinsten.

*

Während Wallner und Palinski sich bereitmachten, die beiden Sekretärinnen des Stadtrats, seinen persönlichen Referenten und seinen Chauffeur zu befragen, widmete sich Martin Sandegger der täglichen Routine. Was nicht bedeutete, dass die Arbeit nicht auch spannend werden konnte.

Als Erstes nahm er sich den vorläufigen Bericht der Tatortgruppe vor und scannte die Fingerabdrücke des unbekannten Toten in den zentralen Polizeicomputer ein. Dann nahm er sich die auf der Innenseite des Mannes offenbar erst kurz vor seinem Tod notierte Nummer vor. Die schwarze Farbe des Kugelschreibers war noch nicht verblasst. Das bedeutete, dass noch kein Versuch unternommen worden war, die Nummer wieder abzuwaschen.

Er entschied sich, den direkten Weg zu nehmen, die Telefongesellschaft konnte er auch nachher noch anrufen. Er wählte die bekannte TWO-Vorwahl und dann die 512 1791.

»Hier TWO Worldwide – der Teilnehmer ist im Augenblick leider nicht erreichbar. Bitte versuchen Sie es etwas später nochmals.« Also gut, dann musste er eben den offiziellen Weg über die Gesellschaft nehmen. Dieser erwies sich aber leider auch als Flop, denn es handelte sich um ein Wertkartenhandy.

Na, dann musste er die Nummer eben immer wieder anrufen. So lange, bis sich der Teilnehmer melden würde.

Jetzt machte er sich daran, die Ergebnisse der Spurensicherung aus der Wohnung zu verarbeiten, aus der der Schuss auf Ansbichler oder, wie jetzt schon mit ziemlicher Sicherheit festzustehen schien, auf seine Frau abgegeben worden war.

Während er wartete, bis das System seine Eingaben annahm, überflog er routinemäßig die täglichen Meldungen der anderen Kommissariate. Es war schon lustig, was alles gestohlen wurde, dachte Sandegger. Da hatte ein Radiologe aus dem vierten Bezirk doch tatsächlich den Diebstahl einer Bleischürze aus seiner Ordination angezeigt.

*

Die Befragung Frau Sandauers, der zweiten Sekretärin, war nicht sonderlich ergiebig. Die etwa 40-Jährige, eher schlicht gestrickte Frau himmelte ihren Chef offensichtlich an. Sie war daher auch nicht gewillt, irgendwelche Fehler oder Schwächen Ansbichlers preiszugeben, die in Zusammenhang mit den aktuellen Ereignissen zu neuen Erkenntnissen führen könnten. Oder sie wusste tatsächlich nichts über sein Privatleben. Ihrer Ansicht nach musste das Ganze ein schrecklicher Irrtum gewesen sein. Gott sei Dank war dem Chef ja nichts geschehen. Natürlich bedaure sie, was Frau Carola passiert war, das war ganz schlimm.

Aber du bist froh, dass es sie getroffen hat und nicht deinen lieben Robert, dachte Palinski. Nach nur zehn Minuten beendete er das unergiebige Gespräch.

Jetzt war Walter Mraz an der Reihe, der Chauffeur des Stadtrates. Was nicht ganz korrekt war. Seit die Stadt kräftig sparen musste, standen nur mehr dem Bürgermeister und seinen beiden Vizes ein Dienstwagen mit Chauffeur zur Verfügung. Die anderen Mitglieder der Stadtregierung wurden im Bedarfsfalle aus einem Fahrzeugpool bedient. Ansbichlers Selbstverständnis hatte den Verlust dieses Privilegs nicht zugelassen. Er hatte sich ein privates »Dienstfahrzeug« zugelegt und Mraz als Fahrer geholt. Die Kosten dafür bestritt er seit damals aus seiner eigenen, besser gesagt, aus der Tasche seiner Frau.

Also war Mraz eigentlich nicht der Fahrer des Stadtrats, sondern der der verblichenen Carola Ansbichler-Schmuck. Das Auto entsprach in Marke und Hubraum exakt dem des Bürgermeisters, der seit damals mit Ansbichler nur mehr sprach, wenn es sich überhaupt nicht mehr verhindern ließ.

»Ich bin seit mehr als 30 Jahren im Dienst der Familie«, erzählte Mraz, »und habe als junger Mann sogar noch den legendären Leopold Schmuck chauffiert. Carola war fast so etwas wie eine kleine Schwester für mich.« Endlich jemand, der auch an die arme Frau dachte, an das tatsächliche Opfer, ging es Palinski durch den Kopf.

»Seit wann fahren Sie den Herrn Stadtrat?«, wollte er wissen.

»Offiziell seit etwas mehr als drei Jahren, aber ich bin auch schon vorher immer wieder mit ihm unterwegs gewesen. Eigentlich fahre ich ihn schon, seit unsere Chefin«, er schluckte, »unsere ehemalige Chefin ihn geheiratet hat.«

»Und wie kommen Sie mit ihm aus? Besteht so eine Art Vertrauensverhältnis zwischen ihm und Ihnen?«

»Wir haben ein korrektes, nein, sogar ein gutes Verhältnis zueinander«, betonte der Mann. »Er ist immer sehr nett zu meinem Sohn gewesen. Besonders in seiner schwierigen Phase. Sie wissen schon, die Pubertät.«

»Ah, Sie haben auch einen Sohn. Meiner hat eben maturiert«, warf Palinski ein, der immer gerne über seine Kinder sprach.

»Meiner studiert jetzt hier in Wien an der Wirtschaftsuniversität. Er hat bis vor drei Jahren bei seiner Mutter in Innsbruck gelebt. Jetzt wohnt er hier, im Studentenheim in der Peter-Jordan-Straße.« Die Stimme des Mannes gab den Stolz wieder, den er offenbar für seinen Buben empfand. »Leider habe ich keinen guten Draht zu ihm. Er verzeiht mir wohl immer noch nicht, dass ich seine Mutter sitzen gelassen habe. Na, war ja wirklich nicht sehr nobel von mir, damals. Jetzt ist es zu spät. Ilse hat vor 14 Jahren einen Beamten der Tiroler Landesregierung geheiratet und drei Kinder mit ihm. Der Mann ist in Ordnung, schaut auf seine Familie und Rick sagt Vater zu ihm.« Damit war wohl sein Sohn gemeint. Mraz wischte sich ein imaginäres Staubkorn aus dem Augenwinkel. »Ich kann wirklich niemandem einen Vorwurf dafür machen, wie es gelaufen ist. Außer mir selbst.«

Palinski wollte weg von dem Thema, ehe es tatsächlich noch zu Tränen kam. Mit der Frage: »Und jetzt ist Rick in Innsbruck?« versuchte er, das Gespräch in eine andere Richtung zu lenken. Obwohl ihn die Antwort gar nicht interessierte.

»Ich weiß das nicht so genau. Einmal ist er da, dann wieder nicht. Mit 22 fragt er mich natürlich nicht mehr um Erlaubnis. Warum auch. Er hat mich vorher ja auch nicht gefragt.« Er holte ein Taschentuch heraus und schnäuzte sich. »Gestern haben wir noch miteinander telefoniert. Im Sommer lebt er meistens in dem kleinen Schrebergartenhaus, das ihm meine Eltern vererbt haben. Das Studentenheim wird ja von Juli bis September als Hotel geführt. Ich glaube, Rick wollte mir etwas sagen, aber ich habe wieder einmal keine Zeit gehabt.« Er schüttelte den Kopf. »Ich habe sehr viel wieder gut zu machen bei dem Buben.«

Genug geschwätzt, dachte Palinski, jetzt musste er schleunigst wieder zurück ins Thema finden, wollte er nicht abends auch noch hier sitzen.

»Hat Ihr Chef eigentlich Frauenbekanntschaften«, er versuchte sich besonders vorsichtig auszudrücken, um die Loyalität des Fahrers nicht zu sehr zu strapazieren. »Ich meine, kann es sein, dass ein eifersüchtiger Ehemann oder Freund die Nerven verloren und auf den Stadtrat geschossen hat?«

Mraz schaute Palinski mitleidig an. Fast so, als ob er sich fragte, in welchem Jahrhundert sein Gegenüber seine Wertvorstellungen angesiedelt hatte.

»Mein Chef hat alles gebumst, was ihm vor seinen Pimmel gekommen ist. Die Männer der Frauen, die Ansbichler flach gelegt haben, haben aber genauso herumgehurt. Und selbst wenn ein besonders Sensibler darunter gewesen wäre. Deswegen erschießt man doch heute niemanden mehr.« Sein Gesicht strafte seine Worte allerdings Lügen. »Ich habe ihn anfangs dafür gehasst, was er seiner Frau damit angetan hat. Aber umgebracht hätte ich ihn deswegen noch lange nicht.«

Palinski ertappte sich dabei, dass er schon einige Zeit unbewusst einen schwarzen Punkt unterhalb des rechten Ohrs des Chauffeurs fixierte. Siedend heiß wurde ihm klar, woran ihn dieser Punkt erinnerte.

»Entschuldigen Sie, dass ich Sie so anstarre. Sie haben da eine schwarze Stelle unterhalb des Ohrs. Sieht fast aus wie ein Muttermal.« Palinski versuchte, den erschreckenden Verdacht, der ihm in dieser Sekunde gekommen war, nicht durchklingen zu lassen.

»Macht gar nichts. Das ist ein Merkmal meiner Familie. Angeblich bekommen aber nur die männlichen Mitglieder dieses auffällige Muttermal mit ins Leben.« Er lachte leicht gequält. »Mein Vater hatte eines, ich habe eines und mein Sohn ebenfalls. Mit der Zeit gewöhnt man sich daran.«

Palinski sah trotz aller Bereitschaft, seinem Freund Wallner Arbeit abzunehmen, keine Veranlassung, Mraz von seinem schrecklichen Verdacht zu berichten. Schließlich konnte das Muttermal ja auch nur ein unglaublicher Zufall sein.

Er stand auf und wollte sich verabschieden, aber Mraz hatte noch etwas am Herzen. »Darf ich Sie etwas fragen?«, wollte er wissen, »so von Vater zu Vater.« Also setzte sich Palinski wieder.

»Was haben Sie gemacht, um zu erfahren, was Ihr Sohn so denkt. Was ihn beschäftigt.«

»Viel mit ihm gesprochen und notfalls in seinen Sachen herumgestiert.« Palinski lachte etwas gequält. »Das ist zwar nicht nobel, aber sehr wirkungsvoll. Harry hatte ein unglaubliches Talent, immer neue Verstecke für seine Sachen zu finden. Aber ich habe sie alle gefunden. Glaube ich zumindest.«

Das war zwar nicht ganz die Antwort, die sich Mraz erwartet haben dürfte, aber er gab sich zufrieden damit.

Palinski hatte inzwischen ein Foto aus seiner Brieftasche geholt und hielt es Mraz hin. »Übrigens, das ist Harry Bachler, mein Sohn.« Er hatte den Chauffeur richtig eingeschätzt, denn auch er zog ein Bild heraus. »Und das hier ist Rick Kitzman, mein Sohn.« Auf eigenartige Weise waren sich die beiden Männer in der vergangenen halben Stunde ziemlich nahe gekommen.

Während der Fahrt nach Döbling tauschten Wallner und Palinski die Ergebnisse der eben beendeten Befragungen aus. Nichts dabei, was in der Sache »Ansbichler« weiterhalf, war die übereinstimmende Meinung.

»Aber in einer anderen Angelegenheit könnten wir ganz zufällig einen riesigen Schritt weitergekommen sein«, mutmaßte Palinski und berichtete dem Inspektor von Rick Kitzman.

*

Innenminister Dr. Josef Fuscheé, dem die politische Brisanz, die der Fall »Ansbichler« in sich barg, natürlich völlig bewusst war, hatte noch gestern Abend seinen Parteivorsitzenden und Regierungschef Dr. Waidling von den jüngsten Entwicklungen in Kenntnis gesetzt. Der alte Fuchs war schlagartig hellwach gewesen und hatte den Obmann der mandatsstärksten Oppositionspartei kurz nach Mitternacht bei einer Verkostung seltener Weinspezialitäten aus dem Chianti gestört. Dipl. Ing. Glanburger hätte sich bei Erhalt der erschütternden Nachricht fast an einem zu großen Schluck »Monteverdine – Le pergole torte 1986« verkutzt. »Das kommt davon, wenn man den Mund zu voll nimmt, Hans«, hatte sich der für seinen selbstkritischen Humor bekannte Politiker gedacht, ehe er gegen Viertel vor eins Bürgermeister Lattuga aus dem Bett holte.

Auf die Idee, den für die zugrunde liegende Problematik nicht ganz unzuständigen Justizminister zu informieren, kam keiner der vier Herren auch nur eine Sekunde lang. Der einer dritten Partei angehörende Politiker würde eine Lösung des höchst delikaten Problems nur übermäßig verkomplizieren.

Jetzt saßen die vier wichtigen Männer im gemütlichen Hinterzimmer eines kleinen, für seine gute Küche und verschwiegenen Mitarbeiter bekannten Restaurants in der Innenstadt. Das relativ bescheidene Essen war bereits beendet, der Kaffee serviert.

Statt der üblichen Zigarren rauchten heute aber nur einige der besten Köpfe im Lande. Zumindest im Selbstverständnis dieser Köpfe. Im Großen und Ganzen bestand Konsens darüber, dass »der Deckel bis nach den Wahlen auf dem Topf bleiben müsse.« Eine offizielle Untersuchung gegen den Stadtrat und eine, schon aus heutiger Sicht als wahrscheinlich anzusehende Verhaftung barg immense Gefahren für beide Parteien. Das war allen am Tisch völlig klar.

»Das kann in beide Richtungen hin einen Erdrutsch bringen. Entweder die Leute sind entsetzt über den Menschen, übertragen das auf unsere Partei und drücken ihren Abscheu an der Wahlurne aus. Dann ade Mehrheit«, befürchtete Lattuga.

»Oder Ansbichler wird zum Märtyrer gemacht und wir gehen total baden«, bestätigte Dr. Waidling.

»Und wenn es ganz schief läuft, kommt Robert, diesem Pülcher, noch der Mitleidseffekt zu Gute und die Vorzugsstimmen bringen ihn an die Spitze der Liste«, malte Glanburger das Worst-Case-Szenario an die Wand. »Und Ansbichler wird gar noch der nächste Bürgermeister.«

Bei dieser absurden, trotzdem aber nicht unrealistischen Vorstellung beutelte es die vier Granden unisono im Dreivierteltakt.

Dr. Waidling bewies seine Macher-Qualitäten mit einem druckreif formulierten Vorschlag, der allen Interessen Rechnung zu tragen schien.

»Was, meine Herren, halten Sie davon, wenn wir bis zum Wahltag fleißig weiter nach den terroristischen Köpfen hinter den Handlangern suchen, die zum Teil ohnehin schon gefasst wurden.«

»Aber diese Leute sind unschuldig. Wir können doch nicht unschuldige Bürger vier Wochen in Haft halten«, fand heute selbst Dr. Fuscheé.

»Das wissen doch nur wir und die Inhaftierten. Und dabei bleibt es auch bis auf Weiteres«, fegte Waidling dieses Argument vom Tisch. »Andererseits ist es tatsächlich ein bisschen hart, wenn sie wirklich nichts ausgefressen haben. Was ist, wenn wir sie eine Geheimhaltungsklausel unterzeichnen lassen, ihnen pro Tag sagen wir 100 Euro Gage zahlen und nach der Enthaftung noch eine Prämie von zwei- bis dreitausend Euro.« Der große Zampano war wahrlich nie um eine überzeugende Lösung verlegen.

»Sie haben doch sicher einen Reptilienfond in Ihrem Ministerium, Herr Kollege«, wandte er sich an Fuscheé. »Und die Prämie kommt von unseren Freunden aus der Opposition.«

»Also, das sind ja …«, Dipl. Ing. Glanburger rechnete nach, »… so um die 5.000 Euro. Dafür setz ich mich ja selbst einen Monat in den Häfen.« Alle Anwesenden fielen in sein krampfhaftes Lachen ein.

»Aber net mehr Leut verhaften als unbedingt notwendig«, warf der scharfe Rechner Lattuga ein, »wir können das Geld ja auch nicht drucken.«

Ein, zwei Wochen nach den Wahlen sollten dann die offiziellen Untersuchungen gegen Ansbichler eingeleitet werden. Und die Gerechtigkeit würde ihren Lauf nehmen. Mit Verspätung, aber immerhin. So war allen am besten gedient. Auch dem Lande und dem Staat.

»Also sind wir uns einig?«, Dr. Waidling blickte die drei anderen scharf an. »Und kein Wort zu Dritten. Falls irgendetwas durchsickert, zerlegen uns die Saubermacher in der Luft.«

»Und der Helmfried wird gar noch Bürgermeister«, kicherte Lattuga, obwohl ihm bei dem Gedanken alles andere als wohl war. Helmfried Pribilek war Spitzenkandidat der Partei, der auch der Justizminister angehörte.

»Lieber Josef«, wandte sich der Regierungschef jetzt an seinen Mann fürs Innere. »Wie sieht es bei deinen Leuten aus? Halten die den Mund oder ist da eine undichte Stelle zu befürchten.«

»Also, diese Mannschaft habe ich im Griff. Die habe ich schon gestern abends vergattert, bloß …«, bei Palinski war er sich nicht ganz sicher. Der Mann hatte manchmal so etwas Aufrührerisches im Blick.

»Das Koat Döbling arbeitet eng mit einem Dr. Palinski zusammen, einem sehr guten Mann. Hat eine ausgezeichnete Nase für Motive und Abläufe. Ist aber eben ein Privatmann ohne Verpflichtung zur Amtsverschwiegenheit«, der Minister zögerte. »Das ist so ein Typ, der immer von Recht und Gerechtigkeit schwafelt. Der könnte vielleicht Schwierigkeiten machen.«

»Und wie sieht es mit Geld aus?«, warf Bürgermeister Lattuga ein.

»Er hat einen Kooperationsvertrag und eine Subventionszusage auf 20.000 Euro im Jahr«, antwortete der Minister.

»Na, dann legen Sie eben noch einmal 10.000 drauf«, ermunterte ihn sein Parteichef, »das muss doch drinnen sein.«

»Und wir geben eine Studie bei ihm in Auftrag«, auch der Oppositionsführer wollte sich in dieser für den Staat so wichtigen Stunde nicht lumpen lassen. »Auftragswert sagen wir …« er blickte Lattuga an, der zahlen würde müssen. Er ignorierte oder missverstand bewusst die zehn in die Höhe gestreckten Finger des Bürgermeisters. »Also sagen wir 20.000. In Ordnung?« Alle nickten, auch Lattuga, was blieb ihm schließlich anderes über.

»Und zu welchem Thema soll die Studie erarbeitet werden?«, wollte Dr. Fuscheé wissen. »Seine Spezialität ist die Krimiliterologie oder so ähnlich, der empirische Vergleich zwischen Verbrechen und der einschlägigen Literatur. Ein hochinteressantes, ganz junges Fachgebiet.«

»Genau das suchen wir«, Glanburger war jetzt nicht mehr zu halten. »Wir geben also eine Studie zum Thema ›Die Wiener Kriminalstatistik und ihr Niederschlag in der Literatur‹ in Auftrag.« Sichtlich stolz auf seinen Geniestreich blickte er in die Runde. »Lieber Freund«, wandte er sich an den Bürgermeister, »darf ich dich bitten, dem Herrn Minister noch heute einen entsprechenden Vertragsentwurf zu übermitteln. Und Sie, Herr Minister, sind doch sicher so freundlich, den Vertrag weiterzuleiten. Herr Lapinski braucht uns dann nur die unterfertigte Kopie zu senden.«

»Palinski«, murmelte der Minister.

»Wie bitte«, der Oppositionsführer hatte nicht verstanden.

»Palinski heißt der Mann, nicht Lapinski.«

»Palinski oder Lapinski, das ist doch wurscht. Hauptsache ist doch, er hält die Gosch'n.«

Dem hatten die anderen Herren nichts mehr hinzuzufügen. In ungewohnter Eintracht verließen sie kurz darauf das konspirative Gastzimmer.

*

Während sich Palinskis zukünftige Einkommenssituation nicht unwesentlich verbesserte, ohne dass er auch nur das Geringste ahnte, saß der jetzt auch vom Minister anerkannte Spezialist für »Krimiliteranalogie« vor dem materiellen Herzstück seines Know-hows, der Datenbank »Crimes – facts and ideas«.

Er versuchte gerade sein Glück mit den Suchworten »Erpressung«, »Entführung«, »Zusatzforderungen« und Ähnlichem, bisher aber ohne jeglichen Erfolg. Plötzlich meldete sich das Telefon, es war Wilma.

»Hallo, Mario, die Kinder wollen, dass wir wieder einmal gemeinsam essen, hast du heute Abend Zeit?«

Schon wollte er: »Hat dir Manfred heute etwa freigegeben« sagen, als ihm der Gedanke kam, dass Schweigen in diesem Fall Gold war. Wie sollte je wieder Friede zwischen ihnen beiden einkehren, wenn er solche Spitzen nicht unterdrücken konnte.

»Das freut mich sehr, ich komme gerne«, bedankte er sich für die Einladung. »Ich muss bloß kurz nach neun wieder weg. Heute ist die Lösegeldübergabe und da muss ich dabei sein.«

»Das ist schon in Ordnung. Manfred und ich treffen die Portugiesen nach der Oper und gehen noch in irgendein Nachtlokal.«

Da war er wieder, dieser brennende Schmerz, der seine Seele durchstieß wie ein glühender Dolch. Dieser verdammte Manfred. Vielleicht sollte er an ihm den perfekten Mord begehen. Bei dem Motiv allerdings ein aussichtsloses Unterfangen.

»Also sei um halb acht oben«, wies Wilma ihn an. »Es gibt eine portugiesische Variante von Paella. Ein Rezept von Manfreds Freunden.«

Scheiß auf portugiesische Paella, dachte Palinski, als er auflegte. Er hatte den Ärger über Wilmas unverfrorene Art noch nicht hinuntergeschluckt, als das Telefon schon wieder läutete.

Diesmal war es Renate, seine »One-Night-Lie« der letzten Nacht.

»Ich muss dich unbedingt sprechen, Mario«, säuselte sie ihm mit ihrer verführerischen Stimme ins Ohr. Er glaubte fast, diesen umwerfenden, an eine Mischung aus Pfirsich und Penaten-Kamillenbad erinnernden Duft ihres Körpers in der Nase zu spüren.

»Gut«, meinte er rasch entschlossen, »wir treffen uns um acht beim ›Zimmermann‹ in Salmannsdorf. Ich freue mich schon.« Heute Nacht oder nie würde er Wilma in den Armen dieser wunderbaren Frau vergessen, ein für alle Mal.

Der scharfe Strahl der Dusche wusch aber nicht nur den Schweiß eines langen Tages von ihm ab, sondern ließ auch seine wilde Entschlossenheit, auf Wilmas Gemeinheiten adäquat zu reagieren, wieder etwas schrumpfen.

Wenn es der Wunsch der Kinder war, ihn beim Essen zu sehen, dann war es völlig ohne Belang, dass Wilma später nochmals weggehen würde. Man konnte Tina und Harry doch nicht für das Verhalten ihrer Mutter bestrafen.

Nach dem dritten Versuch, Renate an ihrem permanent besetzten Handy zu erreichen, um ihr heute abzusagen, gab er auf. Vorerst zumindest. Er wollte es später nochmals versuchen oder eine Nachricht in ihrer Mailbox hinterlassen.

Sorry, mein Schatz, aber ein Mann muss tun, was er tun muss. Wo hatte er diesen eigenartigen Spruch eigentlich her?

Jetzt war noch eine halbe Stunde Zeit, mit Maximilian eine Runde zu drehen. Bevor es zum Abendessen ging.

*

In der Villa der Subers herrschte angespannte Betriebsamkeit. Neben Blum, der sich hier schon fast zu Hause fühlte und von Herta, der Perle des Hauses nach Strich und Faden verwöhnt wurde, waren Inspektor Wallner, Franca Aigner, Martin Sandegger sowie zwei Polizisten in Zivil anwesend. Und natürlich auch der unvermeidliche Palinski. Dazu kamen die Bewohner des Hauses, die bis auf Susanne, die älteste Tochter, alle anwesend waren. Die hatte wieder einmal etwas Wichtigeres zu tun.

Es war bereits kurz nach zehn und der Anruf des Entführers wurde jeden Moment erwartet.

Auf einem kleinen Tisch neben dem Eingang lag der kleine Aktenkoffer, in dem sich neben den 87.000 Euro auch ein versteckter Sender befand. Mit dessen Hilfe konnte die Polizei dem Koffer folgen, ohne dem von Suber gefahrenen Wagen zu nahe kommen zu müssen. Der Verbrecher sollte auf keinen Fall bemerken, dass die Polizei mit von der Partie war.

In die zum Schneiden gespannte Stimmung hinein platzte plötzlich das schrille Klingeln des Telefons wie ein Blitz aus heiterem Himmel. Blum setzte rasch seine Kopfhörer auf und gab Suber das Zeichen, den Hörer abzunehmen.

»Hallo«, meldete sich Kurt Suber fast schüchtern.

»Guten Abend, Kurt. Du wirst nie erraten, wer hier spricht.«

»Tante Herta, ich habe dich heute mindestens schon dreimal gebeten, dass du nicht immer anrufen sollst.« Suber war richtig zornig geworden, denn die bereits erheblich unter

Altersdemenz leidende Cousine seines Schwiegervaters hatte sich an diesem Tag bereits mehrmals gemeldet. »Wir warten jetzt auf den Anruf des Entführers, wir wollen doch alle, dass der Eugen so schnell wie möglich wieder nach Hause kommt.«

»Welcher Entführer?«, wollte Tante Herta noch wissen, doch Suber hatte schon aufgelegt.

»War das nicht ein wenig unfreundlich?«, Franca zeigte Mitleid mit der alten Dame.

»Sie haben leicht reden«, konterte Suber, »und überhaupt. Bis zum nächsten Anruf hat die Alte das ohnehin wieder vergessen.«

Plötzlich schrillte das Telefon wieder. Gott sei Dank hatte Blum die Kopfhörer noch auf, denn der Hausherr griff sofort nach dem Hörer und brüllte hinein: »Lass das endlich, Tante Herta, wir haben jetzt keine Zeit für diese Spielchen.«

Nach einigen Sekunden Stille meldete sich die inzwischen schon hinlänglich bekannte Stimme des Entführers. »Wer ist denn Tante Herta?«, wollte er fast schüchtern wissen.

»Ach, vergessen Sie das. Eine alte Schreckschraube, die uns schon den ganzen Tag nervt«, Suber war jetzt richtig in Fahrt. Erstaunlich nach seiner reichlich depressiven Gemütslage in den letzten Tagen. »Also geht es jetzt endlich los? Was soll ich tun?«

Erschreckt durch den Anruf oder den ungewohnten Ausbruch ihres Vaters hatte Viola Suber, die mittlere Tochter des Hauses, ihren Teller mit Pommes und Ketchup fallen lassen. Es war bereits der vierte innerhalb der letzten halbe Stunde, hatte Palinski mitgezählt. Diese jungen Leute konnten essen, dass einen der Neid überkommen konnte.

Unglückseligerweise waren die frittierten Erdäpfelstangerl und die rote Paradeissauce genau auf dem Koffer mit dem Lösegeld gelandet. Und genau so sah er jetzt auch aus.

»Entschuldigung«, murmelte das Mädchen, »ich bringe das gleich wieder in Ordnung.« Sie nahm den Koffer und ging hinaus. Und keiner der Anwesenden dachte sich etwas dabei. Außer, dass Viola für eine 17-Jährige erstaunlich ordnungsliebend war.

Nach zwei Minuten war sie wieder zurück. »Man sieht gar nichts mehr«, strahlte sie und hielt den Koffer in die Höhe, bevor sie ihn wieder auf den Tisch legte.

Inzwischen hatten der Hausherr und die Polizei alles erfahren, was ihnen der Entführer zu diesem Zeitpunkt zu sagen hatte. Als Erstes sollte Suber sich in der Telefonzelle an der Endstation der Straßenbahnlinie 38 ein dort verstecktes Handy abholen. Über dieses würde die weitere Kommunikation laufen. »Und lassen Sie die Polizei aus dem Spiel, Sie werden laufend beobachtet«, hatte der Mann gewarnt. »Falls Sie sich nicht an die Anweisungen halten, wird die Aktion abgebrochen und der Herr Kommerzialrat ist ein toter Mann.«

Suber schnappte sich den Koffer und verließ das Zimmer. Nach wenigen Sekunden folgten auch Wallner und sein Team. Palinski saß mit dem Inspektor und Franca im ersten Wagen, Sandegger und die beiden Polizisten bildeten die Besatzung des zweiten. In beiden Fahrzeugen befand sich ein Empfänger, der bis auf eine Entfernung von 100 Metern die Position des Senders und damit auch des Koffers anzeigen würde.

»Ich frage mich wirklich, was die Kollegen früher gemacht haben, ohne dieses wertvolle technische Equipment«, wunderte sich Wallner, während er den Empfänger einschaltete. Suchend ging sein Blick über das hellgrün aufleuchtende Display. Doch wo ein roter Punkt sein sollte, war nichts. Mehr noch, gar nichts.

Wallner drehte den Empfänger nochmals ab und neuerlich an. Wieder das gleiche Bild. Angenehmes, für die Augen gesundes Grün und sonst absolut nichts.

»Hallo, Martin«, brüllte der Inspektor in das Funkgerät, »unser Empfänger hat was. Wir haben kein Signal vom Sender.«

»Wir auch nicht«, kam Sandeggers Antwort postwendend, »wahrscheinlich ist der Sender im Eimer. Ich habe diesem taiwanesischen Billigklumpert noch nie getraut. Aber Hauptsache, wieder ein paar Euro gespart«, matschgerte er.

»Um auf deine Frage von vorhin zurückzukommen«, meldete sich Palinski zu Wort. »Die Kollegen haben früher wahrscheinlich genau das Gleiche gemacht wie wir jetzt. Nämlich durch die Finger geschaut.«

»Also auf deine klugen Sprüche kann ich gut verzichten«, brummte Wallner und gab Gas. »Vielleicht erwischen wir Suber noch bei der Telefonzelle Endstation 38er.«

Telefonzelle war Palinkis Stichwort. Siedend heiß fiel ihm ein, dass er in dem ganzen Trubel vergessen hatte, Renate abzusagen. Na ja, damit hatte sich die Geschichte ohnehin von selbst erledigt.

*

Der heutige Einsatz war völlig in die Hose gegangen. Wie immer man es auch drehte und wendete, man war der Lösung des Falles »Filzmayer« keinen Schritt näher gekommen und die Polizei stand vor den Subers da wie eine Truppe hilfloser Nackerbatzln. Hoffentlich würde sich der Entführer an die Vereinbarung halten und den Kommerzialrat jetzt endlich freilassen. Alles andere würde sich dann schon finden.

Blum war über das Versagen des Senders außer sich gewesen. »Ich habe das Ding noch getestet, kurz bevor der Anruf von dieser Tante Herta kam«, versicherte er, »und da hat das System noch einwandfrei gearbeitet.«

Palinski dachte an den Vorfall mit Viola. »Kann der Sender kaputt gehen, wenn der Koffer nass wird?«, wollte er wissen.

»Nur, wenn der Koffer zur Gänze eingetaucht wird und so lange unter Wasser bleibt, bis der Inhalt völlig durchnässt ist«, erklärte der Techniker.

Das konnte es also nicht gewesen sein, denn Viola war kaum länger als zwei Minuten weggeblieben.

»Die Situation hat auch ihr Gutes«, witzelte Wallner, »schlimmer als heute kann es kaum noch werden.« Palinski nickte, obwohl er sich hinsichtlich Wallners Schlussfolgerung gar nicht sicher war. Abhaken, tief durchatmen und versuchen, es morgen besser zu machen. Mehr blieb ihnen nicht im Augenblick. So beschlossen sie, den heutigen Abend zu beenden.

Als Palinski in den Innenhof des Hauses einbog, in dem sich seine Wohnung befand, sah er eine Person auf der Bank vor seinen Fenstern sitzen. Exakt dort, wo vor knapp fünf Monaten die Leiche Jürgen Lettenbergs »gesessen« hatte.

Diese Person lebte allerdings noch, war eine Frau und schien auf ihn zu warten. Renate stand auf und kam Palinski entgegen.

»Gott sei Dank, dass du endlich da bist«, flüsterte sie und schmiegte sich an ihn.

6

Der Entführer war stinksauer. Was bildeten sich diese großkotzigen Scheißer eigentlich ein? Mit wem glauben sie, es zu tun zu haben? Wahrscheinlich hatte er zu wenig Lösegeld gefordert und sie hatten ihn nicht ernst genommen. Na, das sollte sich ändern.

Dabei hatte anfangs alles so gut ausgesehen. Dr. Suber war auf seine Anweisungen hin kreuz und quer durch einige Bezirke geirrt. Das war richtig lustig gewesen. Und weit und breit keine Polizei zu sehen. Also in diesem Punkt schienen sich die Subers an seine Anordnungen gehalten zu haben.

Schließlich hatte er den Mann zu dem eingerüsteten Haus in der Weinberggasse dirigiert und in den vierten Stock hochgeschickt. Hat ganz schön geschnauft, der fette Kerl mit seinem Übergewicht. Dabei könnte ein Abo in einem dieser feinen Fitnesscenter doch kein Problem für ihn sein. Wo die Weiber sich in ihren knappen Dressen Muckis anzüchteten bis zum »Geht nicht mehr«. Indem sie ständig etwas tun, was aussieht, als ob sie eine Schiebetüre auf und wieder zumachen. Wenn man sich die mächtigen Handgriffe wegdachte. Auf und zu und auf und zu. Und das stundenlang. Ob das wirklich Spaß macht? Er verstand die Reichen nicht. Sie hatten alles Geld für ein sinnvolles Leben und machten nur Scheiß.

Im vierten Stock angelangt, hatte Suber dann den Koffer auf die Schuttrutsche gelegt und rrrrumms, war das Geld auch schon wieder im Erdgeschoß. Und er weg damit, ehe der Schwiegersohn vom Alten überhaupt mitbekommen hatte, was eigentlich los war. Und jetzt das. Ein Koffer voll mit alten Zeitungen und einem Zettel, auf dem nur eines stand. In großen roten Buchstaben und kleinen Herzerln statt der Punkte: »Ätsch, eingefahren.«

Das würde dieses Pack noch bereuen, jetzt wurde es richtig teuer. Also mit 150.000 mussten sie jetzt schon rechnen. Oder zumindest mit 100.000.

Suber hatte ja noch das Handy mit der Wertkarte. Das hatte der Erpresser extra gekauft, aus Sicherheitsgründen. Damit würde er ihm jetzt gleich einmal die Meinung sagen, auch wenn es schon 3 Uhr morgens war. Und ihm Angst machen.

Offenbar schlief Suber schon, denn nach dem achten Klingelton hatte sich noch immer niemand gemeldet. Man stelle sich das einmal vor, dachte der Entführer bitter. Überbrachte zuerst einen Koffer mit alten Zeitungen, dann ging er nach Hause und legte sich einfach schlafen.

Sah fast so aus, als ob die Subers gar nicht scharf darauf waren, ihren Senior wieder zurückzubekommen. Verdammt, was war, wenn sie annahmen, er wäre ohnehin schon tot. Er musste nachdenken, sich etwas einfallen lassen.

»Hier ist die Mailbox der Nummer …« Besser als gar nichts, dachte sich der Entführer und beschimpfte Suber auf diesem Wege. Ferner kündigte er neue, erheblich höhere Forderungen an. Mit einem besonders böse klingenden »Was immer mit dem Herrn Kommerzialrat in Zukunft passiert, haben Sie zu verantworten. Wie kann man das einem so netten, alten Herrn nur antun« beendete er die Nachricht. Jetzt fühlte sich der Entführer etwas besser. Aber nicht wirklich, wenn er ehrlich war.

*

Das Leben ist wirklich verrückt. Ich vergesse, das Rendezvous mit Renate abzusagen, und denke, dass die Sache damit ohnehin vorbei sein wird. Aus und vorüber. Plötzlich wartet sie vor meiner Türe, weil sie einen Wasserrohrbruch gehabt hat, selbst nicht zu dem Treffen kommen und mich auch nicht mehr erreichen konnte. Körperlich unterkühlt wie sie war habe ich sie natürlich hereingebeten und ihr einen Tee mit Rum eingeflößt. Dann hat sie mir von Erich erzählt, ihrem Ex-, Noch-immer- oder Schon-wieder-Freund, ich habe das nicht richtig verstanden. Dass er sie noch immer liebe und sie ihn auch. Und dass sie sich entschlossen habe, sich jetzt doch um die frei werdende Stelle als Leiterin der Bildauswertung bei der Polizei in Graz zu bewerben. Weil Erich in Graz arbeite und immer, wenn er nach Wien käme, Troubles mache.

Und ich habe immer geglaubt, meine Beziehung zu Wilma wäre kompliziert. Ich habe ihr dann viel Glück gewünscht, bin aber eher frustriert gewesen. Eine schöne Frau im Arm, die einem von einem anderen Mann erzählt, ist halt doch nicht jedermanns Sache.

Irgendwie ist dann eines zum anderen gekommen und ganz einfach passiert. Und das zweimal in der Nacht und einmal in der Früh. Trotz Mundgeruchs.

Schuld daran war vor allem Wilma, weil sie mich nicht daran gehindert hat wie in der Nacht zuvor. Aber wer weiß, ob ich diesmal überhaupt auf sie gehört hätte.

Komisch, beim Frühstück haben wir viel gelacht und ich habe mich sehr gut gefühlt. Renate auch, glaube ich. Alles war so leicht und unschuldig. Vor allem aber unkompliziert. Ich glaube, jetzt können wir sogar Freunde werden. Weil keine offenen Fragen mehr zwischen uns stehen.

Komm, Maximilian, lass uns deinen Tag mit einem wunderschönen Spaziergang um den Block beginnen.

*

Maximilian hatte sein Bein gerade vor seinem Lieblingsabtritt gehoben und reichlich gespendet, als sich das Handy bemerkbar machte.

Wallner war ungewöhnlich aufgeregt, als er Palinski bat, so rasch wie möglich ins Kommissariat zu kommen. »Es gibt wichtige, was heißt, sensationelle Neuigkeiten.«

Für den sonst eher minimalistischen Inspektor war das eine außergewöhnliche Ankündigung, hatte Palinski gefunden. Sein Freund verstand es wirklich, Spannung aufzubauen.

Jetzt saß er in Wallners Büro und hörte sich an, was Martin Sandegger zu berichten hatte. Parbleu, sein Freund hatte wirklich nicht übertrieben.

In der Wohnung, von der aus der Schuss auf Carola Ansbichler-Schmuck abgegeben worden war, hatte die Tatortgruppe erwartungsgemäß sehr viele Fingerabdrücke gefunden. Viel auffallender aber war, dass an vielen Stellen und auf den meisten Gegenständen, an beziehungsweise auf denen man normalerweise jede Menge Abdrücke fand, ja finden musste, überhaupt keine zu finden waren.

»Hier wurden also gezielt Spuren beseitigt«, erklärte Sandegger, »aber nicht gründlich genug. Hilfreich war, dass die Wohnung in den letzten drei, vier Wochen oder noch länger keine Putzfrau gesehen hat.«

Gut und schön, aber was war daran so sensationell, dachte sich der ungeduldige Teil Palinskis? Sei geduldig und warte ab, beruhigte ihn sein ausgeglichener Kern. Martin wird schon noch auf den Punkt kommen.

Und wie er kam, gleich darauf. Die Fingerabdrücke des Wohnungseigentümers und seiner Tochter konnten dank der flotten Arbeit der Klagenfurter Kollegen rasch ausgeschieden werden. Zu den fünf Abdrücken, die danach dem Suchprogramm der zentralen Datenbank eingegeben worden waren, fanden sich zwei Antworten. Ein am Handwaschbecken des

Klosetts gefundener Abdruck konnte Stadtrat Ansbichler zugeordnet werden. Ein zweiter, der sich sowohl am Spülkasten desselben Häusels als auch an einer im Kühlschrank befindlichen Flasche Mineralwasser fand, gehörte dem am Cobenzl gefundenen »Johann Doe«. Bei dem es sich aller Wahrscheinlichkeit nach um Rick Kitzman, dem Sohn von Ansbichlers Fahrer, handelte.

»Jetzt haben wir den Scheißkerl.« Die wenig schmeichelhafte Bezeichnung bezog Palinski natürlich nicht auf den Jungen, sondern auf den Stadtrat. »Das müsste doch eigentlich schon für einen Haftbefehl reichen«, vermutete er.

Wallner nickte nur, machte aber keinen richtig frohen Eindruck.

»Normalerweise ja, aber jetzt kommt die schlechte Nachricht. Heute Morgen habe ich von meinem unmittelbaren Chef erfahren, dass wir den Fall ›Ansbichler‹ los sind. Wegen der brisanten politischen Implikationen zieht das BKA den Fall an sich. Wir müssen bis Mittag sämtliche relevanten Unterlagen abliefern.« Er seufzte. »Außerdem wurden wir nochmals ausdrücklich an unsere Verschwiegenheitspflicht erinnert.«

Die Sache war so heiß, dass der Minister bereits angekündigt hatte, in Kürze nochmals ein Gespräch mit Wallner und seinem Team führen zu wollen. Vor allem aber mit Palinski. Das bedeutete nichts Gutes, fühlte der Vorstand des »Institutes für Krimiliteranalogie«. Wie hieß es aber so schön, mitgefangen, mitgehangen.

»Aber was ist mit Rick Kitzman und seinem Vater? Der arme Mann muss doch über das Schicksal seines Sohnes informiert werden. Soll diese Mitteilung etwa auch unter die Informationsquarantäne fallen?«, begehrte Palinski auf.

Wallner zuckte mit den Achseln. »Keine Ahnung. Ministerialrat Schneckenburger wird uns das sagen. Er ist schon unterwegs.«

Palinski sprang auf. »Ich mache das jetzt. Ich informiere Mraz, bevor ich wieder irgendetwas unterschreiben muss. Ich weiß das mit den Fingerabdrücken offiziell noch nicht.« Er blickte Wallner fragend an. »Ist das in Ordnung für dich?«

Der blickte zu Franca und Martin Sandegger. Alle drei nickten.

»Herr Mraz wird sich bei dir melden, auch wegen der Identifizierung der Leiche. Ist das auch o. k.?« Wieder nickte Helmut Wallner und Palinski machte sich auf den Weg, um einmal mehr wieder den »Stachel zu löcken.«

*

Es war früher Nachmittag und Palinski genoss die eine Stunde Mittagspause, die er sich zugestanden hatte. Er saß im kleinen, als Gastgarten gestalteten Innenhof hinter seinem geliebten Café »Kaiser« und wartete, dass die Spannung endlich von ihm abfallen würde. Das Gespräch mit Walter Mraz war einerseits weniger dramatisch verlaufen, als er befürchtet hatte. Andererseits setzte ihm die ganze Geschichte offenbar mehr zu, als er sich eingestehen wollte.

Mraz hatte den vorsichtig vorgebrachten Verdacht, dass sein Sohn Opfer eines Verbrechens geworden sein könnte, äußerlich ruhig aufgenommen. Innerlich schien der etwas spröde, aber nicht unsensible Mann mit einem Schlag wie versteinert gewesen zu sein. Palinski hatte ihn in einem Taxi zum Kommissariat auf der Hohen Warte begleitet.

Hier wurde Mraz von Inspektor Wallner und Franca Aigner »übernommen«. Konfrontiert mit einer der weniger grauslichen Aufnahmen der offiziell noch unbekannten Leiche hatte er kurz die Beherrschung verloren und war in Tränen ausgebrochen. Dann hatte er nur mit dem Kopf genickt und bestätigt, dass es sich bei dem Toten um seinen Sohn

Richard »Rick« Kitzman handle. Als Nächstes hatte sich Martin Sandegger mit Ricks Vater auf den Weg ins gerichtsmedizinische Institut gemacht, um die offizielle Identifizierung der Leiche zu erledigen.

Da Harry sich bereit erklärt hatte, heute wieder auf Maximilian zu achten, hatte sich Palinski den Umweg über sein Büro ersparen und direkt sein geliebtes Café »Kaiser« ansteuern können.

Der bunte Blattsalat mit gebratenen Hühnerfiletstreifen, den er eben bis auf das letzte Blatt und den allerletzten Streifen verputzt hatte, war wie immer hervorragend gewesen. Während er auf den besten Espresso in diesem Teil der Stadt wartete, überflog er die Schlagzeilen der wichtigen Tageszeitungen.

Im Wirtschaftsteil des »Wiener Merkur« stieß er auf eine kleine, aber höchst interessante Meldung:

FAMILIENSILBER VERSCHERBELT?

Wien (Eigenbericht): Weitgehend unbeachtet von der sonst so kritischen Öffentlichkeit ist ein nicht unbeträchtlicher Teil eines österreichischen Paradeunternehmens, der »Alfons Filzmayer & Söhne AG« an die »Mikatawashi Corporation« übergegangen. Die Japaner haben 19,4 Prozent der Aktien des nicht börsennotierten Unternehmens erworben.

Überraschend an diesem von einem Kooperationsvertrag begleiteten Deal ist die Tatsache, dass Komm.Rat Eugen Filzmayer (siehe auch Seite 2) zuletzt doch noch seinen jahrelangen nachhaltigen Widerstand gegen die Hereinnahme ausländischer Partner aufgegeben hat.

»Letztlich konnte auch mein Schwiegervater von der aus der Globalisierung resultierenden Überlebensnotwendigkeit eines strategischen Partners überzeugt werden«, betonte Dr. Kurt Suber, der Vorstandsvorsitzende. Über den wurde jegliche Auskunft verweigert. In Insiderkreisen wird gemunkelt, dass die Familie Suber-Filzmayer jetzt mindestens 150 Millionen Euro am Konto haben soll.

Also, wenn das kein Motiv war, was dann, schoss es Palinski durch den Kopf. Er hatte schon die ganze Zeit mit dieser Möglichkeit spekuliert. Die knappe Wirtschaftsmeldung machte die Beantwortung der Frage nach dem »Cui bono?« zum Kinderspiel. Egal, heute wollte er sich nicht damit belasten. In etwas mehr als zwei Stunden würde er seinen Preis aus Wieners Schnitzelwettbewerb abholen. Dann war vielleicht noch ein Glas Wein mit Helmut und Franca drinnen, um zu hören, was sich heute noch getan hatte. Schließlich wollte er heute früh ins Bett, um endlich wieder einmal auszuschlafen. Hoffentlich machte ihm dieser unmögliche Innenminister mit seinem Hang für nächtliche Termine keinen Strich durch die Rechnung.

Palinski deutete Martina, der Stellvertreterin Sonjas, ihm die Rechnung zu bringen, als sich sein Handy bemerkbar machte.

Es war Harry, der ihm ein aufgeregtes: »Papa, Papa, es ist etwas passiert« ins Ohr schrie.

»Was ist denn los?« Es musste etwas mit Maximilian sein, war sich Palinski sicher. »Ist dem Hund etwas geschehen?«

»Dem Hund nicht, aber Mama. Sie ist in der Schule ausgerutscht und hat sich den Knöchel gebrochen.«

»Welchen?«, wollte Palinski wissen, obwohl ihm im selben Moment völlig unklar war, was ihm dieses Wissen eigentlich bringen sollte.

»Keine Ahnung«, meinte Harry, der sich wieder etwas beruhigt zu haben schien. »Sie liegt im Lorenz-Böhler-Krankenhaus.«

»Und terrorisiert da sicher schon das gesamte Personal«, scherzte Palinski gänzlich unangebracht, wie Harry fand.

»Dass du immer blöde Witze machen musst«, rügte er seinen alten Herrn. Der konnte das seinem Junior auch nicht erklären, weil er es selbst nicht verstand. Es musste wohl etwas mit der spontanen Erleichterung bei dem Gedanken zu tun haben, dass Wilma im Spital sicher vor diesem unmöglichen Dullinger war. Hoffentlich. »Ich werde gleich einmal zu deiner Mutter fahren und sehen, wie es ihr geht«, überging Palinski die Kritik Harrys. »Was ist. Willst du mitkommen?«

»Professor Dullinger hat gesagt, dass Mama um 14 Uhr operiert worden ist und heute kaum mehr ansprechbar sein wird. Wir sollen sie erst morgen besuchen.«

Die Nennung des Namens »Dullinger« hatte Palinski genügt, um aufzuspringen, Martina viel zu viel Geld in die Hand zu drücken und ein Taxi zu rufen.

Egal, ob Wilma ansprechbar war oder nicht, jetzt musste er Flagge zeigen. Dieses Feld würde er Dullinger nicht kampflos überlassen. Also nichts wie auf ins Krankenhaus.

*

Der im Gefolge Ministerialrat Dr. Schneckenburgers im Kommissariat Hohe Warte »eingefallene« Computerspezialist des Innenministeriums beendete eben seine Arbeit. Gegen den anfänglichen Protest Wallners hatte er sämtliche den Fall »Ansbichler« betreffende Daten mit Zugangscodes gesichert und damit den Zugriff auf jenen kleinen Personenkreis beschränkt, dem diese Codes bekannt waren. Wallner und seine Mitarbeiter gehörten nicht dazu.

Weiters waren sämtliche Beweismittel von »Miki« Schneckenburger sichergestellt und in Verwahrung genommen worden.

»Also mir ist das sehr peinlich«, druckste der Ministerialrat herum, »aber was soll ich machen. Der Minister hat ausdrücklich darauf bestanden«, er senkte die Stimme. »Angeblich ist die Vorgangsweise sogar mit dem Regierungschef akkordiert worden. Also keine Spielchen mehr, die Sache ist bitterernst.«

»Und wir bekommen tatsächlich nicht einmal eine Bestätigung für die beschlagnahmten Beweisstücke?«, Wallner konnte es immer noch nicht fassen. »Aber das ist doch glatter Rechtsbruch.«

»So siehst du das, Helmut«, man konnte Schneckenburger durchaus ansehen, dass er nicht völlig anderer Meinung war als der Inspektor. »Der Minister sieht das anders. Der Fall ›Ansbichler‹ hat für euch nie existiert. Daher gibt es auch keine Beweismittel, die beschlagnahmt werden könnten.« Er zuckte spöttisch mit den Achseln. »Was also könnte ich dir bestätigen?«

»Hat der Minister das aus seinem Lieblingsbuch?«, Franca versuchte, der unangenehmen Situation mit etwas Ironie zu begegnen.

»Sein Lieblingsbuch kenne ich nicht, welches soll das sein?«, wollte »Miki« wissen.

»Na, ›Il principe‹, denke ich«, flachste die belesene Salzburgerin.

»Aha, ist das nicht von diesem, wie heißt er doch, John Grisham?«

»Nein, von dem nicht. Sondern von einem Italiener, der es schon vor etwas längerer Zeit geschrieben hat.« Franca liebte Quiz. »Ich bin sicher, du hast den Namen schon gehört.«

Schneckenburger überlegte. »Du meinst ein Italiener. So ein rücksichtsloser Kerl.« Franca nickte zustimmend mit dem Kopf. »Und ich kenne den Namen?« versicherte sich der Ministerialrat. Wieder nickte Franca.

Schneckenburgers Züge wurden plötzlich ganz ernst. »Du meinst wirklich, dass Mussolini der Lieblingsautor vom Minister ist?«

Die unterschiedlichen Reaktionen der Anwesenden auf diesen peinlich-komischen Beweis für die ministerialrätliche Fähigkeit zu kombinieren gingen in den plötzlich einsetzenden polyphonen Lockrufen von Schneckenburgers Handy unter.

Die übergangslose Habacht-Stellung, die »Miki« selbst im Sitzen so gut einnehmen konnte wie niemand sonst, den Wallner kannte, ließ erkennen, dass es sich bei dem Anrufer um eine hochgestellte Persönlichkeit handeln musste. Eine sehr hochgestellte, den Minister höchstpersönlich.

»Tut mir leid, Herr Minister, aber Herr Palinski ist nicht zugegen.« Angestrengt lauschte er »His Masters Voice«. »Bedaure, aber das ist hierorts auch nicht bekannt. Der Gesuchte hat sich vorübergehend aus dem unmittelbaren Einflussbereich des Kommissariats begeben.« Jetzt hielt er den Hörer weg und grinste über das ganze Gesicht. »Natürlich, Herr Minister. Exakt mit diesen Worten. Sie lassen Herrn Palinski bitten, Sie morgen um 8 Uhr in Ihrem Büro aufzusuchen. Jawohl, Herr Minister. Kompliment Herr Minister. Sie mich auch Herr Minister«, doch der hatte offenbar schon aufgelegt.

»Sprechen die Leute bei euch im Ministerium wirklich so geschraubt oder was?«, Wallner konnte es nicht fassen.

»Ja und auch nein. Dem Minister geht dieses Amtsdeutsch arg auf die Nerven. Seit ich das weiß, quäle ich ihn immer damit, sobald er mich ärgert. Er weiß dann, was los ist und kann nichts dagegen tun. Denn unser Amtsdeutsch hat denselben Stellenwert wie die Kühe in Indien, es ist unantastbar.«

Wallner wunderte sich immer wieder über diesen eigenartigen Schneckenburger. Im Grunde seines Herzens eine Seele von Mensch, ein Schleimer mit Charakter, ein sturer Beamter mit viel Herz und gelegentlich sogar Charme. Ein Konglomerat widersprüchlicher Eigenschaften, die sich gegenseitig größtenteils aufhoben. Eben Schneckenburger.

»Ihr habt es gehört, Palinski soll noch einmal zum Alten«, »Miki« blickte die anderen an. »Sagt ihm bitte Bescheid, falls ich ihn nicht erreichen sollte.«

»Ui, das bedeutet sicher nichts Gutes«, befürchtete Franca.

»Ich tippe eher auf etwas Positives«, widersprach der Ministerialrat, »die spezielle Wortwahl lässt auf Zuckerbrot schließen. Ich glaube, die wollen Palinski endgültig korrumpieren.«

»Wenn schon, dann hoffentlich gleich ordentlich«, entfuhr es Wallner. »Nicht, dass er seine Seele für ein Butterbrot verkauft wie wir.«

*

Im Eingangsbereich des Krankenhauses traf Palinski auf Tina. Seine Tochter war in Begleitung eines jungen Mannes und schien bereits wieder im Gehen zu sein.

»Hallo Papa«, sie küsste ihn auf die Wange. »Das ist übrigens Guido, ein Assistent von unserem Institut.« Die beiden Männer reichten sich die Hände.

»Mama wurde der Knöchel unter Vollnarkose wieder eingerichtet«, informierte ihn Tina. »Sie liegt im Aufwachraum und ist noch nicht ansprechbar. Der Arzt meint aber, dass alles in Ordnung ist und sie innerhalb der nächsten Stunde wieder munter sein müsste.«

Palinski blickte auf die Uhr, es war bereits kurz nach 5 Uhr nachmittags. Wiener und sein Pressegespräch würden ohne ihn auskommen müssen, dachte er. Schade, aber alles eine Frage der Prioritäten. Seinen Preis würde er später auch noch bekommen.

»Ist dieser unmög…, ist der Herr Professor Dullinger auch hier?«, Palinski hoffte auf ein Nein und seine Gebete wurden erhört.

»Nein, er ist vor etwa einer Stunde gegangen, wollte aber abends noch einmal kurz hereinschauen.« Tina blickte ihren Vater fragend an. »Kann es sein, dass du Manfred nicht magst?«

Jetzt sagte dieser wunderschöne Mensch aus seinem Fleisch und Blut auch schon Manfred zu dem »Familieneinschleicher«, ging es Palinski durch den Kopf.

»Wie kommst du darauf, der Mann ist mir völlig egal«, knurrte er.

»Nein, das glaube ich dir nicht. Ich glaube eher, du bist eifersüchtig«, Tina lachte wieder dieses süße, glockenhelle Lachen, das er seit 23 Jahren so liebte. »Eifersüchtig auf Manfred, das ist wirklich lustig.«

»Wo denkst du hin, ich bin doch nicht eifersüchtig auf diese«, Palinski rang um den passenden Vergleich, »auf diese … Schwuchtel.«

»Na eben. Also Papa, wir müssen los.«

Sie küsste ihn nochmals auf die Wange, Assistent Guido nickte artig zum Abschied und das hübsche Paar entfernte sich.

Die freundliche Dame an der Information hatte ihn in den zweiten Stock verwiesen. Da stand er jetzt vor der Glastüre zum Aufwachraum und starrte hinein. Wie zart Wilma aussah und wie friedlich. Niemand würde ihm glauben, wenn er jetzt von der gelegentlichen Schärfe in der Stimme, den ihrem gnadenlos intelligenten Kopf entspringenden Spitzen berichten würde. Hier lag sie, sein Engel, die Frau, die er noch immer liebte. Und die sich, wie es Palinski schien, eben anschickte aufzuwachen.

Er musste zu ihr, kostete es, was es wolle. Das erste Gesicht, das man nach einer solchen Operation zu sehen bekam, ging einem nie mehr aus dem Kopf. Glaubte er, einmal gehört zu haben. Oder so ähnlich.

Also trat er einfach in den Raum und an das Bett seiner Frau. Denn das war sie auch ohne amtliche Bestätigung. Von da an war es wie im Märchen. Im selben Moment, in dem er sich über Wilma beugte, öffnete sie ein Auge. Dann schloss sie es wieder, um gleich danach alle beide aufzureißen.

»Mario, was machst du da?«, war es Freude oder Vorwurf, der in ihrer Stimme mitklang, Palinski war sich nicht sicher. »Das ist aber sehr lieb von dir, dass du gekommen bist.«

»Aber das ist doch selbstverständlich«, versuchte er, sich betont kühl zu geben, obwohl er innerlich strahlte wie ein dreifach lackiertes Hutschpferd unter dem Christbaum.

Inzwischen hatte sich aber auch schon die böse Hexe in Gestalt einer Schwester ins Spiel gemengt.

»Was machen Sie hier, sind Sie ein Verwandter?«

»Ja, na ja, eigentlich …, genau genommen«, Palinski war selten um eine Antwort verlegen, jetzt war er es.

»Also sind Sie ein Verwandter oder nicht?«, beharrte die Oberinquisitorin unbarmherzig.

»Lassen Sie nur Schwester, das ist mein Mann«, rettete ihn Wilma, seine Wilma vor der Schande der Zimmerverweisung.

»Dann ist es ja gut«, die Schwester war beruhigt und entfernte sich wieder.

»Wie Sie sehen, der Mann und kein Verwandter«, Palinski konnte es sich nicht verkneifen, der Dame in Weiß seine biologisch präzise Position nachzurotzen. »Wäre ja noch schöner.«

Dann beugte er sich über seine Frau und küsste sie zart auf den Mund.

»Was ist denn los mit dir?«, Wilma war es gar nicht mehr gewöhnt, von Mario so behandelt zu werden.

»Das kannst du viel öfters haben«, schnurrte Palinski, »wenn du mir die Chance dazu gibst.« Er streichelte ihr sanft über das Haar. »Wie geht es dir? Hast du Schmerzen?«

»Im Augenblick nicht, aber das kommt sicher noch. Kann ich dich um einen Gefallen bitten?«

Natürlich konnte sie und Palinski versprach, sich mehr als sonst um die Kinder zu kümmern, während sie im Spital lag.

»Das ist doch selbstverständlich«, beruhigte er sie. Beide Kinder sind volljährig, dachte er, und schon seit einiger Zeit selbständig. Aber Mütter müssen wohl so sein. »Du kannst dich auf mich verlassen. Wie lang wirst du übrigens hierbleiben müssen?«

»Doktor Albrecht will sich den Knöchel am Freitagvormittag ansehen. Falls ich dann schon für einen Gehgips bereit bin, komme ich noch am Wochenende raus«, sie drückte sich dabei beide Daumen. »Sonst nächste Woche.«

Die nächsten 20 Minuten verbrachten die beiden flirtend wie in ihrer besten Zeit. Er erzählte eine Schnurre und sie bewunderte ihn dafür lächelnd. Dann warf sie ein Kompliment ein und er himmelte sie dafür an.

Dass diese »Wolke-Sieben«-Stimmung nicht ewig anhalten konnte, war klar. Dass sie aber schon nach knapp 20 Minuten und dann auch noch ausgerechnet durch den »lieben Manfred« abrupt beendet wurde, gehört zu den Gemeinheiten des Lebens.

»Nett, Sie endlich einmal kennen zu lernen«, schmuddelte sich der an einen ungarischen Stehgeiger erinnernde Mann an Palinski heran. »Schade nur, dass es nicht unter angenehmeren Umständen stattfindet.«

»Meinerseits«, knurrte Palinski, »wie sind Sie eigentlich mit Wilma verwandt?«

»Hahahaha«, Dullingers Lacher klang wie der des Chefkastraten in einem morgenländischen Damenstift. »Stellen Sie sich vor, ich habe dem Personal vorgemacht, ich sei ihr Bruder.«

Na serwas Schwester, dachte sich Palinski und blickte auf Wilma.

»Ich will nicht lange stören«, versprach Dullinger, »wir sind auf dem Weg in die Stadthalle. Ich wollte dir nur Bescheid geben«, wandte er sich an Wilma, »dass dir die De Savueros alles Gute wünschen. Auf deine Karte geht jetzt Frieda mit.«

In Palinskis Kopf begann es zu kribbeln, immer heftiger. Ein Zeichen dafür, dass irgendein Stichwort begonnen hatte, seinen biologischen Hauptspeicher nach Entsprechungen abzusuchen.

»Ich wünsche euch viel Spaß. Schade, die ›Riverdance‹-Gruppe hätte ich gerne erlebt«, bedauerte Wilma.

Das war's, woran sich sein Speicher zu erinnern begonnen hatte. Palinski blickte auf die Uhr, es war schon kurz vor halb sieben. Die Vorstellung der Tanzgruppe begann in einer Stunde, wenn er sich richtig erinnerte. Er musste sofort mit Wallner sprechen. Die Chance, über die beiden von Eugen Filzmayer besorgten Karten an den Entführer heranzukommen, war zwar nur sehr gering. Aber sie bestand und musste wahrgenommen werden. Schlimm, dass er fast darauf vergessen hätte.

Widerstrebend überließ er Wilma der Obhut des unbedarft plappernden »Manfred« und suchte sich einen Platz, um störungsfrei telefonieren zu können.

Er erwischte den Inspektor gerade noch, bevor der sein Büro verließ. Sie würden sich in 45 Minuten vor dem Haupteingang der Stadthalle treffen.

Wilma schien etwas enttäuscht, dass er sich gleich nach Dullinger auch entschuldigen musste, zeigte aber Verständnis.

»Morgen komme ich wieder und bleibe länger«, versprach Palinski. »Dann erzähle ich dir, was sich in letzter Zeit so alles getan hat.«

*

Der Entführer war stolz auf seinen neuen Plan. Soweit er das beurteilen konnte, war die Übergabe unter Ausnutzung der Möglichkeiten von »Western Union« und der seit dem EU-Beitritt der Slowakei grünen Grenze an der March idiotensicher. Die Grenzsicherung durch das Bundesheer war für einen Einheimischen wie Frantisek kein Problem. Einziger Wermutstropfen war, dass er dem Cousin seiner Frau 10.000 Euro zahlen würde müssen. Aber das waren Kosten, die natürlich auch die Subers tragen würden.

Genial, das Geld mit Hilfe der Post außer Landes schaffen und wieder zurückbringen zu lassen. Auf Frantisek konnte man sich verlassen, hatte seine Frau immer wieder versichert. Obwohl sie natürlich keine Ahnung hatte, wie viel die Vertrauenswürdigkeit ihres Cousins diesmal wert sein würde.

Als Erstes würde er mit Frantisek reden, der sich einen falschen Ausweis für die Behebung des Geldes beschaffen musste. Mit einem Foto, auf dem er entsprechend verfremdet aussah. Dann würde er Suber darauf vorbereiten, dass die nunmehr 110.000 Euro plus Gebühren, also 120.000 Euro bereitzustellen wären. Abschließend musste er den Juniorchef dann nur mehr ganz beiläufig zu einem Postamt lotsen und den Auftrag geben, das Geld zu überweisen. Oder wie das bei dieser Art Geschäft genannt wurde.

Bis Montag kommender Woche könnte alles über die Bühne gegangen sein. Vielleicht auch bis Dienstag. Dann würde ein neues Leben für seine Familie und ihn beginnen. Das hatten sie sich verdient. Das mit dem Kommerzialrat tat ihm zwar irgendwie leid. Wenn er aber an das Kündigungsschreiben dachte, eigentlich auch wieder nicht.

So, jetzt freute er sich schon auf das Fußballspiel im Fernsehen heute Abend. Qualifikation zur Champions League. Der österreichische Verein hatte zwar keine Chance, vielleicht würde es aber doch ein spannendes Spiel werden.

Er fand, dass er sich durchaus eine Flasche Wein zum Fernsehen gestatten sollte. Als kleines Akonto auf das gute Leben, das ihnen bevorstand.

*

Die von Wallner kurzfristig organisierte Perlustrierung der »Kartenhaie« vor der Stadthalle war aus Sicht der zuständigen Polizeidienststelle ein großer Erfolg. Irgendwelche Hinweise auf die zwei ganz speziellen Karten und damit auf den Entführer ergaben sich aber keine.

Jetzt blieb nur noch der Frontalangriff. Begleitet vom Chef der Stadthallensicherheit und einem der diensthabenden Polizisten gingen Wallner und Palinski zur ersten Reihe Mitte. Auf den Plätzen 14 und 15 saßen ein etwa 16-jähriges Mädchen und ihr 13-jähriger Bruder.

Was immer die beiden von diesem Abend erwarten mochten, das, was jetzt mit ihnen geschah, gehörte sicher nicht dazu.

»Mein Name ist Wallner, ich bin von der Kriminalpolizei.« Die beiden waren offensichtlich keine Verbrecher, sodass der Inspektor ganz behutsam vorgehen wollte. »Ich muss euch etwas ganz Dringendes fragen. Kommt bitte einen Moment mit nach draußen.«

»Aber die Vorstellung beginnt gleich«, legte sich der Bub quer, »und ich will nichts versäumen.«

»Je schneller wir fertig werden, desto rascher könnt ihr wieder zusehen«, mischte sich jetzt auch Palinski ein. »Von dem Gespräch kann das Leben eines Menschen abhängen, also kommt jetzt bitte.«

Das Mädchen war schon am Aufstehen, aber der Bub wollte immer noch nicht. »Wieso, wir haben die Karten bezahlt und wollen ›Riverdance‹ von Anfang an sehen.«

»Wir können euch natürlich auch vorläufig festnehmen, eure Eltern anrufen und euch verhören, sobald sie da sind. Dann ist die Show aber mit Sicherheit schon lange vorüber.« Palinskis Stimme klang nach wie vor freundlich, seine Botschaft war es weniger. Selbst Wallner schüttelte den Kopf und murmelte etwas, das wie »Um Gottes willen, kannst du böse sein« klang.

Der deutliche Spruch des aus der Sicht der Kinder alten Mannes hatte seine Wirkung aber nicht verfehlt. »Komm schon, Bertie, bringen wir es hinter uns. Die geben sonst eh keine Ruh«, meinte die große Schwester und stand auf.

Sechs Minuten später wussten Wallner und Palinski, dass sich dieser Einsatz ausgezahlt hatte. Der Bub hatte die Karten von einem Mitschüler, einem gewissen Klaus Mansbart zum Preis von 35 Euro pro Stück gekauft. »Ein prima Geschäft, was?«, strahlte Bertie und Palinski stimmte dem zu. Klaus wohnte in einem Haus in Aderklaa, wusste Bertie und sein Vater arbeitete in einer Fabrik in der Donaustadt.

Zwei Minuten danach saßen die beiden wieder auf ihren Plätzen und konnten die weitere Vorstellung ungestört genießen. Der in ihrer Nähe platzierte Wachmann hatte darauf zu achten, dass sich der Bub und das Mädchen auch an ihr Versprechen hielten, nicht zu telefonieren. Nach der Show würden sie von der Polizei nach Hause gebracht und die Eltern entsprechend informiert werden.

Knapp zehn Minuten später kannte Wallner die genaue Adresse von Herwig Mansbart, Aderklaa, Tulpenweg 17. 40 Minuten später hatte ein Mannschaftswagen der Einsatzpolizei das Haus in Aderklaa umstellt, drei Minuten später war der wahrscheinliche Entführer von Eugen Filzmayer verhaftet. Er leistete keinerlei Gegenwehr, beteuerte seiner Frau und den beiden Kindern noch, wie leid ihm das alles täte und wie sehr er sie liebe. Dann stieg er in das Polizeifahrzeug.

Mansbart dachte keine Sekunde lang daran, seine Tat abzustreiten. Im Gegenteil, er führte die Beamten sofort zu dem Häuschen und dem Schuppen dahinter, in dem die Leiche des Kommerzialrates langsam aber unüberriechbar vor sich hin faulte.

Während sich Tatortgruppe und Gerichtsmedizin an die Arbeit machten und auf eine lange Nacht einstellten, wurde Mansbart ins Polizeigefängnis überführt.

Wallner und Palinski, die einen langen Tag hinter sich hatten, beschlossen, die weitere Vernehmung auf morgen zu verschieben.

»Jetzt hätte ich Lust auf eine Pizza«, gestand der Inspektor, »so mit viel Mozzarella, Salami und Thunfisch. Und was sonst noch alles drauf geht.«

»Gute Idee«, stimmte Palinski zu. »Auf zu ›Mama Maria‹, ich lade dich ein. Heute haben wir uns eine Belohnung verdient.«

»Übrigens«, erinnerte sich Wallner, »ich soll dir etwas Wichtiges von Schneckenburger ausrichten, der Minister lässt dich bitten, morgen um 8 Uhr früh in sein Büro zu kommen. Kein Scheiß, der Minister hat wirklich ›bitten‹ gesagt.«

Während die beiden zur großen Freude Maria Bertollinis ihre Pizza verputzten, als hätten sie drei Tage lang nichts gegessen und sich einen fruchtigen Soave dazu schmecken ließen, verließ »Miki« Schneckenburger enttäuscht den »Zimmermann« in Salmannsdorf. Er hatte mehr als drei Stunden auf seine Freunde gewartet, mit denen er um 20 Uhr verabredet gewesen war. Oder war das Treffen gestern gewesen? Plötzlich war er sich gar nicht mehr sicher.

7

»Miki« Schneckenburger traf Palinski kurz, bevor dieser in das Büro des Ministers gebeten wurde. »Wo seid ihr gestern alle geblieben«, beschwerte er sich, »ich habe drei Stunden beim ›Zimmermann‹ gewartet.«

»Erstens haben wir den Filzmayer-Entführer geschnappt«, klärte ihn Palinski auf, »und zweitens waren wir gar nicht verabredet.« Das Thema konnte nicht weiter erörtert werden, denn der Herr Minister ließ jetzt bitten.

Der hohe Herr war besser informiert als sein Rat, denn er hatte bereits um 6 Uhr die Nachrichten gehört.

»Gratuliere, ich habe schon vom Erfolg des Teams Wallner gehört. Sehr gute Arbeit. Damit ist die Sache wohl erledigt.« Er schüttelte Palinskis Hand, ganz so, als ob das Fernsehen die Szene filmte. »Schade nur, dass der alte Herr das nicht überlebt hat.«

»Ich fürchte, wir stehen erst am Anfang«, widersprach der derart Ausgezeichnete. »Aber Mansbart ist nicht der Typ, der so etwas einfädelt. Der war ursprünglich sicher nur Handlanger. Dann muss etwas geschehen sein, das ihn veranlasst hat, sein eigenes Süppchen zu kochen. Der Kopf hinter dem ursprünglichen Plan ist aber noch frei.«

»Ich bin sicher, der Fall ist bei Wallner und Ihnen auch weiterhin in den besten Händen.« Er klopfte Palinski auf die Schulter, dann deutete er auf den Besucherstuhl und nahm selbst Platz.

So viel Freundlichkeit machte den zwei Abende vorher so eindeutig zum Mundhalten Erpressten äußerst misstrauisch.

Ehe der Minister fortfuhr, bat er Schneckenburger, den Raum zu verlassen. »Ich möchte das Weitere mit Herrn Palinski unter vier Augen besprechen.«

Verwirrt und auch ein wenig gekränkt verließ der Ministerialrat das Büro seines Chefs. Palinski würde ihm schon alles erzählen, tröstete er sich.

»Wir haben über den Wert Ihrer Arbeit für uns auf höchster Ebene eingehend diskutiert und wollen unser Angebot nochmals modifizieren.« Der Minister räusperte sich und holte zwei Papiere aus der Unterschriftenmappe.

»Mit Zustimmung des Regierungschefs können wir unsere Subventionszusage auf 30.000 Euro im Jahr, zunächst verbindlich für drei Jahre, aufstocken.« Er schob Palinski den aus zwei Blättern bestehenden Vertrag zu. »Wie Sie ohnehin annehmen werden, beinhaltet auch diese Vereinbarung eine entsprechende Verschwiegenheitsklausel.«

Palinski überflog das Papier. Irgendein Gefühl sagte ihm, dass da noch etwas nachkam. Immerhin lag ein weiteres Papier vor dem Minister. Er schwieg und blickte den hohen Herrn erwartungsvoll an.

»Nun, was sagen Sie«, der Minister wurde langsam ungeduldig. Dieser Palinski hatte eine Präpotenz, die er sich auch gewünscht hätte. Immer dann, wenn ihn sein Regierungschef über den Tisch ziehen wollte.

»Ich warte auf das komplette Angebot, ehe ich mich entscheide.« Du bist wieder einmal ganz schön goschert, Mario, ging es Palinski durch den Kopf. Aber wenn es sein musste, dann musste es eben sein.

»Sie verblüffen mich, Herr Palinski. Wollen Sie nicht in die Politik gehen, am besten auf unserer Seite?«, er lachte und wirkte plötzlich direkt sympathisch. »Also, gut. Man ist auch bei der Opposition auf Ihre Arbeit aufmerksam geworden. Hier«, er reichte Palinski das Auftragsschreiben der Gemeinde Wien. »Der Herr Bürgermeister beauftragt Sie mit der Durchführung einer Studie zum Thema ›Die Wiener Kriminalstatistik und ihre Spuren in der einschlägigen Literatur‹. Sie brauchen nur gegenzuzeichnen.«

Palinski überflog das Auftragsangebot, fand das Honorar in Höhe von 20.000 Euro durchaus in Ordnung. Allerdings wurde es durch den Zusatz »Die Studie ist im Abstand von zwei Jahren zu aktualisieren« wieder erheblich relativiert. Nun gut, trotzdem noch immer ein ganz anständiger Preis. Schließlich fand er, wonach er suchte. Auch hier war auf eine Geheimhaltungsklausel nicht verzichtet worden. Also war Vertuschen auf breiter Basis geplant.

»Ich weiß nicht, ob Ihr Pouvoir das zulässt. Aber 20.000 für zwei Studien ist einfach zu wenig. Da leidet die Qualität zu sehr darunter.« Er hatte keine Ahnung, was er eigentlich damit meinte. Aber es klang doch gut, oder? Er wollte schon ergänzen, dass die Stadt noch 10.000 Euro darauflegen müsste und wäre auch mit 5.000 zufrieden gewesen. Es ging ihm vor allem ums Prinzip. Doch der Minister kam ihm zuvor.

»Also ich glaube, Ihnen zusichern zu können, dass das Angebot auf 20.000 Euro pro Studie aufgestockt wird.« Damit hatte der Minister den ihm zugestandenen Verhandlungsspielraum voll genutzt. Aber das war gut so. Er hatte dem aufgeblasenen Bürgermeister ohnehin schon lange eine hineinwürgen wollen.

»Damit sollten wir eigentlich durchkommen«, konnte Palinski gerade noch sagen, ehe er zweimal kräftig schlucken musste. Der Minister rief eine Sekretärin herein und gab ihr den Auftrag, den Betrag im Vertrag entsprechend zu korrigieren und mit dem Vermerk: »Von Dr. Fuscheé nach Rücksprache mit Bürgermeister Lattuga geändert« zu versehen.

Palinski fand, dass dieses Dokument immer interessanter wurde. Gegebenenfalls auch für das Nachrichtenmagazin »Konturen«. Andererseits, wer konnte schon wissen, wie unabhängig die Redaktion zu einem späteren Zeitpunkt noch sein würde.

»Also, das sieht alles sehr gut aus, Herr Minister. Ich möchte aber schon, dass Ihnen und auch den anderen Herren eines klar ist. Mir ist bewusst, dass ich für mein Schweigen bezahlt werde. Das ist in Ordnung, wenn es die Staatsräson auf so breiter Basis fordert. Ob Stadtrat Ansbichler jetzt zwei Monate früher oder später in den Häfen geht, ist mir egal. Hauptsache, er wird überhaupt zur Rechenschaft gezogen. Ich werde das Geld aber nicht für mein Schweigen nehmen, sondern die vereinbarten Leistungen auf Punkt und Komma erbringen. Ich lasse mich also nicht bestechen, sondern stelle mit Freuden fest, dass sowohl Sie als auch die Stadt Wien von meiner Kompetenz und Leistungskraft überzeugt sind und davon profitieren wollen. Zu durchaus marktkonformen Bedingungen.«

Er stand auf und ging einige Schritte auf und ab.

»In zwei Punkten müssen Sie meine Bedenken aber noch zerstreuen.« Der Minister blickte interessiert auf.

»Mir ist klar, dass Sie mir das Folgende nicht schriftlich bestätigen werden können«, räumte Palinski ein, »daher bitte ich Sie in diesen beiden Punkten um Ihr Ehrenwort. Erstens, dass der Fall Ansbichler in jedem Fall in angemessener Zeit, sagen wir innerhalb von zwei Monaten nach der Wahl offiziell untersucht wird.«

Der Minister nickte zustimmend. »Das ist selbstverständlich, ich gebe Ihnen mein Ehrenwort.«

»Zweitens muss ich Sie bitten, die in diesem Zusammenhang zu Unrecht in Untersuchungshaft befindlichen Personen so rasch wie möglich freizulassen und auch keine Scheinfestnahmen mehr zuzulassen.«

»In diesem Punkt haben wir uns etwas einfallen lassen. Ich hoffe, es wird Ihre Zustimmung finden.« Er berichtete von der Idee des Regierungschefs, die »Verdächtigen« wie Schauspieler zu entlohnen. »Sie werden gut behandelt und bekommen beste Verpflegung aus der Polizeikantine.«

Der zweite Teil des Satzes war ein Widerspruch in sich, befürchtete Palinski. »Es muss aber auch auf die religiös bedingten Essgewohnheiten der Leute geachtet werden«, warf er ein.

»Das versteht sich von selbst«, meinte der Minister, »wir sind ja ein Rechtsstaat mit dem Bekenntnis zur Religionsfreiheit in der Verfassung.«

Das reichte jetzt aus, fand Palinski und fuhr sich vorsichtig in die linke Brusttasche, um das kleine, hochempfindliche Aufnahmegerät wieder abzuschalten.

Dann nahm er entschlossen den vom Minister hingehaltenen Füller und unterschrieb beide Vereinbarungen.

Der Minister war sichtlich erleichtert. »Sie möchte ich auch nicht unbedingt als Gegner haben«, anerkannte er Palinskis Qualitäten. Qualitäten, von denen der derart Gelobte bislang selbst nichts gewusst hatte. »Falls Sie einmal einen Job brauchen, kommen Sie zu mir. Einen Mann wie Sie könnten wir sehr gut brauchen.«

Das hättest du wohl gerne, dachte Palinski. Dennoch genoss er das Lob wie der Braunbär den Honig aus der Bienenwabe.

»Ehe Sie gehen, möchte ich noch etwas sagen.« Der Minister setzte zu einer Erklärung an. »Wahrscheinlich halten Sie mich für ein undemokratisches, opportunistisches Arschloch. Was vielleicht zum Teil sogar stimmt, was den Opportunisten betrifft.«

Jetzt bewunderte Palinski den Mann. Es musste einem Machtmenschen wie Dr. Fuscheé, einem Alpha-Männchen par excellence, schwerfallen, sich so zu öffnen. Oder war das wieder bloß Berechnung?

»Im Fall Ansbichler bestehen aber echte Bedenken, die die

Ruhe und Sicherheit betreffen. Die Stimmung im Lande, speziell in Wien, ist gerade jetzt so labil, dass ein Funke genügen könnte, um eine mittlere Explosion auszulösen.«

»Ich habe darüber nachgedacht und gebe Ihnen recht. Ich bin zwar zu wenig Politiker, um die Situation wirklich abschätzen zu können. Ich bin aber genug Wiener und Österreicher, um irgendetwas auszuschließen. Ich kann mit unserer Vereinbarung gut leben.«

Die beiden etwa gleichalten Männer schüttelten sich die Hände. Palinski wollte eben den Raum verlassen, als ihm der Minister nachrief: »Wie alt sind Sie eigentlich?«

»Ich bin Mitte 40. Und Sie?«

»Ich bin aus der gleichen Serie, im Juni. Ein Zwilling.«

»Ich bin Schütze, Ende November.«

»Gut, ich bin der Josef, wenn du willst. Aber bitte nur im privaten Rahmen. Hier, meine höchstpersönliche Handynummer, für Notfälle«. Der Minister reichte Mario ein Kärtchen.

Palinski war baff wie selten zuvor. Der Mann wusste wirklich, wie man Leute einwickelte. »Ich bin der Mario und fühle mich geehrt.« Rasch hatte er sich aber wieder gefasst. Mit einem herzlichen: »Alsdann, Josef, serwas« verließ er den Raum. Er hatte fast so etwas wie ein schlechtes Gewissen wegen des unautorisierten Gesprächsmitschnittes. Aber das würde sicher rasch wieder verfliegen.

*

Als Palinski kurz vor 10 Uhr in »seinem« Kommissariat auf der Hohen Warte eintraf, lief die Maschinerie bereits auf Hochtouren.

Die Obduktion Eugen Filzmayers hatte ergeben, dass der Tod nicht durch die schwere Kopfverletzung bedingt worden war, sondern durch den totalen Zusammenbruch des schon vorher stark geschwächten Kreislaufes. Natürlich hatten die Schläge auf den Kopf und das Abhacken des Ringfingers einen gewaltigen Anteil am schlechten Gesamtzustand des bedauernswerten Opfers gehabt. Gestorben war der alte Mann aber, weil sein altes Herz nicht mehr mitgespielt hatte. Dabei hatte der Entführer Filzmayer bis zuletzt mit seinen lebenserhaltenden Medikamenten versorgt. Andernfalls wäre der Exitus wohl schon früher eingetreten, wie der Gutachter ausdrücklich angemerkt hatte.

Die Kollegen von der Spurensicherung hatten die ganze Nacht durchgearbeitet und ebenfalls bereits geliefert. Die verschiedenen Fingerabdrücke konnten aber, mit Ausnahme der von Herwig Mansbart noch nicht zugeordnet werden.

Der Entführer selbst wurde seit 8 Uhr von Wallner und Sandegger vernommen. Franca agierte im Hintergrund als Beobachterin und machte sich eifrig Notizen.

Mansbart dachte gar nicht daran, irgendetwas zu verheimlichen. Ihm war bewusst, dass Wallners anfänglicher Hinweis, die aktive Unterstützung der Polizei würde vor Gericht sicher positiv bewertet werden, aufrichtig gemeint war.

Er sei von »Janos« im Gasthaus gefragt worden, ob er tatsächlich eine abgelegene Hütte im Wienerwald habe. Nachdem er das bestätigt hatte, habe ihm »Janos« 10.000 Euro für einen »völlig harmlosen Job« angeboten. Es ginge um einen Scherz zwischen Freunden. Ein Mann sollte für ein bis zwei Wochen festgehalten und dann wieder freigelassen werden. Und er, Mansbart hatte die Aufgabe, diesen Mann in seiner Hütte zu verstecken, zu bewachen und für seine körperlichen Bedürfnisse zu sorgen. Als Mansbart erkannt hatte, dass der Entführte der Seniorchef des Unternehmens war, in dem er seit vielen Jahren arbeitete, hatte er den »Herrn Kommerzialrat« spontan wieder freilassen wollen.

»Aber der hat mich so beschimpft und gedroht, mich

zur Verantwortung zu ziehen«, dass Mansbart seinem ersten Impuls dann doch nicht Folge geleistet hatte. »Und das Geld hab ich natürlich auch gut brauchen können.«

»Janos«, dessen Familienname ihm nicht bekannt war, hatte er erst einmal vorher beim Wirten gesehen. Kurz, bevor Palinski eingetroffen war, hatte er ihn aber in der Verbrecherdatei als »Karl Johann Janoschek, Wien 15, Johnstraße 334« identifiziert. Ob er eine Ahnung habe, wo sich »Janos« im Augenblick aufhalte, wollte Wallner wissen.

»Wenn er net gelogen hat, dann ist er jetzt in Domreb«, gab Mansbart an und berichtete vom letzten Telefonat mit seinem Komplizen. »Das muss eine Insel irgendwo in der Südsee sein. Um mein Geld ist ihm ja nichts zu teuer.«

Die beiden vernehmenden Beamten blickten sich fragend an. »Vielleicht meint er die Dominikanische Republik«, meinte Franca und bewies damit, dass sie nicht nur gut zuhören konnte.

Sandegger stand auf, um von seinem Büro aus alles Erforderliche für einen internationalen Steckbrief zu veranlassen. »Setz dich hierher«, forderte der Inspektor Palinski auf, »es wird sicher etwas dauern, bis Martin wieder zurückkommt.« Der nützte die Chance, einen Punkt anzusprechen, der ihn schon die ganze Zeit beschäftigt hatte. »Die Gerichtsmedizin hat festgestellt, dass Ihr Opfer regelmäßig die Medikamente zu sich genommen hat, die es aufgrund seines angegriffenen Gesundheitszustandes dringend benötigte. Hat der Herr Kommerzialrat diese Medikamente bei sich gehabt oder haben Sie welche besorgt?«

Wallner blickte Palinski fragend an. Er konnte nicht erkennen, warum seinen Freund die Sache mit den Medikamenten so interessierte. Wahrscheinlich wollte er sich nur ein Bild von Mansbarts Verantwortungsbewusstsein machen.

»Der Herr Kommerzialrat hat nur die Medikamente bei

sich getragen, die er am Tag der Entführung noch benötigt hat«, erklärte Mansbart. »Er hat unheimlich gejammert, dass er seine Pulver braucht, sonst geht er ein. Der ›Janos‹ hat schließlich veranlasst, dass am nächsten Tag jemand ein Rezept vorbeigebracht hat.«

Das war interessant. »Haben Sie mit dem Überbringer des Rezepts gesprochen oder diese Person zumindest gesehen«, wollte Palinski wissen.

»Nein, der Überbringer wollte nur mit ›Janos‹ zu tun haben. Ich habe ihn nur ganz kurz gesehen.«

»Und wie hat diese Person ausgesehen?«, fasste Wallner nach.

»Na ja, wie hat diese Person ausgesehen?«, Mansbart überlegte. »Durchschnittlich in jeder Beziehung. Nicht klein, nicht groß. Nicht dick, aber auch nicht gerade dürr. Durchschnittlich eben. Das Gesicht war vermummt, er hat nur geflüstert. Tut mir leid, dass ich keine besseren Angaben machen kann«, bedauerte der Entführer.

»Wie hat ›Janos‹ Kontakt mit dem Auftraggeber aufgenommen?«

»Soviel ich mitbekommen habe, ist das über ein anonymes Handy gegangen, mit SMS und Mailbox.«

»Sie meinen, über ein Wertkartenhandy?«, versuchte Franca aus dem Hintergrund zu konkretisieren.

»Ja, ich glaub, so heißt das«, bestätigte Mansbart. »So eines halt, wo die Polizei nicht weiß, wem es gehört.«

»Kann ich das Rezept einmal sehen?«, wollte Palinski wissen. Wallner holte ein Plastiksäckchen aus dem großen Karton, in dem sich die bereits untersuchten Beweisstücke befanden, und reichte es Palinski.

Das Dauerrezept war von einem Professor Dr. Hermann Wagmeister ausgestellt worden, der seine Ordination in der Rotenturmstraße im ersten Bezirk hatte. »Wahrscheinlich

Filzmayers Hausarzt«, vermutete Palinski. Es war am Tag nach der Entführung, das heißt, exakt vor 14 Tagen ausgestellt worden.

»Wie oft sind Sie mit dem Rezept in der Apotheke gewesen«, Palinski blickte Mansbart ernst an.

»Ja, nur einmal natürlich. Mit so einer Packung kommt man ja mindestens zwei Wochen aus.«

»Gut«, Palinski überlegte. »Wer alles kann das Rezept in der Hand gehabt haben? Der ausstellende Arzt, eventuell noch die Ordinationshilfe. Dann die Person, die das Rezept geholt hat, diese oder eine andere Person, die das Rezept überbracht hat, ›Janos‹ und Mansbart, habe ich jemanden vergessen?«

»Im Zweifel noch die Person, die das Medikament in der Apotheke ausgegeben hat«, ergänzte Franca.

»Richtig, die auch. Also sollten sich nicht mehr als maximal sieben verschiedene Fingerprints auf dem Formular befinden«, rekapitulierte Palinski. »Wie viele sind es tatsächlich?«

Laut Bericht des kriminaltechnischen Labors hatten insgesamt fünf Personen das Papier in der Hand gehabt. Darunter eine, die der Kopf der Entführung war oder zumindest zu dieser führen konnte.

»Dann werden wir den Herrn Professor einmal fragen, wer sich das Rezept bei ihm abgeholt hat. Versuchen wir, ob wir etwas auf dem kurzen Wege erfahren können.« Er hob den Hörer ab und begann zu wählen.

»Frag den Herrn Doktor, ob die Person möglicherweise Handschuhe getragen hat«, warf Palinski ein.

Dr. Wagmeister schien aus einer anderen Galaxie zu stammen, denn er hatte noch nichts von der Entführung Filzmayers gehört. Geschweige denn von seinem Tod. Falls ihm das Schicksal seines Patienten irgendwie nahe ging, so verstand er es geschickt, das zu verbergen.

»Tut mir leid«, der Herr Professor vom anderen Stern

war auch nicht sonderlich kooperativ. »Aber Sie haben doch bestimmt schon einmal etwas vom so genannten Arztgeheimnis gehört.« Er fand das offenbar sehr amüsant, sein meckerndes Lachen drang bis zu der im Hintergrund sitzenden Franca. »Wenn Sie etwas erfahren wollen, müssen Sie schon mit einem Gerichtsbeschluss kommen.«

»Den kann der gute Mann haben«, murmelte Wallner und setzte sich sofort mit dem nahen Bezirksgericht in Verbindung.

»Wir müssen den Herrn Doktor ohnehin besuchen, wegen der Abnahme seiner Fingerabdrücke.« Wallner lächelte böse. »Und warum sollen die Herrschaften im Wartezimmer nicht auch etwas Spaß haben?«.

Helmut konnte manchmal richtig nachtragend sein, fand Palinski.

*

Walter Mraz hatte aus dem tiefen Loch, in das er unmittelbar nach der Konfrontation mit den sterblichen Überresten seines Sohnes gestürzt war, relativ rasch wieder herausgefunden. Er hatte den ganzen gestrigen Abend bis spät in die Nacht hinein damit verbracht, den Spuren Ricks zu folgen. Er hatte sich in den Kopf gesetzt, etwas zu finden, womit er der Polizei bei der Aufklärung dieses schrecklichen Verbrechens auf die Sprünge helfen konnte. Trotz intensiver Durchsuchung des Schrebergartenhauses, in dem Rick seit zwei Jahren den Sommer verbrachte, hatte er nichts entdecken können, das ihn weitergebracht hätte.

Vor Müdigkeit war er irgendwann auf der alten, durchgesessenen Couch im »Wohnzimmer« des Häuschens eingeschlafen. Nach knapp drei Stunden unruhigen Schlafes war er wieder wach geworden. Plötzlich war ihm eingefallen, dass er sich gar nicht bei seinem Chef abgemeldet hatte. Der würde aber hoffentlich Verständnis für diese Ausnahmesituation haben. Immerhin hatte der Stadtrat den Buben gerne gehabt und sich gelegentlich sehr nett um ihn gekümmert. Genau genommen war Ansbichler gar kein so übler Kerl, er hatte auch seine guten Seiten. Allerdings, wie er mit Carola umgegangen war, war eine riesige Sauerei gewesen.

Etwas viel Schlimmeres stand ihm noch bevor. Er hatte es bisher nicht übers Herz gebracht, Ricks Mutter zu informieren. Das würde er jetzt aber wirklich nicht mehr länger hinausschieben können. Er saß in dem kleinen Gasthaus am Rande der Schrebergartensiedlung und trank Kaffee. Später würde er auch noch jene Personen anrufen, deren Namen und Telefonnummern er in den Unterlagen seines Sohnes gefunden hatte. Wer weiß, vielleicht kam dabei etwas heraus.

Eigenartigerweise fand Mraz in den beiden hier aufliegenden Tageszeitungen keinen einzigen Hinweis auf das, was mit Rick geschehen war. Da wurde über einen Trickdieb im Kaufhaus berichtet und vor einem Betrüger gewarnt, der vorgab, für karitative Zwecke zu sammeln. Aber keine einzige Silbe über einen Toten, der am Cobenzl gefunden worden war.

Na, vielleicht war es noch zu früh dafür, obwohl er sich das nicht vorstellen konnte. Oder die Behörden hielten die Meldung noch zurück. Warum aber sollten sie das tun?

Mraz schüttelte den Kopf. Nein, da musste noch etwas sein. Er konnte einfach nicht glauben, dass sein Sohn, der schon als kleiner Bub alles aufgeschrieben hatte, was ihn bewegt hatte, so überhaupt nichts zurückgelassen haben sollte. Etwas, das es seinem Vater ermöglichen würde, den Sohn zumindest nach seinem Tod noch etwas besser kennen zu lernen.

*

Im weiteren Verlauf des Verhöres hatte sich Mansbart richtig erschüttert gezeigt, als er erfahren musste, dass Filzmayer bei der brutalen Amputation seines Fingers noch am Leben war.

»Aber er war doch tot, er hat sicher nicht mehr geatmet«, hatte der Mann gestammelt. Dann war er in Tränen ausgebrochen und Palinski hatte ihm seine Bestürzung sogar abgenommen. So eigenartig das angesichts der Schwere der Tat auch klingen mochte, Mansbart schien im Grunde genommen kein wirklich schlechter Mensch zu sein. Eher jemand, der es zwar mit den Gesetzen nicht immer ganz genau nahm, aber seinen Mitmenschen nicht wirklich Böses wollte. Sondern aus Not oder auch Gier in diese Situation hineingeschlittert war.

»Wenn mich der ›Janos‹ nicht um die zweite Hälfte der Gage geschossen hätte, dann hätte ich den Herrn Kommerzialrat eh am Freitag freigelassen«, beteuerte der Entführer jetzt. »Aber nicht nur, dass ich ums Geld geprellt worden bin. Dann kommt auch noch das Kündigungsschreiben von der Firma. Vom Alten unterschrieben.«

»Ist Ihnen gar nicht aufgefallen, dass der Brief laut Datum zu einem Zeitpunkt geschrieben worden ist, an dem sich Herr Filzmayer bereits in Ihrer Gewalt befunden hat?«, warf Franca ein.

»Das ist mir nicht aufgefallen«, Mansbart runzelte die Stirne. »Ist das wirklich so?« Wallner nickte und verwirrte den Entführer damit komplett. »Aber wie hat er denn dann die Briefe unterschreiben können?«

»Die Antwort ist einfach, Herr Mansbart«, Franca schüttelte leicht den Kopf. »Er hat den Brief überhaupt nicht unterschrieben. Was Sie für seine Unterschrift gehalten haben, ist ein sehr gut gemachter Faksimilestempel. Den hat die Sekretärin aufgedrückt.«

»Aber dann kann der Herr Kommerzialrat ja gar nix für meine Kündigung.« Offensichtlich traf ihn diese Erkenntnis hart. »Dann habe ich ihm ja völlig grundlos den Finger abgehackt.«

Palinski hatte Probleme, auf den unfreiwillig rabenschwarzen Humor nicht mit einem in dieser Situation absolut unpassenden Gelächter zu reagieren.

Dass er statt der nachgeforderten 87.000 Euro lediglich einen Packen alter Zeitungen erhalten hatte, hatte Mansbart nicht mehr sonderlich verwundert.

»Ich habe mich aber sehr aufgeregt darüber, weil ich gedacht habe, die wollen mich verarschen. Man hat fast den Eindruck gehabt, dass die Familie an einer Rückkehr des alten Herrn gar nicht wirklich interessiert ist.« Palinski konnte das verstehen, ein ähnlicher Verdacht war ihm auch schon kurz gekommen.

Gegen Mittag war der Durchsuchungsbefehl für die Ordination Dr. Wagmeisters eingelangt und Wallner hatte das Verhör Mansbarts für heute beendet.

»Denken Sie nach, ob Ihnen noch etwas einfällt. Je mehr Sie uns helfen, desto billiger wird es für Sie vor Gericht«, hatte er den Entführer zum Abschluss noch ermahnt.

Zwei Beamte hatten Mansbart aus dem Raum geführt. In der Türe war er nochmals stehen geblieben: »Darf ich Sie noch etwas fragen?«

»Nur zu«, hatte sich Wallner von seiner großzügigen Seite gezeigt, »was möchten Sie noch wissen?«

»Wie sind Sie eigentlich auf mich gekommen?«

»Wir hätten Sie in jedem Fall erwischt«, hatte sich der Inspektor überzeugt gezeigt. »Sie haben es uns aber einfach gemacht. Es waren die Karten für die Stadthalle. Ihr Sohn hat sie gefunden und an einen Schulkollegen verkauft.«

»Ich hätte sie verbrennen und nicht nur in den Müll werfen sollen«, Mansbart hatte schwer geseufzt. »Der liebe Bub, er wird sich jetzt schreckliche Vorwürfe machen. Sagen Sie ihm, er kann nichts dafür, dass sein Vater so ein Idiot ist.« Dann war Mansbart endgültig weggebracht worden.

Während sich Wallner und Franca Aigner auf den Weg zum Herrn Professor machten, war Palinski rasch zu seiner Wilma ins Spital geeilt.

Der ging es bereits viel besser. Sie hatte sogar schon wieder einige Spitzen auf Lager, aber wesentlich freundlichere als vor dem Unfall. Wer weiß, hatte sich Palinski gedacht, vielleicht stellte der Knöchelbruch die große Wende in ihrer Beziehung dar.

Nach einer Stunde, Tina war eben erschienen, hatte er das Krankenhaus wieder verlassen. Nicht ohne Wilma versprochen zu haben, am Abend wiederzukommen.

Auf dem Weg vorbei an »Wieners Beisl-Bar« fiel ihm ein, dass er dem rührigen Chef des Lokals noch eine Entschuldigung schuldete. Die Ereignisse des vergangenen Abends hatten es ihm unmöglich gemacht, an dem Pressegespräch teilzunehmen, wie er zugesagt hatte.

Hektor Wiener war allerdings nicht anwesend, sondern in der Stadt unterwegs. Auch gut, hatte Palinski gedacht und sich ein gutes, traditionelles Wiener Schnitzel bestellt. Er wollte die Atmosphäre aufnehmen, in der sein Palinski-Schnitzel schon bald zum festen und beliebten Angebotsbestandteil zählen würde. Hoffte er zumindest.

Also das Schnitzel war wirklich in Ordnung. Viel besser konnte Wilma das auch nicht machen. Obwohl das …, Palinski zögerte, den Gedanken zu Ende zu denken. Was soll's. Obwohl das eigentlich kein wirkliches Kriterium war. Wilma hatte viele Talente, das Kochen gehörte aber nicht unbedingt dazu. Das musste einmal gedacht werden. Weil es wahr war. Wilma konnte seine Gedanken ohnehin nicht lesen. Selbst wenn sie da wäre.

Endlich war Palinski wieder im Büro. Sosehr er den

»Außendienst« mochte, sosehr gingen ihm die ruhigen, mit Nachdenken, Kombinieren und Philosophieren verbrachten Stunden ab. Der Stress der letzten Tage war nicht ohne gewesen. So gesehen war es ganz gut, dass er nichts mehr mit dem Fall »Ansbichler« zu tun hatte.

Schon wieder so viele Anrufe auf Band. Immerhin vier, die nach einem möglichen Geschäft rochen. Und wieder einmal sechs Aufgehängte. Also ganz sicher war er nicht, dass ihm da nicht vielleicht doch der eine oder andere Auftrag durch die Lappen ging. Er brauchte jemanden fürs Büro, zumindest halbtags. Vielleicht sollte er Margit Waismeier wirklich einen Job anbieten.

»Herr Palinski, können Sie mir einen plausiblen Grund dafür nennen«, die Stimme kam ihm bekannt vor, er konnte sie aber nicht sofort zuordnen, »dass in den Medien nicht ein einziger Hinweis auf den Mord an meinem Sohn zu finden ist?«

Aha, Walter Mraz, dachte sich Palinski, und das mit einer berechtigten Frage. Sogar einer sehr berechtigten. Keiner von ihnen hatte daran gedacht, dass sich der Vater Ricks möglicherweise nicht mit einer bloßen Tatsache zufriedengeben würde. Sondern nicht zu Unrecht Maßnahmen erwartete. Aber das war etwas, um das sich jetzt das BKA kümmern musste. »Miki« Schneckenburger sollte er allerdings schon anrufen, das war er dem alten Freund schuldig.

Seine Gedanken hätten ihn fast Mraz' letzten Satz überhören lassen. »Es entsteht ja fast der Eindruck, als ob die Nachrichten darüber zurückgehalten werden. Wenn Sie etwas darüber wissen, sagen Sie es mir bitte.«

*

Herwig Mansbart saß in seiner Zelle und dachte intensiv nach. Er hoffte, dass ihm die hundertprozentige Kooperation mit der Polizei mildernde Umstände einbringen würde. Bei guter Führung würde er vielleicht doch noch vor seinem 50. Lebensjahr wieder bei seiner Familie sein können.

Er war entschlossen, jede Chance wahrzunehmen. Deswegen versuchte er auch, sich die Geschehnisse der letzten 14 Tage in allen Details in Erinnerung zu rufen. Sobald er die Augen schloss, liefen die Ereignisse in seinem Kopf ab wie ein Film. Und das Erstaunliche war, er konnte einzelne Bilder anhalten, sie längere Zeit betrachten und Kleinigkeiten erkennen, die ihm in der Realität gar nicht bewusst geworden waren.

Am ersten Tag hatte es ein Gewitter gegeben. Als der Unbekannte im Hintergrund mit dem Rezept gekommen war, hatte er gelbe Regenstiefel angehabt. Ja, Mansbart erinnerte sich wieder genau. Er hatte sich noch über die schmutzigen Abdrücke der Sohlen auf dem sauberen Holzboden geärgert. Besonders auffallend war der Abdruck der linken Sohle gewesen. Irgendeine Unregelmäßigkeit im Profil erweckte den Eindruck eines Kreuzes. Das könnte den Inspektor vielleicht interessieren. Und noch etwas. Die Abdrücke waren ziemlich klein gewesen. Er hatte seinen Fuß, Schuhgröße 44 danebengesetzt und die Stiefelgröße auf höchstens 38 geschätzt. In jedem Fall würden diese Hinweise seine Bereitschaft zur Zusammenarbeit deutlich unter Beweis stellen.

Er wollte schon nach dem wachhabenden Beamten rufen, als ihm noch eine Szene durch den Kopf ging. Früher, als kleiner Bub hatte er im Strandbad jede Möglichkeit wahrgenommen, beim Umziehen durch Ritzen zwischen den Brettern oder im Idealfall durch ein Astloch in die Nachbarkabine zu linsen. Mein Gott, dieser inoffizielle Teil seiner Aufklärung war mit Abstand der zweitspannendste gewesen. Wenn er an die vielen mehr oder weniger hübschen nackten Weiber dachte und die Körperteile, die man sonst kaum zu sehen bekommen hätte, wurde im auch jetzt noch ganz heiß.

Auch die Trennwand zwischen dem »Wohnzimmer« und dem Schlafraum seines Häuschens im Wienerwald war aus Holz. Und auch sie bestand aus Brettern mit Astlöchern. Natürlich hatte seine Neugierde auch diesmal wieder die Oberhand behalten. Er hatte zwar nur die unter Hälfte des sitzenden Mannes sehen können, der »Janos« gerade eine kleine Plastikmappe zugeworfen hatte. Eher ein Tascherl mit Zippverschluss, in dem man persönliche Dokumente aufbewahrte. Nachdem »Janos« etwas herausgenommen hatte, was das war, hatte er nicht erkennen können, war das Tascherl wieder zurückgeworfen und vom Unbekannten aufgefangen worden. Da war irgendetwas gewesen, das ihm sonderbar vorgekommen war. Das er instinktiv wahrgenommen hatte. Was war das bloß gewesen?

Mansbart ließ die Sequenz mehrmals vor seinem geistigen Auge ablaufen. Dann wusste er, was ihm aufgefallen war und war ganz sicher, dass es etwas zu bedeuten hatte.

Laut rief er nach dem wachhabenden Beamten. »Bitte verständigen Sie den Inspektor, mir ist noch etwas ganz Wichtiges eingefallen.«

*

Palinskis Anruf hatte Ministerialrat Dr. Schneckenburger in große Aufregung versetzt. »Miki« hatte schlicht nicht gewusst, was er tun sollte.

Da lief der Vater eines Ermordeten auf der Suche nach Antworten durch Wien und der Innenminister war auf Besuch bei seinem Kollegen in der Schweiz. Die Sektionschefin, die möglicherweise eine Entscheidung hätte treffen können, war im Urlaub auf Korsika.

Palinski hatte Mitleid mit seinem Freund. »Gut, ich will versuchen, Herrn Mraz zu erreichen und ihn zu beruhigen.«

»Sehen wir uns abends?«, hatte der dankbare Ministerialrat abschließend wissen wollen.

»Gut, ab 8 Uhr beim ›Zimmermann‹ in Salmannsdorf.«

Dann hatte Palinski sich ein Herz genommen und Margit Waismeier angerufen. Er hatte Glück, die Mutter des kleinen Markus zu erreichen, denn sie war gerade dabei, das Haus zu verlassen.

Palinski hatte es kurz gemacht. »Vielleicht kann ich Ihnen eine recht interessante Arbeit anbieten.« Frau Waismeier hatte sich erfreut gezeigt und zugesagt, morgen um 9 Uhr in sein Büro zu kommen.

Kaum hatte Palinski dieses Gespräch beendet und sich den nächsten Namen auf seiner langen Telefonliste vorgenommen, als ihm ein Anrufer zuvorkam.

»Kannst du sofort herkommen«, die Art, wie Wallner das ›sofort‹ betonte, ließ ihm keine Wahl. »Ich glaube, jetzt können wir das Schwein festnageln, das Eugen Filzmayer letztlich am Gewissen hat.«

Palinski machte sich sofort auf den Weg. Auf sein Versprechen, sich mit Walter Mraz in Verbindung zu setzen und beruhigend auf ihn einzuwirken, hatte er im Moment völlig vergessen.

*

Walter Mraz hatte das Gefühl, unbedingt mit jemandem sprechen zu müssen. Am liebsten mit diesem Pasinski oder wie er hieß, zu dem Mann hatte er eigenartigerweise Vertrauen. Aber der meldete sich nicht. Offenbar war das auch nur wieder jemand, der gerne schöne Worte machte. Aber wenn es darauf ankam, dann war nichts mehr von ihm zu hören. Ohne dass es ihm bewusst geworden war, hatte ihn sein Marsch durch die Straßen Wiens in die Nähe des Rathauses gebracht.

Wenn er jetzt schon hier war, dann sollte er wohl auch mit seinem Chef sprechen. Sich für sein Fernbleiben von der Arbeit entschuldigen und damit einen ersten Schritt zurück in die Alltäglichkeit machen. Wenn und soweit das in seiner Lage überhaupt möglich sein würde.

Mraz hatte »Glück«, auch wenn dieses Wort in seiner Situation kaum angebracht war. Stadtrat Ansbichler war im Haus, in seinem Büro und nahm sich sofort Zeit für seinen Chauffeur. Als der selbst »schmerzgebeugte« Politiker hörte, welcher Schicksalsschlag seinen Mitarbeiter getroffen hatte, stand er spontan auf und umarmte den Mann.

Die Entschuldigung seines Fahrers fegte er quasi mit einer Handbewegung vom Tisch. »Aber das ist doch klar«, zeigte er sich verständnisvoll, auch wenn seine nächste Aussage auf einen gewissen Mangel an Sensibilität hinwies. »Aber falls das wieder einmal vorkommt, rufen Sie doch bitte wenigstens an.«

Dann berichtete Mraz von den seltsamen Ereignissen, oder besser Nicht-Ereignissen im Zusammenhang mit dem Mord an Rick. Das fand auch der Stadtrat höchst eigenartig. »Ich werde mich gleich darum kümmern, sobald ich mit den Vorbereitungen für morgen fertig bin«, versprach er seinem Chauffeur.

Morgen sollte Carola Ansbichler-Schmuck in ihrer letzten Ruhestätte in der Familiengruft am Grinzinger Friedhof beigesetzt werden. »Danach findet im Festsaal des ›Palais am Kohlmarkt‹ der traditionelle Leichenschmaus statt. Sie sind natürlich auch herzlich eingeladen.«

Das war's dann auch schon wieder gewesen, denn die Pflicht rief den sich ihr jederzeit bewussten Politiker zur Eröffnung des »Internationalen Jazz-Festivals« in die Wiener Freudenau.

»Der Zeitdruck bringt mich noch einmal um«, lamentierte Ansbichler im Hinausgehen. »Ihnen geht es ja gut, Sie haben heute noch frei. Aber ich hätte um ein Haar das Begräbnis verschieben müssen, nur weil morgen eine Delegation Tourismusfachleute aus Malta nach Wien kommt. Gott sei Dank kommen die jetzt aber erst mit der Abendmaschine.«

Walter Mraz fühlte sich nach dem Gespräch nicht wirklich besser. Im Gegenteil, seine bisherige Meinung vom Chef hatte sich nicht nur bestätigt, sondern war noch um ein wesentliches Attribut erweitert worden. Der Stadtrat war kein schlichtes, sondern ein außerordentlich herzloses Arschloch.

*

Bevor er losgefahren war, hatte Wallner Dr. Kurt Suber in dessen Büro angerufen und ihn gebeten, um 17 Uhr in der Villa zu sein.

»Wir stehen ganz knapp vor dem Abschluss des Falles und müssen nur noch einige Details abklären«, hatte er dem nunmehr mächtigsten Mann der »Alfons Filzmayer & Söhne AG« erklärt.

Als Palinski kurz nach 17 Uhr eintraf, erwartete ihn ein überwältigendes Déjà-vu-Erlebnis. Abgesehen von den tageszeitlich bedingt geänderten Lichtverhältnissen war alles so wie am Vormittag vor fünf Tagen.

Inspektor Wallner war hier, sein Stellvertreter Martin Sandegger und natürlich auch Franca Aigner. Sie saßen mit den meisten Mitgliedern der Familie Suber neuerlich in dem als Bibliothek bezeichneten Raum. Die Perle Herta servierte Tee und Kaffee, auf Wunsch auch Gehaltvolleres. Nur Herr Kiefer war nicht im Raum, sondern hatte in der Garage zu tun. Der bereitet wohl gerade das Fluchtauto vor, dachte Palinski. Aber das war natürlich bloß ein Scherz.

»Also, worum geht es?«, unterbrach die Frau des Hauses den bisherigen Smalltalk. »Wir haben Theaterkarten und müssen spätestens um 19 Uhr das Haus verlassen.«

Du wirst heute Abend mit Sicherheit kein Theater besuchen und wahrscheinlich auch nicht in den nächsten zehn Jahren, dachte Palinski. Er wusste aber auch mehr als Erika Suber-Filzmayer. Stimmte eigentlich nicht, korrigierte er sich. Sie wusste natürlich mindestens genau so viel. Aber sie wusste nicht, was der Polizei schon alles bekannt war.

Er stand auf und blickte in die Runde. »Da ich angeblich am geschmeidigsten formulieren kann«, eröffnete er die entscheidende Runde, »wurde ich bestimmt, das folgende Gespräch zu moderieren.«

Er fasste kurz zusammen, was beidseitig als allgemein bekannt vorausgesetzt werden konnte.

»Wir stehen also jetzt vor der Frage: Haben ›Janos‹ und Mansbart auf eigene Faust gehandelt oder steckt noch jemand dahinter. Der oder die große Unbekannte?«, Palinski beantwortete seine Frage gleich selbst. »Die Antwort ist ja, es steckt noch jemand dahinter. Hier ging und geht es um wesentlich mehr Geld, als unmittelbar bewegt worden ist. Übrigens, von den 450.000 Euro, die über das Honorar der beiden Helfer hinaus übergeben worden sind, ich korrigiere mich, angeblich übergeben worden sind, gibt es nicht die geringste Spur.«

Kurt Suber war bei dem Wort »angeblich« zusammengezuckt, hatte aber nichts eingewendet. Na, dann wollen wir ihm noch etwas mehr Pfeffer in die Nase blasen, dachte sich Palinski.

»Dazu kommt, dass es links von der Parkplatzeinfahrt des Neustifter Friedhofs gar keinen Abfallbehälter gibt, in dem Sie das Geld hätten deponieren können. Wie Sie es angeblich aber getan haben«, stellte Palinski klar.

»Dann war der Behälter eben auf der rechten Seite«, rechtfertigte sich Suber, »in der Aufregung habe ich mich halt geirrt oder versprochen.«

»Das wäre eine gute Erklärung«, warf Wallner ein, »wenn

es rechts einen Abfalleimer gäbe. Da gibt es aber auch keinen. Wo also haben Sie das Geld tatsächlich hinterlegt?«

»Aber ich habe selbst …«, wollte Suber protestieren.

»Möglich, möglich«, konterte Palinski, »dass Sie da früher einmal einen solchen Behälter gesehen haben. Das muss aber schon länger als drei Wochen her sein. Damals hat die Friedhofsverwaltung nämlich die beiden Abfallbehälter entfernt, da es immer wieder zu kleinen Streifschäden gekommen ist. Die Zufahrt ist auch ohne die beiden Pfosten mit den Behältern eng genug.«

Jetzt platzte Erika Suber-Filzmayer der Kragen.

»Wollen Sie allen Ernstes behaupten, mein Mann lügt? Wäre vielleicht sogar selbst an der Entführung beteiligt gewesen?«

Das schlichte »Ja« Palinskis brachte sie nicht aus der Fassung, im Gegenteil. »Das ist ja unerhört. Wir sind mit dem Innenminister befreundet, ich werde mich über Sie beschweren.«

»Joi, der gute Joschi. Sagen Sie ihm einen schönen Gruß vom Mario«, entfuhr es Palinski ungewollt. Oder fast.

Jetzt sahen sich auch Wallner und Franca verwundert an.

Die Frau des Hauses ging aber nicht näher darauf ein. Dafür stellte sie eine besonders unüberlegte Frage.

»Was für ein Motiv sollte mein Mann denn gehabt haben, um Gottes willen?«, platzte es aus ihr heraus.

»Das Gleiche wie Sie, gnädige Frau. Geld, schlicht und einfach Geld. Money, Zaster, Marie, wie immer Sie es nennen wollen.«

Palinski blickte sie fast mitleidig an. »Bitte beleidigen Sie weder Ihre noch meine Intelligenz mit dieser Frage. Der Deal mit den Japanern, den Sie beziehungsweise Ihr Mann nur realisieren konnten, wenn Ihr Vater für einige Zeit aus dem Weg geräumt war, hat Ihnen zig Millionen gebracht. Wir kennen den Syndikatsvertrag, der die entsprechenden Vertretungsverhältnisse regelt. Die Klausel mit den drei Tagen Geschäftsunfähigkeit und so weiter.«

Kurt Suber sank immer mehr in sich zusammen, doch seine Frau gab sich noch lange nicht geschlagen. War es das, was man landläufig unter »Power-Lady« verstand? Wenn ja, konnte Palinski gut darauf verzichten.

»Und wie wollen Sie das alles beweisen?«, konterte sie trocken.

»Das wird relativ einfach werden.« Die Passagen seiner Rede, die Palinski besonders liebte, standen jetzt erst bevor.

»Auf dem Rezept, das Sie, gnädige Frau am Tag nach der Entführung bei Dr. Wagmeister geholt haben, befinden sich neben anderem auch die Fingerabdrücke von Ihnen und Ihrem Mann. Das reicht schon aus, um Ihnen den heutigen Theaterabend gründlich zu vermiesen. Damit ist nämlich Ihre Beteilung an der Entführung zweifelsfrei nachgewiesen.«

Er unterbrach und nahm einen Schluck aus dem Glas mit dem frisch gepressten Orangensaft.

Palinski blickte zu Sandegger, der kurz vorher mit der Perle Herta den Raum verlassen hatte und gerade wieder zurückgekommen war. Martin nickte nur kurz und hielt ein knallgelbes Paar Regenstiefel in die Höhe.

So muss sich die Katze fühlen, dachte Palinski, ehe sie der Maus den alles entscheidenden … ja, was versetzen Katzen Mäusen eigentlich? Egal, er holte im übertragenden Sinn zum letzten spielerischen Schlag aus.

»Dann haben Sie, Herr Doktor Suber, das Rezept zu den Entführern gebracht«, behauptete Palinski.

Der Beschuldigte bekam einen roten Kopf und protestierte heftig.

»Das stimmt nicht, ich war zum besagten Zeitpunkt in einer Besprechung mit den Japanern. Das kann ich jederzeit beweisen.«

»Du bist ein noch größerer Trottel als ich bisher angenommen habe«, herrschte ihn seine Frau an, »weißt du überhaupt, was du da eben zugegeben hast.«

Langsam dämmerte auch dem »Kurti«, welchen Blödsinn er eben von sich gegeben hatte.

»Ja, dann bleiben eigentlich nur Sie über als jene Person, die das Rezept überbracht haben kann.« Erika Suber-Filzmayer wollte wieder aufbegehren, sah dann aber die Sinnlosigkeit ihres Vorhabens ein. »Ich rede kein Wort mehr ohne meinen Anwalt.«

»Das ist Ihr gutes Recht«, bestätigte Wallner. Er stand auf, ging zu den beiden Subers und holte zwei Papiere aus seiner Brusttasche.

»Erika Suber und Dr. Kurt Suber, ich verhafte Sie wegen des Verdachtes der Verschwörung zur Entführung Ihres Vaters beziehungsweise Schwiegervaters und der aktiven Mitwirkung an diesem Verbrechen. Hier sind die Haftbefehle.«

»Seien Sie bloß nicht zu sauer auf Ihren Mann«, warf Palinski in Richtung der wie versteinert dasitzenden Hausfrau ein, »wir hätten Sie auch ohne seinen Ausrutscher festgenagelt.«

»Das glaube ich Ihnen nicht, Sie kleiner Scheißer.« Für einen Mann mit mindestens 1,85 Körpergröße war das eine echte Herausforderung, die Palinski auch annahm.

»Der Entführer hat durch Zufall die Armbanduhr am Handgelenk der Person erkennen können, die das Rezept gebracht hat«, erklärte er jetzt. »Beim Auffangen einer Geldtasche ist der Ärmel kurz hochgerutscht.« Er deutete auf die schmale, teure Uhr an ihrem Handgelenk. »So wie der Mann den Chronometer beschrieben hat, kann es sich dabei um Ihre Cartier hier gehandelt haben. In jedem Fall hat er eine Damenuhr gesehen.«

Man konnte sehen, dass der Frau eine Antwort auf der Zunge lag.

Vermutlich wollte sie einwenden, dass Mansbart in dieser Situation gar nicht anwesend gewesen war. Sie war aber klug und kontrolliert genug, den Mund zu halten. Aber nur beinahe.

»Das könnte aber auch eine andere Frau gewesen sein«, versuchte sie nochmals ihr Glück. Irgendwie beeindruckend die Frau, fand Palinski, aber zu viel kriminelle Energie.

»Aber doch nicht mit Ihren Regenstiefeln.« Auf sein Stichwort hin hielt Martin Sandegger das gelbe Paar für alle sichtbar hoch.

»Unglücklicherweise für Sie hat es an diesem Tag geregnet und Sie haben schmutzige Abdrücke am Fußboden hinterlassen.« Er holte tief Luft und blickte gespannt zu Sandegger. »Den Abdruck des linken Stiefels hat sich Mansbart besonders gemerkt. Weil sich«, er blickte zu Martin, der mit dem Kopf nickte, »kleine Steinchen oder etwas Ähnliches im gerippten Profil befunden haben müssen, die einen kreuzförmigen Abdruck hinterlassen haben. Und diese Steinchen stecken immer noch in der Sohle.«

Jetzt hatte Palinski auch die Frau geschafft. Kleinlaut sank sie in ihrem Fauteuil zurück und bedeckte ihr Gesicht.

»So ist das Leben, Madam«, beendete Palinski seinen Auftritt. »Sie haben hoch gespielt und hoch verloren, jetzt heißt es aber ›Rien ne va plus‹.«

Palinski wollte schon hinausgehen, doch Wallner gab ihm ein Zeichen, deutete einen Koffer an.

»Ach ja, das hätte ich jetzt fast vergessen. Ihr Trick«, er wandte sich an Viola, der 17-jährigen Tochter des Hauses, »mit dem Koffertausch war gar nicht schlecht. Wir wissen zwar noch nicht genau, wo der echte Koffer mit dem Peilsender und dem Geld geblieben ist. Aber da kommen wir auch noch drauf.« Er blickte das Mädchen lange an. »Wer weiß, vielleicht stimmt sogar, was der Herr dort«, er deutete auf Sandegger, »im Scherz vermutet. Er hält es nämlich für möglich, dass Ihr Freund eine Bleischürze gestohlen hat. In die haben Sie dann den Koffer eingewickelt und so den Peilsender erfolgreich abgeschirmt.«

Ungläubig starrten Violas verhaftete Eltern Palinski an.

»Unglaublich, aber wahr«, erklärte dieser, »da hat ein Röntgenologe aus dem vierten Bezirk vor einigen Tagen doch tatsächlich eine seiner Strahlenschutzschürzen als gestohlen gemeldet. Es stimmt schon, die Welt ist klein und Wien nur ein winziges Dorf.«

Violas Reaktion ließ Palinskis ohnehin schon hohe Meinung von Sandegger weiter steigen. Wie es aussah, hatte Martin mit seiner Vermutung voll ins Schwarze getroffen.

Interessant war aber auch die Reaktion der beiden Subers auf das eben Gehörte. Falls sich Palinski nicht sehr irrte, hatte Viola nicht im Auftrag der Eltern gehandelt, sondern die Chance für eine private Geldbeschaffungsaktion nützen wollen. Ja, ja, die jungen Leute heute werden immer früher selbstständig.

Wallner, dem Violas Mienenspiel auch nicht entgangen war, stand auf und nahm das Mädchen vorläufig fest. Dann ließ er sich von der Eingeschüchterten rasch noch Namen und Anschrift ihres Freundes geben.

Herta hatte inzwischen ihre Schürze abgenommen und sich vor den Subers aufgebaut.

»Ich kündige per sofort«, stellte sie mit eisiger Stimme fest, »in dieser Mördergrube bleibe ich keinen Augenblick länger.«

Palinski blickte zu der kleinen Miriam, die verschreckt, in Tränen aufgelöst und ganz alleine in einer Ecke saß.

»Wollen Sie sich das nicht noch einmal überlegen, Herta?«, Palinski deutete auf das Mädchen. Sie war die Einzige in der Familie, die um den alten Filzmayer zu trauern schien. »Einen anständigen Menschen in der Familie scheint es ja noch zu geben. Der wird Sie gerade jetzt besonders brauchen.«

Herta war wirklich eine Perle. Sie zögerte keine Sekunde, ging zu Miriam, schloss die Kleine in die Arme und versuchte sie zu trösten. »Wir werden das schon schaffen, mein kleiner Liebling.«

Während die Beamten mit den Verhafteten noch auf das Fahrzeug warteten, das 60 Prozent der Familie Suber in die Haft überstellen sollte, war Palinski schon unterwegs zu Wilma.

Im Taxi fiel ihm plötzlich wieder ein, dass er Walter Mraz noch nicht ans Telefon bekommen hatte. Er versuchte mehrmals, den Mann an einer der beiden Rufnummern zu erreichen, die der ihm gegeben hatte. Allerdings vergebens. Aber auch ein Gespräch hätte nicht mehr viel verändert. Denn Mraz hatte inzwischen etwas gefunden, das ihm verstehen half. Palinski würde das früher oder später auch noch erfahren.

8

Heute fühle ich mich so gut wie schon lange nicht mehr.

Da ist erstens dieses unbeschreibliche Gefühl, einen Fall erfolgreich abgeschlossen zu haben. Leider war mir dieses Gefühl nach meinem ersten Fall nicht gegönnt. Die schrecklichen Begleitumstände damals, besonders der Tod Waismeiers haben alle Gefühle wie Freude, Stolz und Zufriedenheit völlig verdrängt. Aber diesmal. Man könnte süchtig nach diesem Gefühl werden.

Zweitens finde ich es herrlich, wieder einige ruhige Tage vor mir zu haben. Ich muss im Grunde ein schrecklich fauler Mensch sein. Nicht, dass ich nicht hart arbeiten kann und das gelegentlich auch mache. Sogar gerne. Aber der Gedanke, nach dem Stress der letzten Tage wieder Herr meiner Zeit zu sein und nicht von Ministern, Entführern oder anderen Verbrechern die Termine diktiert zu bekommen, hat etwas ungemein Beglückendes für mich.

Wahrscheinlich bin ich gar nicht faul, nur ungern fremdbestimmt.

Alles das wird aber noch von dem wunderbaren Gefühl übertroffen, das ich gestern aus dem Spital mitgenommen habe. Wilma und ich haben seit Jahren kein so gutes Gespräch mehr geführt. Als sie mir dann plötzlich auf den Kopf zugesagt hat, dass ich eifersüchtig bin, habe ich das sogar zugegeben. Aber auf wen denn, Mario, hat sie mich scheinheilig gefragt.

Das fragst du mich noch, habe ich geantwortet. Auf deinen allgegenwärtigen Galan natürlich, diesen Dullinger.

Da hat sie plötzlich fürchterlich zu lachen begonnen. Ich habe zuerst geglaubt, sie lacht mich aus und wollte schon gehen.

»Du bist wirklich eifersüchtig auf Manfred«, sie hat so getan, als ob diese Vorstellung völlig absurd wäre. »Ja, weißt du denn nicht, dass …«, Wilma druckste herum, suchte offenbar den richtigen Ausdruck. Erst etwas später wurde mir klar, dass sie noch zu der Generation gehört, die Probleme hat, dieses Wort unbeschwert in den Mund zu nehmen.

»Also was willst du mir eigentlich sagen?«, habe ich sie nach einigen Fehlversuchen gefragt. Inzwischen war aber Tina ins Zimmer gekommen und hat die Situation bereinigt.

»Ich vermute, Mami will dir beibringen, dass Manfred schwul ist.«

Ich muss saublöd geschaut haben in dem Moment, denn plötzlich haben beide Frauen gelacht. Na klar, das war's, was mir die ganze Zeit so eigenartig bei dem Kerl vorgekommen ist. Eigentlich hat es mir Tina gestern sogar zu verstehen gegeben. Bloß ich habe es nicht verstanden.

»Ich habe mir schon die ganze Zeit gedacht, dass dein Kollege ein …« welches Wort war derzeit bloß politisch korrekt? »Also, dass dieser Manfred vom anderen Ufer ist.«

Nachdem sich das Gelächter wieder gelegt hat, hat mich Wilma liebevoll angesehen. So richtig, dass einem warm ums Herz wird.

»Du hast wirklich geglaubt, Manfred und ich haben …, na du weißt schon?« Wilma gehörte auch dieser Generation noch an. Das typische Kind ihrer verkorksten Eltern.

»Na ja, nicht wirklich«, ich habe mich aufgeplustert wie ein Auerhahn in der Balz, aber ich glaube nicht, dass mir das jemand abgenommen hat.

»Ach Mario«, Wilma hat mir die Hand gestreichelt, »komm einmal her zu mir.« Als ich mich zu ihr hinuntergebückt habe,

hat sie mir einen Kuss gegeben, dann noch einen zweiten. Tina nahm das zum Anlass, wieder zu ihrem Guido zu gehen, der sicher irgendwo draußen wartete.

Wilma hat mir dann den Vorteil homosexueller Männer als Begleiter alleinstehender Frauen erklärt. Das war eigentlich alles sehr einleuchtend. Wenn ich das richtig sehe, hat Wilma das eigentlich nur für mich gemacht. So im Nachhinein betrachtet ist der Manfred gar kein so übler Bursche. Oder wie man das politisch korrekt nennt.

Viel später, bei »Zimmermann« in Salmannsdorf habe ich meinen Freund »Miki« Schneckenburger zu den Vorteilen der Ehe interviewt. Er findet die Institution an sich gut, bloß die Zeiten, bis die Babys endlich durchschlafen, sind hart, hat er gemeint. Aber das haben Wilma und ich ja ohnehin schon lange hinter uns. Mein Entschluss stand fest und tut es jetzt noch. Ich werde Wilma bitten, mich zu heiraten. Gleich morgen, nein noch heute. Den Ring habe ich ohnehin schon vor fünf Monaten besorgt.

Als ich diesen Entschluss meinen Freunden mitgeteilt habe, hat Franca Wallner ihren Ellbogen in die Seite gerammt und vielsagend angesehen. Hoffentlich ist der Helmut jetzt nicht sauer auf mich.

Komisch, Walter Mraz ist wie vom Erdboden verschwunden. Vielleicht ist er nach Innsbruck gefahren, um Ricks Mutter persönlich über dessen Tod zu informieren. Nachdem ich »Miki« gestern erzählt habe, dass ich den Mann nicht erreichen konnte, muss er sich jetzt eben selbst darum kümmern.

Was, es ist schon nach acht. Jetzt wird es langsam Zeit. Um 9 Uhr kommt Margit Waismeier und vorher muss ich noch mit Maximilian um die Häuser ziehen.

*

Ministerialrat Schneckenburger hatte wieder einmal nicht sehr gut geschlafen. Nicht nur, weil der kleine Lukas zweimal seinen Unmut über was immer auch lautstark zum Ausdruck gebracht hatte. Daran hatte sich der Ministerialrat zwar noch immer nicht ganz gewöhnt, aber es wurde von Nacht zu Nacht besser. Diesmal war es vor allem der Gedanke an den Vater des unbekannten Toten gewesen, der ihn wach gehalten hatte. Eines Toten, dessen Namen inzwischen bekannt war, ebenso seine noch nicht näher ausgeleuchtete Verbindung mit dem Fall »Ansbichler«. Konnte Mraz irgendetwas unternehmen, was die strikte Nachrichtensperre, die der Minister verhängt hatte, unterlaufen würde?

Schneckenburger hatte alle denkbaren Möglichkeiten in Betracht gezogen und war zu dem Schluss gekommen, dass eigentlich keine Gefahr in diese Richtung bestand. Außer einigen Geheimnisträgern wusste ja niemand, dass der Unbekannte schon identifiziert worden war und eine Verbindung zur »Causa discreta assoluta« bestand.

Die einzige erkennbare Schwachstelle in seinen Überlegungen war, dass Mraz eine der Personen war, die von der Identifizierung wussten, wie auch nicht. Und dass der Vater des Toten die einzige Person war, die nicht der Geheimhaltungspflicht unterlag. Sich andernfalls aber auch kaum daran halten würde.

Er würde in jedem Fall den Minister informieren müssen. Alleine schon, um sich selbst abzusichern.

Kurz nach 8 Uhr, gleich nachdem Dr. Fuscheé sein Büro betreten hatte, schwindelte sich Schneckenburger hinein. Das war einer der Vorteile seiner Position, natürlich aber auch ein Nachteil. War das Anliegen aus Ministersicht nicht wichtig genug, setzte es eine Rüge wegen der Störung. Unterließ »Miki« dagegen eine Information, die sich für den Minister im Nachhinein als unentbehrlich erwies, würde ihm der Kopf abgerissen werden. So weit war es aber bisher Gott sei Dank noch nicht gekommen.

Der Minister hörte aufmerksam zu, schien die potenziellen Ängste seines Ministerialrates aber nicht zu teilen. »Was kann der Mann schon machen? Selbst wenn er mit einem Journalisten spricht, was kann passieren?«, beruhigte er Schneckenburger. »Wir schieben den Fehler auf die Pressestelle. Die haben so viel zu tun, da ist diese offiziell relativ unwichtige Angelegenheit eben verschlampt worden.« Nicht angenehm, konzedierte er, aber nichts wirklich Ernstes. »Nichts, womit wir nicht fertig werden. Wichtig ist, dass die Verbindung zu Ansbichler nicht bekannt wird. Und davon kann der Vater ja nichts wissen.«

Dann war Schneckenburger schon wieder draußen, ungerügt aber nicht wirklich beruhigt. Aber bitte, jetzt war es der Kopf des Chefs, der auf dem Schafott liegen würde und nicht sein eigener. Oder?

*

Margit Waismeier sah entzückend aus in ihrem pastellfarbenen Hosenanzug, die Farbe hieß Chamois, glaubte Palinski sich zu erinnern. Sie sah nicht mehr aus wie eine trauernde Witwe, sondern wie eine junge Frau, die sich dem Leben wieder stellte. Nur um die Augen fand er so einen Zug, der ihm zeigte, dass sie die Erinnerung an die traurigen Ereignisse im Mai noch nicht ganz losgelassen hatten. Aber konnte man so ein einschneidendes Erlebnis wie den gewaltsamen Verlust des Partners schon nach einigen Monaten, ja überhaupt je völlig verarbeiten?

Palinski war aufgeregt, fast ein wenig so wie beim ersten Rendezvous. Er konnte sich zwar nicht mehr daran erinnern, aber so oder so ähnlich könnte das Gefühl schon gewesen sein. Er hatte Kaffee und Kekse vorbereitet, die Guten mit dem

Schokoladenüberzug und der Nougatfülle, denen er mindestens zwei Kilo seines Übergewichtes verdankte.

Die erste Viertelstunde verbrachten sie im Gespräch über die Kinder. Markus war seit zwei Wochen in der Volksschule und fühlte sich offenbar wohl dabei. Margit, sie hatte ihm angeboten, sie mit dem Vornamen anzusprechen, war sehr froh darüber, denn sie hatte das Gegenteil befürchtet. Wie alt Marios Kinder wären, wollte sie wissen. Natürlich hatte auch Palinski darauf bestanden, Mario genannt zu werden. Solange das mit dem formellen »Sie« einherging, bestand die Gefahr zu großer Vertraulichkeit nicht, fand er.

Jetzt war es aber Zeit, zum Kern des Gespräches zu kommen. Palinski begann, Margit über die verschiedenen Facetten seiner Tätigkeit zu informieren, erzählte ihr vom Institut, seiner geliebten Datenbank und seinem Traum, einmal den »großen« Roman zu schreiben.

»Ich benötige hier jemanden, der ganz einfach da ist. Telefonate entgegennimmt, unerwartete Besucher empfängt und gewisse Büroarbeiten erledigt. Kommen Sie mit einem PC zurecht?«

»Natürlich, ich habe Erfahrungen mit Windows, Windows for Workstations, Word, Excel, Power Point und einigen anderen Programmen«, erklärte Margit. »Und ich habe ein Diplom als Webmaster« fügte sie stolz dazu.

»Das heißt doch, dass Sie auch eine etwas anspruchsvollere Homepage einrichten und warten können?«, versicherte sich Palinski.

»So ist es« bestätigte sie und er sah schon seine Babyfotos im Internet.

»Das ist ja wunderbar. Was verdienen Sie derzeit, Margit?«

»Ich bin als Verkäuferin in einem Kaufhaus in Schwechat tätig, in der Kosmetikabteilung. Ich bekomme 850 Euro im Monat«, erklärte sie.

»Nun, das ist ja nicht gerade üppig.« Er schüttelte nachdenklich den Kopf. »Aber sicher bekommen Sie ja auch noch eine Hinterbliebenenrente.«

»Theoretisch bekomme ich rund 360 Euro im Monat.« Margit war plötzlich das Lachen vergangen. »Aber stellen Sie sich vor, Mario. Das Ministerium hat es bis heute, fünf Monate nach dem Tod meines Mannes nicht geschafft, irgendwelche fehlenden Unterlagen an die Unfallversicherungsanstalt weiterzuleiten. Und ohne diese Unterlagen kann die AUVA den Vorgang nicht bearbeiten.«

Palinski fand das schlimm. Er wollte der netten Frau helfen und hatte auch schon eine Idee. Die er allerdings nicht vor Zeugen umsetzen wollte.

»Haben Sie Angst vor Hunden, Margit?« Sie starrte ihn völlig entgeistert an, konnte den Gedankensprüngen Palinskis nicht folgen.

»Nein, überhaupt nicht, warum?«

»Würde es Ihnen etwas ausmachen, eine Pipi-Runde mit Maximilian zu drehen.« Er lachte: »Das gehört auch zum Jobprofil.«

Kaum war Margit mit dem Hund draußen, suchte er auch schon nach dem Kärtchen mit der Geheimnummer des Innenministers. Das war genau die Art von Notfall, die geeignet war, sein Vertrauen in ein so wichtiges Regierungsmitglied zu stärken.

Langsam tippte er die Vorwahl des Betreibers und den siebenstelligen Zifferncode ein und lauschte.

»Ja«, Fuscheé klang etwas mürrisch.

»Hallo, Herr Minister, ich bin es, Mario Palinski.« Er wollte das Du-Wort nicht gleich überstrapazieren. »Wir haben einen Notfall.«

Plötzlich war der hohe Herr hellwach. »Ist was mit Ansbichler los?« wollte er wissen.

»Nein, aber mit Waismeier.« Und er berichtete Fuscheé die ganze Geschichte.

»Das ist zwar nicht die Art Notfälle, die ich gemeint habe«, räumte der Minister ein, »aber es ist in der Tat auch ein Notfall. Sag der guten Frau, dass ich die Verzögerung bedaure und sie sich am Montag die Unterlagen bei Ministerialrat Schneckenburger abholen kann.«

»Danke, Josef, du bist gar kein so übler Bursche«, rutschte es Palinski heraus.

Josef schwieg und Mario fürchtete schon, ihn verärgert zu haben.

»Weißt du, Mario«, meldete sich der Minister wieder. »Du gehst mir zwar meistens ziemlich auf die Nerven. Aber du bist ein großartiger Mensch und ich wüsste nicht, welcher Intervention in meinem langen Politikerleben ich lieber Folge geleistet hätte. Wir hören wieder voneinander.«

So einfach war das also, dachte sich Palinski. Wenn man wusste, wie es geht und die richtige Telefonnummer hatte.

Margit konnte es kaum fassen. Vor Freude über die gute Nachricht umarmte sie Palinski und küsste ihn auf die Wange.

»Gut, also ich kann Ihnen für einen 20-Wochenstundenjob aber nicht mehr als 1.000 Euro bezahlen«, Palinski hatte der spontane Kuss gefallen, er war ihm aber auch etwas peinlich.

Margit starrte ihn entgeistert an. Mehr Geld für die halbe Arbeitszeit. Und darüber hinaus konnte sie täglich zwei Stunden Wegzeit einsparen. Ihr fehlten die Worte.

Palinski missverstand ihre verzögerte Reaktion. »Also gut, die Arbeiten für die Homepage rechnen wir gesondert ab. Mehr kann ich derzeit aber wirklich nicht bezahlen«, versicherte er ihr.

»Aber das ist doch nicht notwendig«, meinte eine glückliche Margit.

»Das geht schon in Ordnung. Sie werden sich Ihre Gage

sicher ehrlich verdienen. Wenn Sie wollen, können Sie am 1. Oktober beginnen. Oder wann immer Sie aus Ihrem Kaufhaus in Schwechat loskommen.«

Als Margit Waismeier zehn Minuten später ging, ließ sie einen rundum zufriedenen Palinski zurück. Er hatte das Gefühl, ein gutes Geschäft gemacht zu haben. Eines, von dem beide Seiten profitierten.

*

Einige der »kleinen Leute da draußen«, wie sie die Politiker in ihren Sonntagsreden so gerne nannten, und in Vorwahlzeiten war fast jeder Tag ein Sonntag, waren stocksauer. Sie wollten nichts anderes als die Gräber ihrer Lieben besuchen. Da sie das Glück hatten, ihre Toten am vornehmen Grinzinger Friedhof liegen zu haben, hatten sie heute Pech.

Die mit einer zwölfköpfigen Einheit der Verkehrsabteilung angerückte Polizei hatte den kleinen Parkplatz vor dem Haupteingang bereits ab 12 Uhr gesperrt, sodass die durchwegs älteren Herrschaften den langen Weg entweder zu Fuß zurücklegen oder ganz auf den Besuch verzichten mussten. Ab 14 Uhr war der Zugang zum Friedhof überhaupt gesperrt, außer man hatte eine spezielle Eintrittskarte, ein bekanntes Gesicht oder zumindest einen Bekannten mit einem solchen. Oder einen guten Schmäh, um sich irgendwie an der Zutrittskontrolle vorbeizumogeln.

Ansbichler hatte sich tatsächlich nicht entblödet, auf der Rückseite der speziell gedruckten, in freundlichen Pastellfarben gehaltenen Zutrittsberechtigungen eine Wahlwerbung anbringen zu lassen. »Für eine gute Zukunft – Liste 1 – Ing. Robert Ansbichler« stand da zu lesen.

Palinski, wahrlich kein Freund von Beerdigungen, schon gar nicht solcher mit dem Anspruch eines gesellschaftlichen

Ereignisses wie die von Carola Ansbichler-Schmuck, hatte lange überlegt, ob er sich das antun sollte. Da sich Helmut Wallner und Franca Aigner entschlossen hatten, dem morbiden Ereignis aus beruflicher Neugier beizuwohnen, stand auch Palinski jetzt am Rande des Auffahrtbereiches und beobachtete das Eintreffen der Prominenz. Er fühlte sich wie ein prominentengeiler Adabei am Eingang zum Opernball.

Die Polizei hatte alle Hände voll zu tun, die schmale Zufahrt für die zu- und abfahrenden Luxuskarossen offen zu halten und einen totalen Stau zu verhindern. Jetzt kamen sogar drei Reisebusse, die den Verkehr für mehrere Minuten völlig zum Erliegen brachten. Ihnen entstiegen einfach anmutende Menschen. Er erkannte Herrn Meiler, den Chefportier, von dem er einige Tage vorher entscheidende Hinweise erhalten hatte. Wie es aussah, war das die Belegschaft der fünf Schmuck-Hotels. Menschen, die wirklich zu trauern schienen. Carola war dem Vernehmen nach eine sehr beliebte Chefin gewesen.

Langsam strebte der gewaltige Auftrieb seinem Höhepunkt zu. Da war Bürgermeister Lattuga und sein Vorgänger Dr. Ladak, natürlich nicht ohne seine Romy. Ferner Spitzenrepräsentanten aller im Rathaus vertretenen Gruppierungen, die Chefs der großen Parteien und natürlich auch der liebe Josef. So nutzten halt viele den wettermäßig wunderschönen Tag für ein Bad in der riesigen Menge trauernder Stimmberechtigter.

Kurz vor dem Minister war auch der Witwer in seiner protzigen Limousine angekommen. Gelenkt wurde der Wagen tatsächlich von dem bislang verschollenen Walter Mraz.

Während der Witwer noch aus dem Wagen kletterte, versuchte Palinski schon, sich zu dem Fahrzeug durchzukämpfen oder Mraz zumindest auf sich aufmerksam zu machen. Allerdings ohne Erfolg. Vielleicht bildete er sich das nur ein, aber er hatte den Eindruck, dass ihn der Chauffeur absichtlich übersehen und dann rasch Gas gegeben hatte.

Die Menge der Trauergäste musste inzwischen die Zahl 500 bereits deutlich überschritten haben und der von außen einsehbare Teil des Friedhofs wirkte wie ein Freiluftmuseum voller Amish-Leute.

Man muss ja wirklich nicht überall dabei sein, entschied Palinski angesichts dieser Klaustrophobie versprechenden Massierung. Falls sich irgendetwas Interessantes ergeben sollte, würde »Miki« ihm das sicher später berichten. Langsam machte er sich auf den Weg hinunter zur Straßenbahn.

Was hatte Walter Mraz wohl bewogen, ihn so total zu ignorieren? Vielleicht hatte er ihn wirklich nicht gesehen, versuchte Palinski sich einzureden. Das ungute Gefühl begleitete ihn aber bis in sein Büro.

*

Während Palinski noch über das eigenartige Verhalten von Walter Mraz grübelte, saß viele Flugstunden und sechs Zeitzonen entfernt ein braungebrannter Wiener beim Frühstück.

Der Speisesaal des Hotels »Punta Alvarese« in Playa Dorada an der Nordküste der Dominikanischen Republik war fast leer, obwohl es schon auf 9 Uhr zuging. Die meisten Gäste bevorzugten es, ihr Frühstück auf dem Zimmer einzunehmen. Karl Janoschek aus dem 15. Wiener Gemeindebezirk liebte aber den Anblick des mit ihm teilweise völlig unbekannten Köstlichkeiten voll bepackten Frühstücksbuffets. Diese herrlichen frischen Früchte, die Säfte und das tolle Angebot an kleinen kalten und warmen Gerichten waren eine Labsal für seine Augen. Diese Augenweide gab ihm das Gefühl, reich zu sein. Beim Essen bevorzugte sein eher konservativer Geschmack allerdings bekanntere Köstlichkeiten wie Rühreier, Würstchen und diese herrlichen warmen Kipferln. Recht gut fand er auch diesen »Schampoo Serano«, der ihn irgendwie an den Tiroler Schinkenspeck in seiner Heimat erinnerte. Tja, die Heimat konnte ihm jetzt den Buckel runterrutschen. So bald würde ihn Österreich nicht wiedersehen. Mit den rund 40.000 Euro, die er nach diesem Urlaub noch haben würde, konnte er es hier in der Gegend mindestens, na, auf jeden Fall eine ganze Weile aushalten. Das Schönste an der Sache war ja, dass die drei Wochen in diesem Superhotel von dem unbedarften Dodel Mansbart bezahlt wurden.

Er nahm sich vor, in den nächsten Tagen einen Blick in eine österreichische Zeitung zu werfen. Angeblich gab es im Ort einen Kiosk, der die »BIB – Bin Im Bilde« führte. Oder noch besser, er würde das Ehepaar aus Wels fragen, die sich ihre Zeitung nachsenden ließen. Sicher hatten die guten Leute nichts dagegen, ihn einmal einen Blick in ihr Blättchen werfen zu lassen.

Jetzt wollte er aber noch Kaffee. Er blickte sich um und konnte keines der ihm inzwischen vertraut gewordenen Gesichter der dienstbaren Geister des Hauses erkennen.

Er winkte einem neben dem Eingang stehenden Mann zu und rief in seinem besten Ausländisch: »Un gaffeletsche porfawor.«

Toll, wie rasch der Service hier funktionierte. Ehe er seine Bitte noch richtig formuliert hatte, standen auch schon zwei Männer neben seinem Tisch. Das »Grazias« lag ihm schon auf der Zunge, als er merkte, dass die Burschen den Kaffee vergessen haben mussten.

»Wer is se Koffee, plies«, wollte er wissen, aber da war es auch schon geschehen.

»No coffee, Senhor Jano… scek«, Kommissar Antonio Marques de Astenida hatte Probleme mit der richtigen Aussprache. »I am sorry, but you are arrested. Please come along without making any troubles.« Vorsorglich legte er »Janos« auch noch Handschellen an. Also die Zeitung konnte er sich sparen, fuhr es dem Inhaftierten durch den Kopf. Jetzt gab es keine Zweifel mehr, wie die Entführung Filzmayers geendet haben musste. »Ei waunt do spik se ostrian consul, et wanz«, protestierte er, doch niemand hörte ihm zu.

Die Bewohner der Dominikanischen Republik sind freundliche Menschen. Erstens entspricht das ihrem Naturell und zweitens leben viele von ihnen vom Tourismus. Daher verwunderte es auch niemanden wirklich, dass das inzwischen wieder aufgetauchte Personal Aufstellung genommen hatte, um »Janos« freundlich zu verabschieden.

»Good by Sir, we hope, you had a nice time in our hotel.« Einer wünschte ihm sogar noch einen schönen Tag. »Janos« fand das etwas übertrieben.

*

Als Palinski die Postkästen im Eingangsbereich passierte, erinnerte er sich, seine Post seit zwei Tagen nicht mehr entnommen zu haben.

Eigenartig, dachte er, seit er sein »Institut für Krimiliteranalogie« bei der Vereinspolizei angemeldet hatte, hatte sich der Anfall an absolut überflüssiger Post nahezu verdoppelt. Jetzt erhielt er statt einer Einladung zur unverbindlichen Probefahrt mit »Ihrem Traumwagen« einfach zwei und so ging das weiter quer durch das komplette Universum der Direktwerbung. Schnell und mit geübtem Auge trennte er den überflüssigen Papieranfall von den potenziell interessanten Poststücken und deponierte ihn gleich wieder in der Altpapiertonne. Was im Zeitalter der E-Mails und des Telefax noch übrig blieb, waren fünf Kuverts mit voraussichtlich individuellem Inhalt sowie ein etwas dickerer Umschlag, der den Absender »Wieners Beisl-Bar« trug.

Hallo, das war sicher die offizielle Verständigung, endlich seinen zweiten Preis des Schnitzelwettbewerbes abzuholen. Sehr freundlich von Hektor Wiener. Der Mann hatte sicher viel um die Ohren und nahm sich dennoch die Zeit, ihn zu erinnern. Hatte er den Pokal vielleicht auch mitgeschickt? Er warf nochmals einen Blick in das düstere Innere des Postkastls, schalt sich aber sofort einen Narren. Selbst der zweifellos kleinere Pokal für den dritten Platz, den er vor Abbruch der Verleihung noch zu sehen bekommen hatte, wäre viel zu groß, um hier Platz zu finden. Es würde ja auch viel stilvoller sein, wenn ihm Wiener bei nächster Gelegenheit das gute Stück persönlich überreichte.

Beim Betreten des Büros wurde er von Maximilian freundlichst begrüßt. Palinski hatte direkt ein schlechtes Gewissen, weil er in den letzten Tagen viel zu wenig Zeit für den Hund gehabt hatte. Er bückte sich und kraulte dem auf dem Rücken liegenden Hund den Bauch. »In ein paar Tagen wird die Margit anfangen, hier zu arbeiten. Die wird dann viel mit dir spazieren gehen. Du wirst sehen, Maximilian, das wird fein werden.«

Palinski hatte die Absicht, das Lesen der Post heute einmal so richtig zu zelebrieren. Zunächst die Briefe und zuletzt das Schreiben, das möglicherweise seinen Eintritt in die Welt der internationalen Schnellgastronomie bedeutete. Da musste vor allem einmal ein wirklich guter Kaffee her. Mit seiner tollen Maschine war das kein Problem.

Einige Minuten später war es so weit. Sein Lieblingshäferl stand dampfend vor ihm, die Krone aus geschäumter Milch war perfekt und ein Exemplar seines Lieblingszigarillos »Anatol« lag bereit, entzündet zu werden.

Ein erster Schluck, ein erster Zug und den ersten Brief

geöffnet. Wieder einmal eine Mahnung. Seit die Firmen aufwendigere Kuverts auch für diese Art von Kommunikation verwendeten, warf er fast keine Zahlungserinnerungen mehr irrtümlich mit der Werbung weg.

Was war das denn? Eine Einladung des Bürgermeisters zum Empfang im Anschluss an das Arkadenhofkonzert am Samstag in zwei Wochen. »… Herrn Mario Palinski und Begleitung«, sehr gut. Hoffentlich war Wilmas Knöchel bis dahin wieder so weit. Ach ja, und das hier waren zwei Freikarten für das Konzert.

Palinski verstand die Welt nicht mehr. Kaum verpflichtete man sich, den Mund zu halten und schon gehörte man zur Prominenz. Das war nichts anderes als schleichende Korrumpierung, aber irgendwie angenehm, wenn die Leute plötzlich Notiz von einem nahmen.

Hier eine Anfrage der MEPA, ob Herr Palinski im Dezember ein Blockseminar über »Interdependenz Kriminalliteratur – praktische Kriminalarbeit« abhalten könnte. Was zum Teufel war die MEPA? Aha, da stand es ohnehin, die »Mitteleuropäische Polizeiakademie«. Das war sicher auf Josefs Mist gewachsen. Na, warum nicht. Und was zum Teufel war »Interdependenz«?

So, jetzt zum letzten Brief. Die Anfrage eines »Albert Merz Verlages Berlin-München«. Ob Herr Mario Palinski ein Sachbuch zum Thema »WIE MAN EINEN KRIMI SCHREIBT – Tricks und Tipps eines praktischen Theoretikers« verfassen könnte. Die verlagsinterne Marktforschung habe ergeben, dass ein enormes Interesse an dem Thema bestünde. Er, Palinski, wäre ihnen von Dr. Metzler von der »Global Films Enterprises« für das Thema empfohlen worden. Es war schon interessant, wie eines zum anderen kam.

So, jetzt stand der Öffnung des Umschlags von Hektor Wiener nichts mehr im Wege. Palinski hielt ihn in der Hand und schätzte sein Gewicht. Nicht sehr schwer, aber gewichtiger als die anderen Briefe. Mindestens fünf DIN-A4-Seiten, einmal gefaltet, schätzte er. Was hatte ihm Hektor Wiener auf fünf Seiten mitzuteilen? Konnten das vielleicht Geldscheine sein? Sicher nicht, Wiener würde doch nicht so unvernünftig sein, ihm seine 2.500 Euro Preisgeld mit der Post zu senden. Und das nicht einmal eingeschrieben. Nein, Wiener war Geschäftsmann, der genau wusste, dass man das nicht so machte.

Möglicherweise sollte sein Rezept, sein »Palinski-Schnitzel« ins Ausland verkauft werden und im Umschlag war ein Vertragsentwurf? Ein wunderbarer Gedanke schoss ihm durch den Kopf. Rom, Paris, New York, Dschibuti. Egal, wo immer er in Zukunft hinkommen würde auf dieser Welt, etwas von ihm würde bereits da sein. Es, das, sein Schnitzel. Palinskis Schnitzel.

Ganz, ganz vorsichtig öffnete er den Umschlag, so, als ob er das kräftige gelbe Papier nicht mehr verletzen wollte als unbedingt notwendig. Dann fuhr er mit Daumen und Zeigefinger wie mit einer Pinzette in die offene Wunde und zog den Inhalt heraus.

Andächtig betrachtete er den vor ihm liegenden Packen Papier. Scheute sich fast, diesen magischen Moment zu beenden und den Brief zu lesen.

Palinski, schalt er sich, du führst dich auf wie ein Idiot. Wahrscheinlich steht da ohnehin nur drinnen, dass du nur Vierter geworden bist und Fressgutscheine im Wert von 300 Euro gewonnen hast.

Und genau so war es dann auch. Nur dass es bloß der fünfte Platz war. Für den es 25 Gutscheine zu je 10 Euro gab. Herzlichen Glückwunsch, Ihr Hektor Wiener. Und Mahlzeit.

*

Stadtrat Ansbichler hatte zum traditionellen Leichenschmaus ins noble Hotel »Palais am Kohlmarkt« geladen. Nicht sämtliche Trauergäste, die auch am Friedhof gewesen waren, aber die meisten. Es sollten aber noch zahlreiche andere Persönlichkeiten zu dem als eine Mischung aus Gedenkfeier und Vorwahlparty organisierten Innenstadtevent stoßen. Nicht jeder hatte schließlich nachmittags Zeit, auf den Friedhof zu gehen. Oder Lust dazu.

Die Zufahrt der geladenen Gäste über die Herrengasse zum Michaelerplatz entwickelte sich zur vielbestaunten Prozession teurer Autos, sogar ein roter Ferrari war darunter und zwei Rolls-Royce. Die rund 100 Meter von der Aussteigestelle zu dem in der Fußgängerzone liegenden Fünf-Sterne-Hotel mussten die Auserwählten per pedes zurücklegen. Diese einmalige Gelegenheit, zahlreichen Prominenten hautnahe beim Trauern zusehen zu können, stellte für viele begeisterte Adabeis den Höhepunkt der Woche dar. Mindestens.

Dazu kam, dass Ansbichler vor dem Hotel einige Stände mit Getränken und kleinen Imbissen aufbauen hatte lassen. »Für eine gute Zukunft in unserem geliebten Wien – Ing. Robert Ansbichler – Liste 1«, wie auf der Rückseite der reichlich aufliegenden Papierservietten und den bunten Partyschirmen zu lesen war. Das war aber reiner Zufall, denn Ansbichler ging es wirklich nur darum, der Bevölkerung Gelegenheit zu geben, würdig um seine geliebte Carola mitzutrauern.

Es war so richtig ein »Leichenschmaus zum Anfassen«. Hoffentlich würden sich die Wähler und Wählerinnen in drei Wochen noch daran erinnern, wem sie das zu verdanken hatten. Wien war wirklich wieder einmal anders an diesem Freitagnachmittag. Bis 18 Uhr hatten sich auch die Letzten der rund 600 Gäste in dem traditionsreichen Hotel versammelt. Da in den beiden Festsälen mit Bankettbestuhlung bis zu

800 Personen untergebracht werden konnten, bedeutete das platzmäßig keinerlei Probleme.

Die Security-Agentur, von der die beiden Bodyguards kamen, die den Stadtrat zusätzlich zu zwei Polizisten überallhin begleiteten, hatte für die heutige Veranstaltung weitere 30 Profis bereitgestellt. Diese waren für die an den Eingängen stattfindenden strengen Sicherheitskontrollen verantwortlich. Um nichts dem Zufall zu überlassen, hatte man sogar den Fahrer des Stadtrats, einen früheren Unteroffizier des Bundesheers mit einer Faustfeuerwaffe ausgestattet.

Ja, der persönliche Referent Ansbichlers hatte sogar angeregt, den Luftraum über dem Hotel sperren oder zumindest eines dieser Saab-Schulflugzeuge in Permanenz kreisen zu lassen. Diese Maßnahme war dem Stadtrat denn doch zu weit gegangen. Bei den Stundensätzen, die das Bundesheer verrechnen wollte.

Da sich darüber hinaus auch noch mindestens 20 Sicherheitsbeamte der Polizei in Zivil unter den Besuchern befanden, konnte nach menschlichem Ermessen wirklich nichts Unvorhergesehenes geschehen, ohne dass man es bemerkt hätte. Wie wahr.

»Keine Chance für Terroristen« verkündete daher auch die erste Abendausgabe der »BIB – Bin Im Bilde« auf ihrer Titelseite.

Im großen gemeinsamen Foyer vor den beiden Festsälen wurden Erfrischungen und Aperitifs gereicht. Die »Purkersdorfer Goldkehlchen« sangen gerade das »Ave Maria« von Schubert. Übrigens, der Chor war gar nicht schlecht und wesentlich billiger als die Sängerknaben. Durchaus empfehlenswert.

Das Schöne an einem solchen Leichenschmaus war, dass das Leben für seine Teilnehmer weiterging. Wie lange noch, wusste zwar keiner. Aber diesmal war der Kelch noch einmal an jedem der Anwesenden, vor allem aber an einem selbst vorbeigegangen. Wenn das kein Grund war zu feiern. Eigentlich gab es nichts Lebensbejahenderes als einen Leichenschmaus.

Dementsprechend hatte die Stimmung bereits einen ersten Höhepunkt erreicht, ehe der Event noch so richtig losgegangen war. Auch die »Goldkehlchen« hatten sich der Entwicklung angepasst und trällerten jetzt ein Medley aus »A sound of music«. Auf ein Zeichen hin begannen die Securities, die Gäste höflich, aber bestimmt auf ihre Plätze in dem großen Saal zu scheuchen, der durch Öffnung der Trennwände entstanden war. An der Stirnwand des Saales war so etwas wie eine Bühne, auf der sich eine Tafel nach Art der »Jedermann'schen Tischgesellschaft« befand. Hier würden, entsprechend erhöht gegenüber dem noblen Fußvolk die 24 Wichtigsten unter den Wichtigen sitzen. Und natürlich auch der trauernde Hausherr.

Ein Streichquartett der Musikhochschule hatte seine Notenpulte direkt unter dem rechten Ende der »Bühne« aufgebaut. Die vier jungen Leute brachten sich gerade mit einem Satz aus Vivaldis »Vier Jahreszeiten« erstmals durchaus gekonnt ins Bewusstsein des kunstsinnigen Teils der Gäste. Warum sie zu Herbstbeginn ausgerechnet das »Frühjahr« gewählt hatten, hatte einen einzigen Grund. Die anderen drei Sätze beherrschten sie noch nicht.

Im linken Drittel der Bühne war neben dem Rednerpult auch eine mannshohe Metalltafel aufgebaut. Eine Art übergroßer, von einem Meer von Blumen umrandeter Flip-Chart-Ständer mit einem Bild Carola Ansbichler-Schmucks mit Trauerflor. Davor würde später der Chor Platz nehmen.

Links und rechts der Bühne hatten die zahlreichen Medienvertreter ihre Plätze und zwei TV-Teams ihre Kameras aufgebaut. Langsam füllte sich der Saal und ein Geschwader

Servicemitarbeiter begann mit der systematischen weiteren Abfüllung der Gäste.

Währenddessen fingen Küchenmitarbeiter aus den fünf Schmuck-Hotels an, im Foyer ein gewaltiges Buffet aufzubauen. Sollte das Motto, unter dem das unwahrscheinliche Angebot stand, nämlich »Carolas liebste Speis'« tatsächlich stimmen, dann musste die Verblichene einen wahren Saumagen gehabt haben.

Alles lief bestens, fand Ansbichler, der schon einiges Lob für die ausgezeichnete Organisation gehört hatte. Schade, dass seine Frau das nicht mehr hören konnte. Egal, in fünf Minuten sollte der offizielle Teil beginnen. Soweit es ihn betraf, würde er das auch. Denn die elendslange Rednerliste würde eine Buffeteröffnung vor 20 Uhr kaum zulassen. In Zeiten wie diesen wollte halt jeder eine Gelegenheit wie diese nützen, um sich ins rechte Licht zu setzen. Dafür hatte Ansbichler durchaus Verständnis. Er befürchtete lediglich, dass seine große Rede zum Abschluss durch das Knurren seines Magens beeinträchtigt werden könnte. Wie es ihm vor einigen Monaten schon einmal passiert war. Bei der Eröffnung des »World Tourism Consultants«-Kongresses im »Austria Center«. Das war ganz schön peinlich gewesen. Ach was, notfalls würde er sich vorher eine Wurstsemmel bringen lassen.

*

Die harsche Zurückweisung seiner Fast-Food-Kreation durch die Jury des Schnitzelwettbewerbes hatte Palinski mehr zu schaffen gemacht, als er gedacht hätte. Wiener hatte ihm doch schon so quasi signalisiert gehabt, dass er mit seinem Schnitzel unter den ersten drei gelandet war. Was war denn da bloß noch schiefgegangen?

Angeblich war die Füllung zwar von allen als »sehr originell«, »sehr geschmackvoll« und »sehr gut gewürzt« gelobt worden. Aber eben zu gut gewürzt.

»Ich freue mich aber, Ihnen mitteilen zu können, dass wir Ihr erfolgreiches Rezept bei entsprechenden thematischen Schwerpunkten, ich denke da vor allem an Mexikanische Wochen, natürlich ins Angebot aufnehmen werden.«

Na bitte, besser als gar nichts. Vielleicht würde ihm zumindest nationaler Ruhm winken, hatte Palinski gehofft.

»Wir bitten aber um Verständnis, dass wir Ihre Kreation wegen des Themenbezuges ›al diablo‹ bezeichnen werden müssen.« So ein Mist, damit war auch diese Hoffnung flöten gegangen.

Als Harry kurz vor 19 Uhr erschienen war, um mit Palinski zu seiner Mutter ins Spital zu fahren, hatte ihn sein Vater lang und breit mit seinem Ärger genervt.

»Papa, das kann doch nicht dein Ernst sein«, hatte sich Harry nach fünf Minuten Geraunze mokiert. »Es ist doch völlig unwichtig, ob das blöde Schnitzel gewonnen hat oder nicht. Mir schmeckt es und der Mama auch. Das ist doch das Wichtigste.«

Der Bub hat ja eigentlich recht, hatte sich Palinski gedacht und beschlossen, sich ab sofort einem viel erfreulicheren Thema zuzuwenden.

»Was würdest du sagen, wenn ich deiner Mutter einen Heiratsantrag machte? Heute noch.«

Jetzt war es an Harry gewesen, sprachlos zu sein. »Aber warum?«, hatte er nach Überwindung dieser Sprachlosigkeit wissen wollen. »Es geht euch doch gut so, wie es ist. Oder nicht?«

Palinski ignorierte die letzte Frage. »Weil ich es will und deine Mutter auch. Glaube oder hoffe ich zumindest. Weil im Leben jedes Mannes einmal der Moment kommt, in dem er sich entscheiden muss.«

Harry hatte ihn mitleidig angeblickt. »Mit diesen pseudo-philosophischen Weisheiten kannst du vielleicht deinen Freunden bei der Polizei imponieren. Aber doch nicht uns.«

Palinski hatte genau hingehört. Der Bub hatte nicht »mir« gesagt, sondern »uns«. »Was meinst du mit uns?«, hatte er nachgefragt.

»Na ja, die ganze Familie. Wenn du dabei bist, sagt ja keiner was. Weil wir dich lieb haben und nicht verletzen wollen.«

Palinski war richtig gerührt gewesen. So ein lieber Bub, der Harry.

»Aber wenn du nicht da bist, haben wir immer viel zu lachen. Deine Sager sind ja manchmal wirklich urkomisch.« Kinder konnten manchmal richtig grausam sein.

Dann hatten sie sich auf den Weg gemacht. In Palinskis Tasche befand sich eine kleine Schachtel mit dem Namen eines sauteuren Juweliers darauf. Den darin befindlichen Ring hatte er bereits im Mai besorgt. Widrige Umstände namens Mortensen hatten den Antrag, den er damals vorgehabt hatte, aber verhindert. Gut, dass das Zeug nicht verdarb.

Jetzt amüsierte sich Harry über die gebetsmühlenartig wiederholten Versuche seines Vaters, den Heiratsantrag zu formulieren.

Sie hatten die Eingangshalle des Lorenz-Böhler-Krankenhauses erreicht und Palinski murmelte nach wie vor, vor sich hin. »Wilma, ich liebe dich und habe dich immer geliebt. Ich denke, nach so langer Zeit wird es Zeit …« Zweimal Zeit hintereinander war nicht gut, fand er. »Ich denke, nach 24 Jahren ist wird jetzt Zeit, dass wir heiraten. Willst du meine Frau werden?« Ja, das war gut. So würde er es sagen.

»Kopf hoch, Papa«, tröstete ihn Harry. »Mehr als Nein sagen kann sie nicht. Und dann geht es weiter wie bisher.« Leise, sodass sein Vater es nicht hören konnte, murmelte er vor sich hin: »Wer weiß, vielleicht wäre das ohnehin besser.«

Mit polyphonem Gezirpe machte sich jetzt Palinskis Mobiltelefon bemerkbar. Er wollte das Gespräch eigentlich gar nicht annehmen. Was sollte jetzt wichtiger sein als das, was er vorhatte. Automatisch griff er dennoch in die Tasche, holte das Gerät heraus und drückte auf Empfang.

Es war Sandegger, aufgeregt, wie ihn Palinski noch nie zuvor erlebt hatte. »Schalten Sie sofort Ihren Fernseher ein. Gerade läuft eine Sondernachrichtensendung aus dem ›Palais am Kohlmarkt‹. Dort ist der Teufel los.«

Palinski steckte sein Handy wortlos weg. Wo hatte er gerade vorhin einen Fernsehapparat gesehen? Richtig, beim Portier. Gefolgt von Harry lief er zurück und stürmte die Loge neben dem Eingang.

»Polizei«, bluffte er den ob der unvermuteten Störung empörten Mann an. »Bitte schalten Sie sofort Ihr TV-Gerät ein.«

Der Anblick, der sich Palinski jetzt bot, ließ ihm das Blut in den Adern gerinnen. Walter Mraz stand, halb versteckt hinter einer großen Tafel mit Carola Ansbichler-Schmucks Bild und hielt dem Stadtrat eine Pistole an die Schläfe. Oder war es ein Revolver. Palinski hatte die Dinger noch nie auseinanderhalten können.

Aufgeregt berichtete der Reporter etwas von Geiselnahme und, dass sich der Täter, der Fahrer der Hauptgeisel weigerte, mit jemand anderem zu sprechen als mit »Palinski.«

»Wea isn dea Balünsgi«, mischte sich jetzt auch der Portier ein.

»Ich bin Palinski«, stellte derselbe fest, »und ich muss jetzt sofort dorthin.« Er zeigte mit dem Finger auf den Bildschirm. Wie es aussah, würde sein Name auch ohne Schnitzel heute einen gewissen Bekanntheitsgrad erlangen. »Könnten Sie mir bitte ein Taxi bestellen?« Dann wandte er sich seinem Sohn zu.

»Harry, geh zu deiner Mutter. Bringe ihr den Ring und

sage ihr, dass ich sie heiraten möchte«, instruierte er seinen Sohn. »Ich habe so das Gefühl, dass das heute geschehen muss. Sonst wird nie etwas daraus. Machst du das für mich?«.

Harry nickte und grinste übers ganze Gesicht. »Ich mache das schon für dich, Alter. Und du haust inzwischen den Herrn Stadtrat wieder aus der Scheiße heraus. Oder?«

»Ich werde mich zumindest bemühen. Erkläre deiner Mutter, warum ich jetzt nicht selbst kommen kann. Wenn sie dir nicht glaubt oder mehr wissen will, dann soll sie einfach den Fernseher aufdrehen.« Er blickte seinen Sohn liebevoll an. »Danke, Harry, du hast etwas gut bei mir.«

Dann war das Taxi auch schon da und Palinski gleich darauf unterwegs in die Innere Stadt.

9

Als Palinski das Taxi am Anfang des Grabens verlassen hatte, um die restlichen vielleicht 100 Meter zum »Palais am Kohlmarkt« zurückzulegen, konnte er bereits die rotierenden Blaulichter der zahlreichen Einsatzfahrzeuge in der zum Michaelerplatz führenden »Nobelmeile Wiens« erkennen. Die Polizei hatte bereits hier eine Absperrung errichtet und wollte auch Palinski nicht passieren lassen.

Noch im Taxi hatte ihn ein Anruf Schneckenburgers erreicht, der ihn dringend ersuchte, so rasch wie möglich zu kommen. Der Fahrer Ansbichlers hat seinen Chef und ein gutes Dutzend Ehrengäste als Geiseln genommen, sich auf der Bühne des Festsaales verschanzt und »will nur mit dir sprechen. Er verlangt ausdrücklich den Herrn Palinski.«

»Ich weiß. Ich habe die ersten Meldungen in den Nachrichten gesehen«, hatte Palinski geantwortet. »Ich bin schon unterwegs und in spätestens zehn Minuten im Hotel.«

Innenminister Fuscheé hatte nur ein gütiges Schicksal davor bewahrt, selbst unter den Geiseln zu sein. Er hatte am Vormittag etwas Schlechtes gegessen und war im entscheidenden Augenblick gerade auf einem der zahlreichen luxuriös ausgestatteten Häusln gesessen. Was wieder einmal beweist, dass zur rechten Zeit heruntergelassene Hosen durchaus ein Segen sein können.

Nachdem er von seinem Ministerialrat über die bevorstehende Ankunft des von Mraz ausdrücklich verlangten Vermittlers informiert worden war, hatte er Schneckenburger beauftragt, Palinski so rasch wie möglich durch die Polizeiabsperrungen zu schleusen. »Wer weiß, wie lange dieser Verbrecher noch ruhig bleibt.«

Während Schneckenburger am Michaelerplatz Ausschau nach dem Taxi mit seinem Freund hielt, musste dieser an der Polizeiabsperrung am Graben heftig Überzeugungsarbeit leisten.

»Hören Sie«, redete er auf den hünenhaften Ordnungshüter ein, der partout nicht einsehen wollte, dass das grundsätzliche Zugangsverbot für ihn nicht gelte.

»Mein Name ist Palinski und ich werde dringend im Hotel erwartet«, beschwor er den Polizisten.

»Des saugt a jeda«, meinte der ungerührt. »I man net des mit'n Spalinski«, diese Variante war noch neu, »sondan des mit'n dringend erwoatet wern, dau miassns Ihna scho wos bessas eifoin lossn.«

Dem Mann konnte geholfen werden. Flugs zog Palinski seinen schon längst ungültigen, aber nach wie vor sehr nützlichen Presseausweis aus der Tasche. Den hielt er dem strengen Auge des Gesetzes hin, wohl darauf achtend, dass der Daumen das Gültigkeitsdatum abdeckte.

Das Auge war besser als erwartet und sah sich den Ausweis sehr genau an, leider auch das Ablaufdatum.

»Der Schmäh is scho bessa, oba no net guat gnua. Oiso, liaba Hea Schlawinski, wos moch ma mit Ihna? Woin S' weida gen oda soima an Widastaund geg'n die Stautsgewoit draus moch'n?«

Palinski gewann langsam den Eindruck, dass ihn der Mann häkeln wollte, wie man in Wien zu »auf die Schaufel nehmen« sagte. Oder noch schlimmer, echte Schwierigkeiten machen könnte.

»Aber ich bin doch Palinski«, brüllte er los, in der Hoffnung, dass einer der umstehenden Polizeibeamten vielleicht die Fernsehnachrichten gesehen hatte.

Während es an dem einen Ende des Kohlmarktes hieß: »Wer ist Palinski?«, lautet die Parole am anderen: »Wo ist Palinski?« Ministerialrat Schneckenburger wurde langsam richtig nervös, denn sein Minister hatte gerade wieder telefonisch nachgefragt und wirkte langsam ungeduldig. Das verhieß nichts Gutes, wirklich nicht.

Inzwischen stand Palinski knapp vor seiner ersten Verhaftung. Der eben dazugekommene Polizeimajor war mindestens so stur wie sein Untergebener, aber mit viel weniger Humor gesegnet.

»Ich warne Sie ein allerletztes Mal, Herr Palinski, entweder Sie gehen jetzt weiter oder Sie verbringen die Nacht in der Liesl.«

Immer wenn die Not am größten ist, ist Gott am nächsten, lautet eine der viel versprechenden Tröstungen für gläubige Menschen. Palinski würde später noch öfter darüber nachdenken, angesichts dessen, was jetzt geschah.

Sein Handy läutete und es war Josef. Pardon, das war ja nicht privat, also es war der Herr Innenminister.

»Sagen Sie, Palinski, wo stecken Sie eigentlich?« Die Stimme des hohen Herrn klang äußerst ungeduldig, um nicht zu sagen ungnädig.

»Es tut gut, deine Stimme zu hören, Josef.« So ähnlich mussten sich die tapferen Verteidiger von Fort William gefühlt haben als die U.S.-Kavallerie am Horizont auftauchte. Endlich.

»Ich bin hier an der Absperrung Graben und werde von deinen Häschern nachhaltig am Weitergehen gehindert.«

»Gib mir sofort den diensthabenden Beamten«, knurrte der Minister.

Der Polizeimajor war auf einmal mindestens drei Zentimeter größer. So stramm stand er plötzlich, nachdem er seinen Gesprächspartner erkannt hatte.

»Jawohl. Natürlich, nur unsere Pflicht. Selbstverständlich, sofort.«

Der Major reichte Palinski das Handy. Dann salutierte er vor dem offensichtlichen Freund des Ministers, wie das nie jemand zuvor getan hatte oder auch danach noch tun sollte. »Ich bedauere außerordentlich, Herr Doktor, aber ich konnte wirklich nicht wissen, dass …«

»Schon gut. Stehen Sie bequem.« Palinski konnte sich einen großmütig-arroganten Ton nicht ganz verkneifen. »Sie haben ja nur Ihre Pflicht getan.« Gönnerhaft klopfte er dem Uniformierten auf die Schulter und wandte sich zum Gehen.

»Des woa jetzt oba a klassa Schmäh, oda?«, rief er dem ersten Beamten im Abgehen noch zu. Der salutierte nicht, sondern grinste nur über das ganze Gesicht und winkte Palinski lässig zu. Wie schön, ein Mensch, dachte sich dieser.

*

Zunächst hatte Wilma nicht gewusst, was sie von all dem halten sollte. Da stand doch tatsächlich ihr Sohn, ihr kleiner Harry vor ihrem Krankenbett und hielt um ihre Hand an. Im Namen seines Vaters, dieses unmöglichen Menschen. Na ja, eigentlich war Palinski schon in Ordnung, ein wenig sonderbar, schrullig, aber durchaus liebenswert. Zwei Kinder und 24 Jahre gemeinsam nicht verheiratet zu sein, das verband schon sehr. Aber heiraten, warum plötzlich heiraten? Wurde Mario auf seine alten Tage noch romantisch?

Andererseits, allein die Vorstellung, wie sehr sich ihre Eltern über eine Heirat mit dem ungeliebten Nicht-Schwiegersohn ärgern würden, war schon ein gründliches Nachdenken über den überraschenden Antrag wert.

Aber wenn sie nur heiratete, um ihren alten Herrschaften eines auszuwischen, war sie genauso blöd wie die Gründe, aus denen ihre Eltern Mario ablehnten. Wer sagte ihr überhaupt, dass die beiden noch immer so gegen ihn waren? Seit der Zeit, als Mario seine schreckliche Prüfungsangst erfolgreich damit bekämpft hatte, einfach gar nicht zu den Terminen zu gehen, war viel Wasser durch die Donau geflossen. Aus dem intelligenten, nur scheinbar ungebildeten Tropf ohne akademische Ehren war inzwischen ein sogar von ihrem Vater, immerhin einem ehemaligen Dekan der juridischen Fakultät, anerkannter Diskutant selbst kniffliger Rechtsprobleme geworden. Und ihre Mutter, die emeritierte Primaria, las heute noch regelmäßig »The Lancet«, um mit Mario über die neuesten biogenetischen Erkenntnisse reden zu können. Bei den seltenen Gelegenheiten, zu denen man sich zwangsläufig traf.

Und was Mario jetzt so alles machte, war ja auch nicht ohne. Sie selbst wusste nicht genug darüber, um das wirklich beurteilen zu können. Dieser unmögliche Mann redete ja nicht mit ihr über diese Dinge. Aber Manfred war ganz begeistert von dem, was Mario machte. Dullinger war ein echter Fan ihres Lebensgefährten, bewunderte sein unkonventionelles Leben außerhalb der eingefahrenen Bahnen und seine originelle Denkweise. Ja, sie konnte sich gut vorstellen, wieder mit Mario zusammen zu sein. Notfalls auch um den Preis, ihn zu ehelichen.

»Was meinst du«, wandte sie sich an den Heiratsvermittler namens Harry. »Was würdest du tun?«

»So kannst du mich das nicht fragen, Mama«, der freche Kerl grinste über das ganze Gesicht. »Also ich würde ihn nicht heiraten. Aber an deiner Stelle würde ich ihn vielleicht nehmen.«

Wilma beschloss, sich noch etwas Zeit für diese Entscheidung zu lassen. Immerhin sollte sie ja für den Rest ihres Lebens halten.

»Schauen wir uns jetzt einmal an, was deinen Vater daran gehindert hat, seinen Antrag persönlich zu machen.«

Nach einigen Mühen gelang es Wilma, die beiden anderen Frauen davon zu überzeugen, dass das Programm am anderen Kanal viel spannender zu werden versprach als die 18. Pilcher-Verfilmung in diesem Jahr. Richtig neugierig wurden ihre Zimmergenossinnen aber erst, als sie hörten, dass der Mann der netten Französischprofessorin in den Nachrichten zu sehen sein würde.

Das Erste, was Wilma dann am Bildschirm zu sehen bekam, war ein an sich freundlich wirkender Mittfünfziger, der Stadtrat Ansbichler eine Waffe an die Schläfe drückte und »Zum letzten Mal, ich spreche nur mit Palinski« schrie.

»Das ist er«, flüsterte Wilma den beiden Damen zu.

»Wer«, die eine der beiden war sichtlich verwirrt, »der mit dem schrecklichen Revolver in der Hand?«

»Aber nein. Palinski, das ist mein Mann.«

»Aber wieso, Sie heißen doch Bachler?« So leicht waren die Damen nicht zufriedenzustellen.

»Ja, aber das ist eine lange Geschichte«, seufzte Wilma, »die erzähle ich Ihnen morgen.« Ein Grund mehr zu heiraten, schoss es ihr durch den Kopf.

Harry fand, dass es jetzt Zeit war zu gehen. Solange er sich noch zurückhalten konnte. »Ciao Mama, bis morgen«, er küsste sie auf die Wange. »Guten Abend die Damen.«

Draußen am Gang konnte er sich endlich dem befreienden Lachen hingeben, das er schon drinnen kaum mehr unterdrücken hatte können.

*

Im Hotel angelangt, wurde Palinski sofort in den Nebenraum gebracht, in dem sich der provisorische Krisenstab unter der Leitung des Innenministers einquartiert hatte. Der schon dringend Erwartete hatte sich einen Krisenstab eigentlich anders vorgestellt. Abgesehen von einigen Laptops und Notebooks wirkte die Ansammlung von Männern fast aller Altersstufen und der zwei Alibifrauen eher wie der Wartesaal einer Geburtsklinik, in der die ganze Verwandtschaft auf die Geburt des ersten Kindes, Enkels oder Geschwisterkindes oder was auch immer, wartete. Um das einmal neutral auszudrücken.

Aufgeregt wurde hin und her geschnattert, spekuliert und zusammengefasst, referiert und wieder verworfen, rekapituliert und neuerlich an den Ausgangspunkt zurückgekehrt. Wäre der Anlass nicht so ernst gewesen, Palinski hätte seine Freude an diesem Panoptikum gehabt.

Ehe der Minister es verhindern konnte, hatte sich ein kleiner Brillenträger mit einem Anflug von Ziegenbart vor Palinski aufgebaut und fauchte ihn an.

»Sind Sie Palinski?«, wollte der Wicht wissen. Der ging nicht weiter auf diese Unhöflichkeit ein. So formlos durften ihn nur seine Freunde ansprechen. Und dieser Zwerg zählte sicher nicht dazu. Er wollte schon weitergehen, als sich ihm der Winzling wieder in den Weg stellte.

»Haben Sie überhaupt eine psychologische Ausbildung?«, fuhr der Piccolo sein gut 30 Zentimeter größeres Gegenüber an.

»Haben Sie überhaupt eine Erziehung genossen, mein Kleiner?«, auch Palinski konnte Gift spritzen, wenn es sein musste. »Gehen Sie mir aus dem Weg, bevor ich mir ein Zimmer nehme und Sie in der Minibar frieren lasse.«

Endlich griff der Innenminister in das Geschehen ein.

»Guten Abend, Herr Palinski. Ich sehe, Sie haben Dr. Würmler-Dolm schon kennen gelernt, einen unserer besten Psychologen vom BKA«, Dr. Fuscheé lächelte etwas verkrampft. »Man sieht es ihm vielleicht nicht an, aber er ist einer unserer Größten.«

»Ich muss nochmals protestieren«, ereiferte sich einer der Größten. »Wenn Pa…, Herr Palinski keine psychologische Ausbildung hat, wie soll er dann eine Vertrauensbasis mit dem Geiselnehmer aufbauen? Ich finde nach wie vor, dass ich das Gespräch führen sollte.«

»Herr Palinski braucht keine Vertrauensbasis mit Herrn Mraz aufzubauen«, jetzt wurde es dem Minister langsam zu viel. »Weil diese Basis bereits besteht. Sonst hätte Mraz ihn wohl kaum ausdrücklich verlangt. Ich will jetzt nichts mehr hören.«

Beleidigt zog sich Würmler-Dolm zurück, nicht ohne Palinski noch einen bösen Blick zuzuwerfen. So einen der Art »Du wirst schon noch in meine Gasse kommen.«

»Der Doktor ist von einem fast schon ungesunden, auf jeden Fall aber lästigen Ehrgeiz«, flüsterte Fuscheé Palinski zu. »Sein Chef ist derzeit auf Urlaub. Daher müssen wir mit dem Kleinen vorlieb nehmen.« Er zuckte mit den Achseln. »Was soll ich machen?« Er führte Palinski in eine Fensternische. »Ich wollte Sie nur nochmals an die Notwendigkeit strikter Geheimhaltung erinnern. Wir wissen ja noch nicht, warum der Chauffeur Ansbichlers plötzlich so durchdreht. Also ich habe ein sehr schlechtes Gefühl. Vergessen Sie also nicht die übergeordneten Interessen des Staates.« Dann entließ er Palinski in seine Aufgabe.

Kurz vor Betreten des inzwischen durch das Schließen der Trennwände wieder zweigeteilten Festsaales hielt ihn auch noch »Miki« Schneckenburger auf.

»Ich wollte dir nur toi, toi, toi wünschen. Ja, und Hauptmann Kurz möchte dir noch etwas sagen«, er deutet auf einen verwegen aussehenden jungen Mann in der Uniform der Sondereinheit.

»Herr Palinski.« Alleine an der Art, wie der Hauptmann ihn ansprach, konnte der Angesprochene unschwer erkennen, was der martialisch aussehende Polizist von Zivilisten hielt, die sich in sein Handwerk einmischten. »Wir bringen gerade unsere Scharfschützen im gegenüberliegenden Haus in Stellung. Das sollte in ein paar Minuten abgeschlossen sein. Wenn Sie den Geiselnehmer dann hinter seiner Deckung«, er meinte wohl das Metallgestell mit dem Bild Carola Schmucks, »hervor und vor das letzte oder vorletzte Fenster locken könnten, ist der ganze Zauber in eins, zwei, drei vorüber.«

Spätestens die vielsagende Geste mit der rechten Hand und das leise »Peng« des Hauptmanns machten Palinski klar, was man von ihm erwartete. Er war über diese ungeheuerliche Zumutung derart entsetzt, dass er sich nur wortlos abwandte und in den Festsaal ging. Man oder zumindest dieser Kurz dachten allen Ernstes, dass er Mraz zum Abschuss freigeben würde. Einfach so. Es war wirklich zum Kotzen.

*

Die Geduld von Wilmas Zimmergenossinnen wurde auf eine harte Probe gestellt. Der Kommentator hatte zwar schon mitgeteilt, dass »Palinski bereits im Hause sein soll.« Dann hatte er sich in Spekulationen ergangen, um wen es sich bei diesem geheimnisvollen Mann handeln könnte und die Zuseher und Zuseherinnen über die in Umlauf befindlichen Gerüchte informiert.

Wilma fand es richtig interessant und hätte unter anderen Umständen auch herzlich darüber gelacht, was ihr Mario so alles sein sollte: Der Leiter einer psychiatrischen Anstalt, in der der Geiselnehmer vor einigen Jahren in Behandlung gewesen war, der Guru einer osteuropäischen Sekte, der Mraz angehörte, der Schwager des unverheirateten Einzelkindes mit der Waffe in der Hand.

Endlich, nach mehr als 20 Minuten war ein weiteres Fernsehteam am Ort des Geschehens eingetroffen. Damit konnten jetzt auch Bilder über das Geschehen außerhalb des Saales mit den Geiseln gesendet werden. Und da war dann auch ihr Mario endlich zu sehen.

»Ein recht gut aussehender Mann«, meinte Wilmas Bettnachbarin zur Linken nach einigem Zögern. »Durchaus«, bekräftigte auch die zur Rechten. »Vielleicht ein wenig unkonventionell.«

Was das aus dem Mund der beiden bedeutete, war Wilma klar. Er sah aber wirklich irgendwie eigenartig aus. Diese unzeitgemäß langen Haare. Und die betont legere Kleidung fiel im Kreis der elegant gekleideten Angehörigen der Trauergesellschaft besonders auf. Auch sein Bart war schon einmal gepflegter gewesen. Wenn er sie wirklich heiraten wollte, also wirklich. Sie würde bei Gelegenheit einige ernste Worte mit ihm wechseln müssen.

Im Festsaal, dem Zentrum des Geschehens war das Bild unverändert. Der nicht sonderlich böse aussehende Mann bedrohte immer noch den unsicher blickenden Stadtrat am Redepult. Die Waffe hatte er inzwischen allerdings in die andere Hand genommen.

Die übrigen an der Festtafel sitzenden Geiseln, darunter Bürgermeister Lattuga, Vizebürgermeisterin Altmann, Altbürgermeister Dr. Ladak und seine Romy hatten sich als nicht unmittelbar mit der Waffe bedrohte Personen offenbar an die Situation gewöhnt, überlegte Wilma, denn sie unterhielten sich. Nicht so heiter und unbeschwert, wie sonst auf solchen Veranstaltungen üblich, aber immerhin ohne erkennbaren Stress. Zwei der Geiseln, deren Namen sie nicht kannte, schienen sogar ein wenig zu viel getrunken zu haben. Beide

Herren waren bester Laune und hielten damit auch nicht hinter dem Berg.

»Wenn nicht bald was passiert, sollten wir wieder auf das andere Programm schalten«, meinte Wilmas linke Bettnachbarin jetzt. »Das hier wird ja langsam langweilig.«

Wilma nickte nur. Die beiden links und rechts von ihr sollten erfahrungsgemäß innerhalb der nächsten halben Stunde einschlafen. Dann würde sie wieder auf diesen Kanal zurückkommen. Die ganze Situation sah ohnehin nach »Open End« aus.

*

Inzwischen fühlte sich Palinski bereit, Walter Mraz gegenüberzutreten. Ehe er den Saal betrat, fiel ihm aber noch etwas ein. Er ersuchte »Miki« Schneckenburger, in Innsbruck eine Frau namens Ilse ausfindig zu machen. Ihr Mädchenname war Kitzman, wie sie nach ihrer Heirat hieß, wusste er allerdings nicht. Diese Frau war die ehemalige Freundin von Walter Mraz und die Mutter seines ermordeten Sohns. »Vielleicht kommen wir in eine Situation, in der sie uns helfen kann«, rechtfertigte er seinen Wunsch.

Jetzt stand Palinski Mraz auf eine Distanz von rund 10 Metern gegenüber. »Walter, Walter, was machen Sie bloß für Sachen? Was soll denn das Ganze? Geben Sie mir die Waffe und lassen Sie uns diese peinliche Inszenierung beenden. Ich bin sicher, dass Sie dann relativ glimpflich davonkommen werden.«

»Ich habe Vertrauen zu Ihnen. Seit unserem Gespräch über Kinder habe ich das Gefühl, dass Sie mich verstehen. Darum wollte ich auch nur mit Ihnen sprechen.« Er blickte Palinski traurig an. »Enttäuschen Sie mich nicht, indem Sie so einen Scheiß daherreden. Haben Sie eine Zigarette für mich?«

»Tut mir leid, ich bin Nichtraucher«, schwindelte der gelegentliche Zigarillofan Palinski.

Mraz nestelte mit der linken Hand in seiner Jackentasche, förderte ein Packerl Glimmstängel heraus und warf sie seinem Gegenüber zu. »Aber anzünden werden Sie mir doch eine können, oder?« Palinski fischte sich eine Zigarette heraus, nahm sie vorsichtig zwischen zwei Finger und ging damit zum nächsten Tisch. Dort hielt er die Filterlose einem der Männer hin. »Darf ich Sie bitten, diese Zigarette anzuzünden.«

»Aber mein Arzt ...«, wollte der Angesprochene protestieren, doch Palinski ließ ihn gar nicht zu Wort kommen.

»Sie sollen das Teufelszeug nicht rauchen, sondern nur anzünden«, fuhr er den leicht eingeschüchterten Ehrengast an. »Das werden Sie doch noch zusammenbringen?«

Der Mann wagte keinen Widerspruch mehr, nahm ein sehr teuer aussehendes Feuerzeug heraus und steckte die Zigarette an. Nach einem tiefen, gierigen Zug – auf Lunge, wie Palinski vermutete – nahm er sie fast widerwillig wieder von den Lippen und gab sie zurück.

»Sie haben wohl eben erst mit dem Rauchen aufgehört«, kombinierte Palinski. »Bleiben Sie stark und herzlichen Dank.« Er ging wieder zu Mraz und reichte ihm das würzig riechende Gift. Der führte es wortlos zum Mund und zog heftig daran.

»Der Gesundheitsmister warnt. Rauchen kann schlecht für Ihre Gesundheit sein«, lallte einer der beiden Betrunkenen an der Tafel und der zweite brach in schallendes Gelächter aus. »Gesundheitsmister, das ist gut. Hehehheee.« Es klang widerlich.

»Herr Bürgermeister«, Palinski wandte sich an Lattuga, »könnten Sie bitte Ihren Einfluss verwenden, um die beiden Herren zu beruhigen.«

Der Bürgermeister nickte und knurrte volkstümlich in Richtung Tafelende: »Hoits die Gosch'n, es Ederln es.«

Mraz fuhr fort, als ob die Szene mit den beiden »Ederln« nie stattgefunden hätte.

»Ich habe Ihren Rat befolgt. Sie wissen schon, in seinen Sachen nachgeschaut, um etwas zu finden. Etwas, das mir hilft, ihn besser zu verstehen.« Mraz schluckte schwer. »Und dabei habe ich mehr gefunden, als ich gehofft hatte. Viel, viel mehr.«

Er brachte drei dicke, DIN A5 große Notizbücher zum Vorschein und legte sie auf das Rednerpult.

»Da steht alles drinnen, was dieses Schwein«, er deutete mit dem Kopf auf Ansbichler, »getan hat. Meinem Sohn und seiner eigenen Frau.«

»Wo haben Sie denn diese Bücher gefunden?«, wollte Palinski wissen.

»Ich habe das ganze Schrebergartenhaus abgesucht, dreimal und nichts gefunden. Mein Gefühl hat mir aber keine Ruhe gelassen. Ich habe ganz einfach gewusst, dass Rick Aufzeichnungen gemacht haben muss. Jemand, der seit seinem sechsten Lebensjahr Tagebuch führt, hört nicht plötzlich auf, sein Leben aufzuschreiben«, versuchte Mraz zu erklären.

Ansbichler hob plötzlich die Hand, ganz so, wie sich Kinder in der Volksschule melden, wenn sie während der Stunde austreten müssen.

»Was wünschen Sie, Herr Stadtrat?«, Palinski hatte gar nicht abgewartet, ob Mraz auf das Handzeichen reagieren würde.

»Kann ich bitte einen Sessel haben?«, stammelte der früher so selbstsichere Mann, »ich habe schreckliche Kreuzschmerzen.«

»Walter, haben Sie etwas dagegen, wenn sich Herr Ansbichler hinsetzt?«

»Er soll ruhig stehen bleiben«, stieß der Gefragte hervor,

»er wird ohnehin noch lange genug sitzen müssen. Wer fragt denn nach meinem Schmerz?«

»Das ist schon richtig, Walter. Aber es ist niemandem gedient, wenn Herr Ansbichler plötzlich zusammenbricht und ins Krankenhaus gebracht werden muss.«

Mraz nickte, das war einleuchtend. Vor dem Festsaal nickte auch der Minister. Palinski hatte sich gleich beim ersten Mal durchgesetzt, das war vielversprechend.

»Und wo haben Sie die Tagebücher Ricks schließlich gefunden?«, nahm Palinski das ursprüngliche, vom Stadtrat unterbrochene Gespräch wieder auf.

»Plötzlich ist mir eine Stelle eingefallen, an der Rick schon als kleiner Bub immer wieder seine Sachen versteckt hat.« Mraz lächelte still vor sich hin. »Er hat wohl nicht gewusst, dass ich das Versteck kenne, denn er hat es noch immer benutzt. Ein Hohlraum in der gemauerten Rückenwand des Grillplatzes, durch einen losen Stein verschlossen. Da habe ich die Tagebücher gefunden.«

»Und was wollen Sie jetzt eigentlich von Herrn Ansbichler«, Palinski spürte die Unruhe, die von Mraz ausging. Aber worum es wirklich ging, war noch nicht klar.

»Ich will, dass er«, er deutete auf den Stadtrat, ohne ihn anzublicken, »einige Passagen aus den Tagebüchern meines Sohnes vorliest. Und dass alle hier und vor dem Saal zuhören. Auch die Leute zu Hause vor den Fernsehgeräten.«

»Herr Ansbichler, sind Sie bereit dazu?«, wollte Palinski wissen.

Jetzt, da ihn sein Kreuz nicht mehr schmerzte und der Ablauf des Geschehens in zivilisiertere Bahnen zurückgekehrt zu sein schien, regte sich aber wieder Widerstand bei Ansbichler.

»Ich denke nicht daran, mich dem Druck zu beugen«, gab er vollmundig von sich.

»Er denkt nicht daran, er denkt nicht daran«, äfften die beiden Betrunkenen den Stadtrat nach. »Als ob er schon je etwas gedacht hätte, der schöne Bert. Hehehheee.«

»Gusch, es Trotteln«, brüllte Lattuga los und meinte es auch so.

»Wollen Sie sich das nicht überlegen, Herr Stadtrat. Ich denke, wir alle wollen noch heute wieder nach Hause gehen«, versuchte es Palinski nochmals höflich.

»Kommt gar nicht in Frage«, blieb Ansbichler stur, »wer glaubt der Kerl denn, wer er ist?«

»Der Mann, der dich abknallen wird, wenn du nicht sofort das erste Tagebuch aufschlägst und zu Lesen beginnst«, meinte Mraz und schoss eine Kugel in den Boden. Etwa zehn Zentimeter vor des Stadtrats linken Schuh.

Der sprang auf wie von der Tarantel gestochen, nahm die drei Tagebücher in die Hand und fragte völlig genervt: »Wo soll ich beginnen?«

Entweder war Mraz ein miserabler oder ein hervorragender Schütze, ging es Palinski durch den Kopf. In jedem Fall aber wusste er, wie man in so einer Situation seinen Willen durchsetzte.

»Walter, der Schuss hat sich auf meinen Magen geschlagen, erlauben Sie mir bitte, den Raum für zehn Minuten zu verlassen. Ich bin dann gleich wieder zurück.«

»Natürlich, Palinski, lassen Sie sich ruhig Zeit. Mir läuft nichts mehr davon.«

»Wollen wir nicht auch die anderen fragen«, Palinski deutete auf die Tafelrunde, »ob nicht noch jemand austreten muss?«

Ruckartig gingen die Arme sämtlicher Anwesenden hoch. Mraz lachte laut auf. »Ich bin ja vielleicht blöd, aber so blöd auch wieder nicht. Die Damen können den Raum verlassen. Frau Altmann, Frau Kragen, ich bitte um Entschuldigung für die Unannehmlichkeiten. Sie sind frei.«

»Und wos is mit uns«, brummte Altbürgermeister Ladak mit seiner typischen dunkel-nasalen Stimme. »Soin wir vielleicht ins Eckerl wischerln?« Die anderen Herren lachten gequält und wussten auch gleich, warum.

»Ja, meine Herren«, meinte Mraz, »hier herinnen findet sich sicher für jeden von Ihnen ein eigener Sektkübel.«

Falls einer der beiden Betrunkenen jetzt auch nur einen Mucks von sich gegeben hätte, Lattuga hätte ihm wohl eine aufgelegt.

*

Gerade als ihr Mario den Festsaal verlassen hatte, wollte Wilma wieder zur Nachrichtensendung schalten. Ihre beiden Zimmergenossinnen schliefen bereits und auch sie war schon reichlich müde. Ehe sie das Licht abdrehte, wollte sie aber noch sehen, wie es Palinski ging.

Die erste Einstellung, die Wilma zu sehen bekam, war ein Blick auf die gegenüber vorhin scheinbar nahezu unveränderte Situation im Saal. Ihr Mann war auch noch nicht zu sehen, also drehte sie das Gerät endgültig ab. Sicher würden die wichtigen Szenen in den nächsten Tagen oft genug wiederholt werden.

Jetzt wollte sie aber Marios Stimme hören, wenn auch nur als Konserve. Sie wählte seine Nummer und hörte sich seine Ansage an. Dann sprach sie selbst.

»Mein lieber Mario. Dein Antrag hat mich sehr gefreut und ehrt mich. Auch wenn ich ihn lieber von dir selbst gehört hätte und nicht von diesem routinierten Kuppler Harry«, sie lachte. »Der Ring ist wunderschön und passt wie angegossen. Ein Beweis dafür, dass die letzten 24 Jahre doch nicht ganz spurlos an dir vorbeigegangen sind. Ich werde über deinen Antrag ernsthaft nachdenken, mehr kann und will ich dir im Moment nicht versprechen. Ich hoffe aber, wir können morgen persönlich darüber sprechen. Gute Nacht, mein Schatz.«

Sie legte auf, drehte das Licht ab und schlief sofort ein.

*

»Hervorragende Leistung bisher«, lobte der Minister und klopfte Palinski anerkennend auf die Schulter. »Klasse, dass Sie die beiden Frauen freibekommen haben.«

»Mraz ist ja grundsätzlich kein übler Kerl. Er hat nur einen irrsinnigen Zorn auf Ansbichler. Warum, werden wir jetzt bald wissen.«

Hauptmann Kurz war wieder an Palinski herangetreten. »Vergessen Sie nicht, unsere Scharfschützen sind jetzt einsatzbereit«, erinnerte er den Zivilisten.

»Vergessen Sie das. Dazu werde ich mich nicht hergeben, das ist doch barbarisch«, er funkelte den Chef der Sondereinheit böse an.

»Und falls der Verbrecher einige Geiseln erschießen sollte, nur weil Sie ihn geschützt haben. Wie werden Sie das dann nennen?«, widersprach der Mann der drastischen Lösungen.

»Das wird er nicht tun. Mraz wird keinem einzigen unschuldigen Menschen etwas antun«, legte sich Palinski fest. Später würde ihm seine Formulierung noch viel Grund zum Grübeln geben.

»Aber Sie können mir noch eine Frage beantworten. Wie viel Schuss befinden sich jetzt noch in der Waffe von Mraz?«

»In der, mit der er in den Boden geschossen hat, noch fünf. Aber Mraz hat den beiden Securities, die Ansbichler bewachen sollten, ihre Waffen abgenommen.« Man konnte förmlich sehen, was Kurz von diesen Weicheiern hielt. »Insgesamt hat er also noch 17 Schuss zur Verfügung.«

Ein bisschen viel, um ernsthaft hoffen zu können, dass ihm das Pulver ausgehen würde, musste Palinski zugeben.

»Also dann wieder zurück in die Schlacht.« Jetzt hatte er sich auch schon diese kriegerische Diktion angewöhnt. Vielleicht sollte er aber vorher doch noch aufs Klo gehen.

*

Die erste Tagebucheintragung, die Ansbichler lesen musste, war vor mehr als neun Jahren verfasst worden. Damals hatte Rick seinen Vater erstmals alleine in Wien besucht. Einige Tage später war Mraz erkrankt und froh darüber, dass sich Ansbichler bereit erklärt hatte, den Buben im Zuge einer Dienstreise nach Innsbruck zurückzubringen.

Die Nacht hatten die beiden in einem Doppelzimmer in einem Hotel nahe Zell am See verbracht.

»Wie ich aufgewacht bin, ist Onkel Robert neben mir im Bett gelegen und hat mich überall gestreichelt. Obwohl ich weiß, dass das nicht richtig war, hat mir das, was er mit mir gemacht hat, gut gefallen. Ich habe mich so beschützt gefühlt.«

Einige weitere Eintragungen dokumentierten lückenlos, dass der große Stecher Ansbichler nicht eindeutig auf nur ein Geschlecht fixiert gewesen war. Die Tagebücher legten dar, dass der Stadtrat neben seinen zahlreichen heterosexuellen zumindest eine regelmäßige homosexuelle Beziehung geführt hatte.

Aber Rick schien mehr für Ansbichler gewesen zu sein als nur ein gelegentlicher Sexualpartner. Wie den vier vom Stadtrat mit leiser, gerade noch verständlicher Stimme vorgetragenen Passagen zu entnehmen war, mochten sich die beiden wirklich.

Palinski gewann den Eindruck, dass das Verhältnis mit der Zeit dem einer langjährigen, durchaus guten, aber offenen

Ehe entsprach. Man schlief gelegentlich miteinander, ging im Übrigen aber eher kameradschaftlich miteinander um. Vor allem aber auch seiner eigenen Wege. Das Einzige, was dabei rechtlich nicht stimmte, war das Alter des einen Partners. Zumindest in den ersten Jahren der Beziehung.

Rick war nicht eifersüchtig auf Ansbichlers Frauen. Im Gegenteil, Carola Schmuck schien er sogar richtig verehrt zu haben. In einigen Eintragungen verglich er sie sogar mit seiner Mutter. Später beklagte Rick auch zunehmend die miese Art, mit der »der Robert« seine wunderbare Frau behandelt hatte. Als Mraz Sohn nach Wien kam, um zu studieren, machte der Stadtrat einen entscheidenden Fehler. Er begann, den Burschen in seine Weibergeschichten mit einzubeziehen, ihn als Komplizen zu behandeln und zuletzt auch auszunützen.

Die über das bisher Gehörte offensichtlich schockierten Geiseln schüttelten immer wieder die Köpfe und gaben ihrer Abscheu lautstark Ausdruck. So eine Heuchlerpartie, dachte sich Palinski. Tun so, als ob sie selbst alle Engerln wären.

Plötzlich weigerte sich der bis dahin gebrochen wirkende Stadtrat vehement, weiterzulesen. Worauf Mraz sich veranlasst sah, einen weiteren Schuss in den Boden abzugeben. Diesmal noch etwas knapper an Ansbichlers Fuß vorbei. Also doch ein Meisterschütze, dachte Palinski.

»Gestern hat mir Robert eine Geschichte erzählt, in der ein Mann seine Frau ermorden lässt. Auf sehr raffinierte Weise, weil es so aussieht, als ob der Mann das eigentliche Opfer eines Anschlages war und die Frau nur zufällig an seiner Stelle getötet wurde. Am Ende hat er noch gemeint, das müsse man sich merken. Falls man es eines Tages selber brauchen könnte. Ich habe das ungemein geschmacklos gefunden.«

Jetzt war klar, dass Ansbichlers bis nach den Wahlen vorgesehene Schonfrist schon heute Abend beendet sein würde. Den konnte jetzt keiner mehr retten, dachte sich Palinski und war nicht wirklich traurig darüber. Jetzt galt es vor allem zu verbergen, dass ein Großteil des belastenden Materials der Polizei und vor allem dem Minister bereits bekannt war. Andernfalls könnte sich wirklich eine heikle demokratiepolitische Situation ergeben.

An der Wirtschaftsuniversität hatte Rick Sabine Baltegg, die Tochter eines Klagenfurter Anwaltes kennen gelernt und sich mit ihr befreundet. In allen Ehren, wie man es früher so schön nannte. Sabine war häufig nicht in Wien und Rick passte in diesen Phasen auf ihre Wohnung im »Blaschek-Haus«, Ecke Billrothstraße/Döblinger Hauptstraße auf. Gelegentlich traf er sich dort auch mit Ansbichler, der sich die Wohnung immer öfter auch für seine flüchtigen heterosexuellen Abenteuer »ausborgte«. Rick nahm Geld dafür und fühlte sich mit der Zeit wie eine »Puffmutter«, wie er dem Tagebuch anvertraute. Doch der Gedanke an die mehr oder weniger regelmäßigen Einzahlungen auf sein nicht gerade üppiges, aber immer im Plus befindliches Studentenkonto behielt die Oberhand gegenüber diesen gelegentlichen Anflügen von Skrupel.

Die Monate vor Carolas gewaltsamen Tod hatte Ansbichler Rick wiederholt von den Problemen mit seiner Frau erzählt, die sich scheiden lassen wollte. Dann wären die fetten Zeiten vorbei, hatte er gejammert. Denn von seinem Politikergehalt alleine wäre der aufwendige Lebensstil, aber auch »die Zuwendungen an dich, Rick« nicht mehr zu finanzieren.

»So, jetzt kommt noch eine letzte Tagebucheintragung und dann werden wir alle befreit sein«, kündigte Mraz an. Etwas sehr theatralisch, fand Palinski. Später sollte er etwas anders darüber denken.

Ansbichler überflog die Seite, die er jetzt noch lesen sollte. Plötzlich fing er an zu zittern, dann sogar zu weinen.

»Bitte nicht, das kann ich beim besten Willen nicht lesen.«

Mraz blieb aber ungerührt. »Lies das jetzt, du Sau«, forderte er das inzwischen vor dem Rednerpult kauernde, zitternde Bündel Mensch nochmals auf.

»Nein, das kann niemand von mir verlangen«, fast trotzig versuchte Ansbichler, sich weiter zu widersetzen.

»Wetten dass«, meinte Mraz. Dann schoss er dem Stadtrat in die linke Schuhspitze. Der folgende Schrei war durch mehrere dicke Mauern hindurch bis zu dem mindestens 100 Meter entfernten Michaelerplatz zu hören, wie einige Ohrenzeugen später versichern sollten. Kein Wunder, hatten sich doch zwei Zehen Ansbichlers in Sekundenschnelle sozusagen in ihre Moleküle aufgelöst.

Palinski war schockiert, aber nicht nur er. »Mein Gott, Walter, was haben Sie gemacht? Das war doch nicht notwendig. Ich hätte ja auch vorlesen können.«

»Danke, Palinski, aber das könnte ich Ihnen nicht zumuten. Das muss schon das Schwein selbst lesen, das für diese schrecklichen Geschehnisse verantwortlich ist.«

Mraz wandte sich wieder Ansbichler zu. »Komm steh auf, du Schlappschwanz. Natürlich schmerzt das, aber daran stirbst du sicher nicht. Also lies jetzt, sonst ist deine Kniescheibe dran.«

Mühsam setzte sich der Stadtrat wieder auf, wischte sich über die Augen und begann stockend, die letzte Eintragung Ricks zu lesen.

»Es ist fürchterlich, was gestern geschehen ist. Ich bin ganz sicher, dass Robert hinter diesem vorgetäuschten Anschlag auf sich selbst steht. Und, dass Carola ganz bewusst erschossen worden ist. Der Ablauf entspricht völlig dem Muster, von dem er mir vor einem Jahr oder so erzählt hat. Er hat es wirklich gemacht. Nur, um sich nicht scheiden lassen zu müssen. Dieses verdammte Geld bringt uns noch alle um. Und ich habe Beihilfe geleistet, weil ich ihm den Schlüssel für die Wohnung gegeben habe. Gott verzeih mir, ich bin mitschuldig am Tod

Carolas. Ich muss ihn heute Abend dazu bringen, dass wir uns der Polizei stellen. Sonst finde ich im Leben keine Ruhe mehr.«

Lähmende Stille lag über dem Saal.

»Das war sonntagabends. Am Montagmorgen wurde die Leiche meines Sohns splitternackt am Cobenzl gefunden.« Anklagend deutete Mraz auf Ansbichler. »Ermordet von diesem Mann hier. Dem zweifachen Mörder Robert Ansbichler.«

Palinski brauchte einige Minuten, um wieder sprechen zu können.

»Stimmt das, was Herr Mraz Ihnen vorwirft? Oder haben Sie eine Erklärung für diese zweifellos sehr belastenden Indizien?«

»Ich kann das alles erklären«, versuchte es Ansbichler nochmals. Was eigentlich? Zeit zu gewinnen? Oder, was sonst?, dachte Palinski. Mit dem, was jetzt alles bekannt war, war der Stadtrat auf jeden Fall für mindestens 25 Jahre gut.

»Dann erkläre einmal, warum ein DNS-Vergleich ergeben würde, dass du mit Rick vor oder …«, Mraz brachte es nicht über sich, diesen Gedanken auszusprechen. »Also, dass du mit Rick noch kurz vor seiner Ermordung Verkehr gehabt hast. Erkläre uns das einmal.«

»Ich war das nicht«, presste Ansbichler trotzig heraus. Jetzt war es Mraz zu bunt geworden und er machte seine vorangegangene Drohung war. Er schoss dem Stadtrat ins Knie.

Langsam wurde eine Hinrichtung in Etappen daraus, fuhr es Palinski durch den Kopf. Um Gottes willen, das war es, was Mraz vorhatte. Er wollte den Tod seines Sohnes ganz im alttestamentarischen Sinne rächen. Auge um Auge, Zahn um Zahn, vielleicht nicht ganz so wortwörtlich.

Ansbichler heulte auf, dann wimmerte er. »Gut, gut, ich gebe alles zu. Ich habe Carola erschießen lassen, weil sie mich vernichten wollte. Und ich habe Rick getötet, weil er mich sonst angezeigt hätte. Ja, was hätte ich denn sonst tun sollen?«

Er wimmerte vor sich hin. »Holt jetzt jemand endlich einen Arzt, bevor ich hier krepiere?«

»Das wird sich nicht auszahlen«, antwortet Mraz und richtete den Lauf seiner Waffe auf Ansbichlers Kopf.

»Um Himmels willen, Mraz, tun Sie das nicht. Setzen Sie sich nicht noch mehr ins Unrecht, als Sie es ohnehin schon getan haben«, Palinski flehte den Mann förmlich an. »Was Sie erreichen wollten, haben Sie erreicht. Ansbichler ist ein für alle Mal erledigt und wird für sehr lange Zeit hinter Gittern gehen. Und was Sie betrifft, mit einem guten Anwalt werden Sie vielleicht mit fünf Jahren davonkommen. Dann ist das Leben noch immer lebenswert.«

Plötzlich bemerkte Palinski eine Bewegung hinter sich. Es war »Miki« Schneckenburger, der mit einem Handy hereinkam und Palinski etwas ins Ohr flüsterte.

Das Timing war hervorragend, fand dieser. Dann wandte er sich sofort wieder an Mraz.

»Ein Gespräch für Sie. Eine Frau Ilse Aichberger aus Innsbruck.« Palinski hielt dem Mann das Telefon hin. »Ich nehme an, das ist die Mutter Ricks.«

Mraz zeigte sich beeindruckt und, was das Wichtigste war, er nahm das Gespräch auch an.

Er sprach ganz leise, sodass niemand der Unterhaltung folgen konnte. Der Verlauf schien eine beruhigende Wirkung auf den Mann auszuüben. Nach einigen Minuten verabschiedete er sich und gab das Telefon zurück.

»Ilse ist auch Ihrer Meinung, Palinski«, sagte er dann. »Sie meint, ich soll aufgeben, solange noch etwas aufzugeben ist. Rick wird ja nicht wieder lebendig, was immer ich auch hier aufführe.«

Er ergriff seine Waffe am Lauf und hielt sie vor sich. Dann machte er einen Schritt in Richtung linkes Ende der Bühne.

Wahrscheinlich war das lange Stehen hinter dem metallischen Ständer verantwortlich dafür, dass Mraz das rechte Bein eingeschlafen war. Beim zweiten Schritt knickte er ein und wäre fast gestürzt.

Das rettete ihm das Leben, denn der Schuss des Scharfschützen aus dem gegenüberliegenden Haus ging über ihn hinweg und bohrte sich einige Meter weiter ohne Schaden anzurichten in den Boden der Bühne.

Palinski, der Mraz entgegengegangen war, hatte lediglich das Klirren des splitternden Fensterglases gehört und sich sofort zu Boden geworfen.

Mraz hatte sich rasch wieder gefasst. Er machte zwei, drei Schritte zu Ansbichler und hielt ihm den Lauf der Waffe neuerlich an die Schläfe. Dann sagte er schwer atmend. »So also wollten Sie das spielen, Herr Palinski.«

»Wenn es nach der Polizei gegangen wäre, hätte ich Sie schon vor einer Stunde vor das Fenster locken sollen«, verteidigte sich Palinski, der jetzt wieder auf den Beinen war. »Ich habe das aber abgelehnt. Es war ja auch nicht vorhersehbar, dass Sie nach rechts abgehen und nicht den direkten Weg nehmen würden.« Er deutete auf die kleine Treppe, die direkt vor dem Rednerpult von der Bühne herabführte,

»Da haben Sie recht. Komisch, ich glaube Ihnen sogar. Sie sind kein Lügner.« Mraz schwankte offenbar wieder, wie er sich jetzt verhalten sollte. Und Palinski wollte diese, vielleicht letzte Chance nutzen.

»Mraz, wir haben Ansbichlers Geständnis, wir haben die Tagebücher und wir finden sicher noch andere Beweise. Sie können also sicher sein, dass der Mord an Ihrem Sohn gerächt werden wird. Aber auch der an Carola Schmuck«, versuchte er den Mann zu überzeugen. »Wenn Sie diesen Mann«, seine Bezeichnung für Ansbichler klang tatsächlich so abfällig wie es seinen Empfindungen für ihn inzwischen entsprach, »weiter verstümmeln, bringen Sie sich selbst in eine immer schlimmere Lage.«

Wahrscheinlich wäre noch alles relativ gut ausgegangen, hätte sich nicht gerade jetzt einer der beiden Betrunkenen bemüßigt gefühlt, eine entscheidende Bemerkung zu machen.

»Aba jedes Kind waß do, dos erzwungane Gständnisse ungültig san. Olas aundere is a Schmäh.«

Lattuga reagierte rasch und versuchte, mit einem energischen »Gusch, du Oasch, wie oft muaß i des no sogn« zu retten, was noch zu retten war. Doch es war schon zu spät.

Mraz war zusammengefahren. »Stimmt das, Palinski?«

Der zuckte hilflos mit den Achseln. »Aber das Geständnis ist doch gar nicht unbedingt notwendig. Die Beweise reichen völlig für eine Verurteilung aus.«

»Das ist mir zu unsicher«, sagte Mraz und schoss Ansbichler in den Kopf.

Mit einem gequälten Aufschrei rannte Palinski los, so rasch es ihm seine bald 45 Jahre und sein Übergewicht erlaubten und hechtete auf Mraz zu. Doch es war schon zu spät.

»Lassen Sie Ihren Sohn schön grüßen«, murmelte der Mann noch. Dann schob er den Lauf der Pistole in den Mund und drückte ab. Oder war es ein Revolver? Palinski hatte die Dinger nie auseinanderhalten können.

EPILOG

Bericht in den TV-News vom 30. September

QUOTENHIT »ANSBICHLER-HINRICHTUNG«

»Reality-TV at its best«, mit dieser sarkastischen und von vielen wohl auch als geschmacklos angesehene Feststellung bezeichnete Dr. Hannes Flatelsky, der Leiter der »Aktuellen Zeit« des Senders »Austria TV 3« die Sondernachrichtensendung vom vergangenen Samstag. Die fast dreistündige, zwischen 18.45 und 21.35 Uhr live übertragende Abrechnung des Chauffeurs Walter Mraz mit seinem Chef, Stadtrat Robert Ansbichler erzielte ab 20.30 Uhr eine Reichweite von sensationellen 76 Prozent.

Damit haben immerhin fast 2,4 Millionen Menschen das grausame, im Volksmund inzwischen als »Ansbichler-Hinrichtung« bezeichnete Spektakel gesehen, das mit Mord und Selbstmord endete. »Diese Übertragung hat Werte erreicht, die bisher unter normalen Umständen vor allem für eine Nachrichtensendung als unerreichbar galten. Unserem Wissen nach hat lediglich die historische Übertragung der ersten Mondlandung eine größere Reichweite erzielt«, betonte Dr. Flatelsky. »Es geht eben nichts über Geschichten, die das Leben schreibt.«

Dazu kommt, dass die Liveübertragung ab 19.40 Uhr auch vom Bayern TV und in Folge noch von fünf weiteren europäischen Fernsehstationen übernommen worden ist.
»Damit haben rund 29 Millionen Europäer die packenden und zuletzt erschreckenden Ereignisse im ›Hotel am Kohlmarkt‹ direkt beobachtet«, schloss Flatelsky seine Ausführungen.
Auf die Frage eines Journalisten, ob die Übertragung einer derartigen menschlichen Tragödie nicht unmenschlich, geschmacklos und spekulativ gewesen sei, sozusagen ein »Tribut an die Quotenhure« antwortete der TV-Gewaltige: »Genau das Gegenteil ist der Fall. Die Übertragung erfolgte auf ausdrücklichen Wunsch des Geiselnehmers Mraz und diente damit rein humanitären Zielen. Wir würden eine solche Situation niemals nur aus der Quotenperspektive heraus übertragen«, so Flatelsky.
Unbestätigten Gerüchten nach soll die Abteilung »Unterhaltung« ein Sendungskonzept unter dem Arbeitstitel »Die Wahrheit muss heraus« prüfen, das den Sendeplatz von »Wer wettet noch mit mir?« ab Herbst kommenden Jahres übernehmen soll.
Aus Insiderkreisen ist zu hören, dass man Mario Palinski, den unerschrockenen Vermittler in der »Ansbichler-Hinrichtung«, als Moderator gewinnen möchte. Mag. Gernot Kaiser, Leiter der Abteilung »Unterhaltung« bestreitet aber derartige Überlegungen für den Augenblick.
Palinski wäre keine schlechte Wahl. Wie eine im Auftrag der TV-News durchgeführte Telefonbefragung der »Suspekta Marktforschung« unter

400 FernseherInnen ergab, hat der bisher unbekannte Palinski heute einen Bekanntheitsgrad von 72 Prozent. 69 Prozent finden ihn »sympathisch« und 63 Prozent würden sich eine Sendung mit ihm unbedingt ansehen. 19 Prozent allerdings nur unter der Bedingung, dass »am Ende wieder einer erschossen wird.«
TV-News hat Mario Palinski um seine Meinung zu einem derartigen Sendungskonzept und seine Bereitschaft, daran mitzuwirken befragt. Seine kurze, aber unmissverständliche Antwort an den TV-Gewaltigen lautete, wir zitieren: »Sagen Sie dem Kaiser, er kann mich am Arsch lecken.«

*

Berichterstattung »Wiener Landtags- und Gemeinderatswahlen« im »BIB – Bin Im Bilde« vom 19. Oktober

Keine Katastrophe – nur ein blaues Auge

Wien (Eigenbericht): Die von vielen Beobachtern befürchtete Katastrophe für die im Wiener Rathaus regierende Partei bei den gestrigen Wahlen ist ausgeblieben. »Wir sind mit einem blauen Auge davongekommen«, kommentierte Bürgermeister Lattuga in einer ersten Stellungnahme den Verlust von »nur« 3,4 Prozent der Stimmen. Aber auch die große Regierungspartei, die im Wiener Rathaus allerdings nur die drittstärkste Fraktion stellt, wurde zur Ader gelassen (- 2,2 Prozent). Grund zur Freude haben nur die »Grünen«, die mit 6,1 Prozent

kräftig zulegen konnten und jetzt in drei weiteren Bezirken die stärkste Kraft sind.

Dr. Anselm Betterno vom »Suspekta Marktforschungsinstitut« wies aber noch im Verlauf der ausführlichen Wahlberichterstattung auf die enormen Verschiebungen innerhalb der bisherigen Wählerstruktur hin. »Die Wählerstromanalyse spiegelt die ganze Dynamik wider, die durch die schreckliche Affäre ›Ansbichler‹ ausgelöst worden ist und den gesamten Wahlkampf überschattet hat.«
So blieben fast 20 Prozent der Wähler, die vor vier Jahren ihre Stimme abgegeben haben, diesmal zu Hause. Als hauptsächlicher Grund dafür wurde »Politikmüdigkeit«, sowie der Wunsch, »denen da oben einen Denkzettel zu verpassen«, genannt. Andererseits fanden diesmal fast 26 Prozent der bisherigen Nichtwähler den Weg zur Urne, ebenfalls, um »einen Denkzettel« zu verpassen. Allerdings nicht pauschal, sondern der Partei, die sie jeweils für das »abstoßende Politikspektakel« der letzten Wochen verantwortlich machten.
Ähnlich massive Wanderungsbewegungen fanden auch zwischen den anderen im Rathaus vertretenen Parteien statt.
Lediglich die »Grünen« konnten ihre bisherigen Wähler im Wesentlichen halten. Da sie diesmal wegen der alles überlagernden Schlammschlacht als Folge der »Ansbichler«-Affäre nicht einmal für die hohen Benzinpreise und die permanenten Staus auf der Süd-Ost-Tangente verantwortlich gemacht wurden, konnten sie als einzige Partei

aber auch deutliche Zugewinne verzeichnen. »Wir sind stolz und glücklich über dieses Vertrauen«, freute sich Gerhard Singmann, der Sprecher der Wiener »Grünen«. »Wir werden mit unserer ganzen Kraft dafür sorgen, dass ein Fall wie ›Ansbichler‹ nicht mehr vorkommen kann.«

*

Brief an Palinski vom 8. November

Herrn
Mario Palinski
Hauptstraße 17
1190 Wien
8. November
Lieber Onkel Mario,

DANKESCHÖN FÜR DEN BETRIEBSAUSFLUG NACH MÜNCHEN. MAMI HAT ES AUCH SEHR GUT GEFALLEN. WIR FINDEN, DASS TANTE WILMA, TINA UND HARRY SEHR LIEB SIND. AUCH DIESE MIRIAM IST SEHR NETT. MAMI HAT MIR ERKLÄRT, WARUM DU SIE MITGENOMMEN HAST. OBWOHL SIE GAR NICHT DEIN KIND IST. DAS TANZEN VON DIESEN »RIVERDENZ«-LEUTEN WAR SCHÖN, AUCH DER BESUCH IM ZOO. AM BESTEN HAT MIR ABER DER ZIRKUS GEFALLEN UND DAS SPIELZEUGGESCHÄFT IN DER FUSSGÄNGERZONE. NOCHMALS VIELEN DANK, HOFFENTLICH FAHREN WIR BALD WIEDER WOHIN.

LIEBE GRÜSSE

DEIN MARKUS WAISMEIER

*

MELDUNG IN DEN »WIENER ZEITEN« VOM 24. NOVEMBER

»Ansbichler«-Attentäter getötet

Zürich: Gestern war eine Filiale der »Suisse Save and Loanings« in Neuchâtel Ziel eines spektakulären Raubüberfalls. Die drei schwerbewaffneten, vermummten Männer machten rund 670.000 Franken Beute. Das Verbrechen dürfte nach Aussagen des Sprechers der Kantonspolizei von langer Hand vorbereitet worden sein.

Bei der nachfolgenden Flucht kam es zu einem heftigen Schusswechsel. Dabei wurden ein Polizist schwer und ein weiterer leicht verletzt. Einer der Bankräuber wurde angeschossen und erlag einige Stunden später im Krankenhaus seinen schweren Verletzungen.
Der Mann wurde als Marco Buttoni identifiziert, auch bekannt als »Oleg Rybanow«. Der gebürtige Ukrainer, der der russischen Mafia zugerechnet wird, soll zahlreiche Banküberfälle, Entführungen und Mordaufträge zu verantworten haben. Unter anderem wurde Rybanow auch vom österreichischen Bundeskriminalamt in Verbindung mit

der spektakulären Ermordung von Carola Ansbichler-Schmuck gesucht.
Einige der in diesem mysteriösen Fall noch offenen Fragen werden damit wohl für immer unbeantwortet bleiben.

*

BERICHTERSTATTUNG »FILZMAYER-PROZESS« IN DER »BIB – BIN IM BILDE« VOM 3. DEZEMBER

Zwölf Jahre für Erika Suber-Filzmayer

Wien (Eigenbericht): Nach nur vier Tagen Dauer wurde der wohl spektakulärste Prozess des Jahres mit der Urteilsverkündung in erster Instanz beendet. Als Kopf hinter der Entführung Eugen Filzmayers, des Seniorchefs der »Alfons Filzmayer & Söhne AG« erkannten die Geschworenen Erika Suber-Filzmayer, die Tochter des Opfers. Mit zwölf Jahren Gefängnis fiel ihre Strafe relativ milde aus.

Für zehn Jahre muss Dr. Kurt Suber seinen komfortablen Chefsessel gegen eine karge Gefängniszelle tauschen. Mildernd für den Schwiegersohn des Opfers wirkte sich sein umfassendes Geständnis sowie der dominierende Einfluss Erika Subers auf ihren labilen Ehemann aus.
Johann Karl Janoschek, der die eigentliche Entführung durchgeführt und sich dann in die Dominikanische Republik abgesetzt hat, wurde zu viereinhalb Jahren verurteilt.

Mit sechs Jahren fiel das Urteil für Herwig Mansbart, der neben Beihilfe zur Entführung und Freiheitsberaubung auch schwere Körperverletzung zu verantworten hat, überraschend milde aus. In der Urteilsbegründung wurden die umfassende Unterstützung der Polizei bei der Aufklärung des Falles und die gezeigte Reue als mildernd anerkannt. In einem abgesonderten Verfahren wird im Jänner auch gegen den 21-jährigen Gerd Brock und die 17-jährige Viola Suber wegen geringerer Delikte (Irreführung der Verfolgungsbehörden, Behinderung der Polizeiarbeit, Diebstahl einer Bleischürze) in Verbindung mit der Entführung verhandelt werden.
Da die Staatsanwaltschaft in allen Fällen Berufung angemeldet hat, sind die Urteile noch nicht rechtskräftig.

*

GEHEIMER ABSCHLUSSBERICHT DES BKA
ZUM FALL »ANSBICHLER«
STRENG VERTRAULICH!
z.H. Herrn Bundesminister Dr. Josef Fuscheé

ZUSAMMENFASSUNG:

Wie das Bundeskriminalamt sofort erkannt hat, hat es sich bei dem scheinbaren Anschlag auf Stadtrat Ing. Ansbichler nur um den Versuch gehandelt, den erfolgreichen Mordanschlag auf Frau Carola Ansbichler-Schmuck zu verschleiern.

Die offizielle Darstellung als »terroristischer Anschlag mit internationalem Hintergrund« diente lediglich dazu, die in der

Vorwahlzeit ohnehin etwas labile öffentliche Meinung nicht weiter zu erhitzen und den »Schulterschluss-Effekt« (Einigende Gefahr von außen) zu nützen. Bedingt durch das unerwartete Ende Ing. Ansbichlers bleiben einzelne, in ihrer Bedeutung aber als unwesentlich einzustufende Details, wie z. B. die Frage, wie Ansbichler mit dem zwischenzeitlich ebenfalls bereits getöteten Todesschützen in Kontakt getreten ist, unbeantwortet.

Der zeitliche Ablauf sieht wie folgt aus:

Als Ansbichler Carola Schmuck geheiratet hat, war er abgesehen von seinem Einkommen als Parteiangestellter mittellos. Nach seiner Hochzeit übernahm er die Funktion eines stellvertretenden Direktors der »Schmuck-Hotels« zu einem Gehalt, das ein Mehrfaches über dem vergleichbarer Funktionsinhaber lag. Dazu kamen noch die Vorteile eines reichen Haushaltes und einer großzügigen Ehefrau.

Obwohl Ansbichler bewusst sein musste, dass er diese Vorteile im Falle einer Scheidung zumindest zum größten Teil verlieren würde, hielt er es von Anfang an nicht sehr genau mit der Treue.

Nach dem schweren Unfall seiner Frau, der sie an den Rollstuhl fesselte, wurden seine ehelichen Verfehlungen sozusagen stadtbekannt und Gegenstand von Erörterungen in der Gesellschaft. Jetzt wurde es sogar der äußerst großzügigen und verständnisvollen Carola Ansbichler-Schmuck zu viel und sie reichte die Scheidung ein.

Derart unter Druck gesetzt gelang es Ansbichler, mit seiner Frau eine Vereinbarung zu treffen. Er würde nach den Wahlen in einigen Monaten ohne Probleme zu machen in die Scheidung einwilligen, falls sie bis dahin stillhalten bzw. ihn im Wahlkampf unterstützen würde. Frau Ansbichler machte einen entscheidenden, weil schließlich tödlichen, Fehler. Sie stimmte diesem Angebot ihres Mannes zu.

Ab dieser Zeit begann Ansbichler, seine Frau zu den verschiedensten Anlässen mitzunehmen und in dem speziell konstruierten Rollstuhl zur Schau zu stellen. Es ist aus heutiger Sicht absolut unverständlich, warum sich Frau Ansbichler zu dieser mitunter schamlosen Ausnutzung durch ihren Mann bereit erklärt hat.

Ansbichler hat den Mord an seiner Frau relativ langfristig vorbereitet. Es besteht sogar der Verdacht, dass er es war, der den Gastronomen Hektor Wiener die Idee mit dem »Schnitzelwettbewerb« vermittelt und sich für die Preisverleihung angeboten hat.

Nachdem das Wo feststand, konnte sich Ansbichler auf das Wie konzentrieren.

Durch seine Beziehung zu Rick Kitzman war es ihm ein Leichtes, den Schlüssel für die Wohnung im »Blaschek-Haus« zu bekommen, von der der Schütze den tödlichen Schuss abgegeben hat.

Der Kontakt zu Oleg Rybanow wurde vermutlich über einen Innenstadtgastronomen hergestellt, dem Kontakte zur Russenmafia nachgesagt werden. Ansbichler hatte ihm als Stadtrat einige Vorteile verschafft, sodass der Mann in seiner Schuld stand.

Nun zum Warum?

Das hauptsächliche Motiv war zweifellos die Angst vor dem Verlust von Geld, Macht und Einfluss durch eine Scheidung. Dazu kam, dass er in seiner Partei und auch im Rathaus nicht unumstritten war.

Es wird sogar gemunkelt, dass er sich aus dem scheinbaren Attentat auf sich und den Tod seiner Frau einen für seine Wahl und Festigung seiner Position hilfreichen Mitleidseffekt als Zusatznutzen erwartet haben soll. Diese Gerüchte konnten bisher aber nicht verifiziert werden.

Aufgrund von zu diesem Zeitpunkt nur ihm bekannten Fakten vermutete Rick Kitzman, der Sohn von Ansbichlers

Fahrer, zu Recht, dass der Stadtrat mit der Ermordung seiner Frau zu tun hatte. Er fühlte sich zu einem gewissen Grad sogar mitverantwortlich, da er Ansbichler den Schlüssel zur Wohnung gegeben hatte, von der aus der tödliche Schuss abgegeben worden war. Das schlechte Gewissen, gepaart mit enormer Naivität veranlassten Rickman, Ansbichler zur Rede zu stellen und ihn aufzufordern, sich der Polizei zu stellen.

Bei dem Treffen am Cobenzl konnte Ansbichler den jungen Mann nochmals beruhigen, wahrscheinlich durch falsche Zusagen. Er überredete Rick noch zu sexuellen Handlungen, während denen er Kitzman erwürgte.

Durch das Muttermal unterhalb des Ohrläppchens, das sowohl Kitzman als auch Walter Mraz, der Fahrer Ansbichlers aufwiesen, konnte das BKA den Toten zwar rasch identifizieren. Der Zusammenhang mit dem Fall Ansbichler stellte sich aber erst später mit den in der Wohnung gefundenen Fingerabdrücken der beiden heraus.

Die an der Innenseite des Unterarms von Kitzman notierte Handynummer brachte die Ermittler nicht weiter. Erst nach dem gewaltsamen Tod Ansbichlers konnte festgestellt werden, dass die Nummer zu einem Wertkartenhandy gehörte, mit dem der Stadtrat vor allem seine anonym ablaufenden Geschäfte und Affären abgewickelt haben dürfte.

Die Überprüfung der in den Tagebüchern Rick Kitzmans gefundenen und Ansbichler betreffenden Angaben führte zu einer weitestgehenden Verifizierung dieser Vorwürfe. Damit scheint der Fall »Ansbichler« in ausreichendem Maße aufgeklärt.

Dass noch einige Fragen offen sind, ist nicht zuletzt der zwar engagierten, aber völlig unprofessionellen Vorgangsweise dieses Mario Palinskis zu verdanken. Die zu der hinlänglich bekannten dauerhaften Vernehmungsunfähigkeit Ansbichlers und seines Mörders geführt hat.

Die h.o. Dienststelle empfiehlt daher, diesen Zivilisten zu weiteren, vergleichbaren Aufgaben nicht mehr heranzuziehen.

*

Wien, 7. Dezember
Der Berichterstatter:
gez. Maj. Kranzjenich
Für die Dienststelle:
gez. Brig. Dompfarrer

Meldung in den »Wiener Zeiten« vom 12. Dezember

Schnitzelstreit beendet

Brüssel: Wie ein Sprecher der Europäischen Kommission gestern mitteilte, wird die umstrittene EU-Gastronomieverordnung endgültig zurückgezogen. Damit bleibt das vielfach als »Farce« bezeichnete Konzept einer »Europäischen Speisekarte«, die das Zusammenwachsen des Kontinents auch auf kulinarischer Ebene mit immerhin 72 Millionen Euro pro Jahr fördern sollte, in seinem Brüsseler Körbchen.

Bekanntlich hat ein durch den Entwurf der »EU-Gastronomierichtlinie« ausgelöster Streit zwischen Österreich und Italien, korrekter zwischen dem »Wiener-« und dem »Mailänder Schnitzel« im Sommer zu Verstimmungen zwischen den beiden Staaten geführt. In Wien und einigen Badeorten an der oberen Adria ist es sogar zu ernsten Ausschreitungen mit einigen Leichtverletzten gekommen.

»Viel Lärm um Nichts«, kommentierte Altbürgermeister Dr. Ladak, Sprecher der überparteilichen »Plattform für das Schnitzel«, die Entscheidung der Kommission. »Und der erfreuliche Beweis dafür, dass in Brüssel gelegentlich auch der gesunde Menschenverstand siegt.«

*

Datenbank »Crimes – facts and ideas« – filzmayerentführung.doc
Datei erstellt am 15. Dezember von Mario Palinski
Quellen: Polizeiprotokolle / Prozessmitschriften

Hintergründe: Die »Alfons Filzmayer & Söhne AG« hat durch eine in den 60er-Jahren des vorigen Jahrhunderts eingeleitete Nischenpolitik eine hervorragende Position im weltweiten Markt für Spezialwerkzeuge erreicht. Das äußerst konservative Management des Seniorchefs Komm. Rat Eugen Filzmayer hat aber bereits vor zehn Jahren verabsäumt, die im Zeichen der rasant einsetzenden Globalisierung notwendigen Maßnahmen zur nachhaltigen Sicherung und zum weiteren Ausbau der Position des Unternehmens zu ergreifen.

Bereits 1998 hat Dr. Kurt Suber ein überzeugendes Konzept vorgelegt, das die Hereinnahme eines strategischen Partners aus dem Fernen Osten vorsah. Gemeinsam mit diesem Partner aus Singapur sollte die Filzmayer AG auf den vierten Platz der Global Players in diesem Markt vorstoßen. Der durchaus stimmige und überzeugende Plan wurde vom Seniorchef nicht einmal durchgesehen und ganz einfach abgelehnt.

Weiter anhaltendes Nicht-Reagieren der AG auf die drängenden Erfordernisse des Marktes würde schon nach wenigen Jahren zum Verlust der Wettbewerbsfähigkeit und damit der Marktposition führen, warnte nicht nur Suber, sondern auch der übrige Vorstand seinen starrköpfigen Vorsitzenden immer wieder. Aber vergebens, der eigensinnige Mehrheitsaktionär blockierte sämtliche Aktivitäten in diese Richtung.

Nachdem sich die potenziellen Partner aus Singapur zurückgezogen hatten, nahm Suber vorsichtig Kontakt mit der japanischen »Mikatawashi Corporation« auf. Die Japaner zeigten sich sofort sehr an einer Zusammenarbeit interessiert und wollten einen sehr guten Preis für ein in drei Phasen innerhalb von fünf Jahren zu erwerbendes Aktienpaket bezahlen, das ihnen in Verbindung mit den zwei vorgesehenen Kapitalerhöhungen die Aktienmehrheit bringen sollte.

Natürlich würde das veränderte Kräfteverhältnis beim Kapital auch gewisse Auswirkungen auf den Vorstand haben. Abgesehen vom »Alten«, der im Vorstandsvorsitz von einem »Mikatawashi«-Mann abgelöst werden sollte, sollte aber alles so bleiben wie bisher.

Suber wagte es nicht, seinen Schwiegervater auch nur mit der Phase I dieses Planes zu konfrontieren. Er befürchtete, dass sich Eugen Filzmayer an die Öffentlichkeit wenden und damit alle anderen Optionen von Anfang an im Keim ersticken würde.

Als die Japaner immer mehr auf Abschluss der Verträge drängten, entwickelte Erika Suber-Filzmayer den ebenso einfachen wie wirkungsvoll erscheinenden Plan, den Widerstand ihres Vaters gegen die Neuerungen zu »umschiffen«.

Den Zweifeln ihres Mannes gegen die notwendigen Schritte

begegnete sie mit dem Hinweis der wirtschaftlichen Notwendigkeit, wollte das Unternehmen auf Dauer überleben.

Kernstück des Planes waren die in einem Syndikatsvertrag festgelegten Vertretungsregelungen im Falle von Eugen Filzmayers »vorübergehender Geschäftsunfähigkeit« von mindestens drei Tagen.

Die Entführung: Erika Suber hatte »Janos« über einen Jugendfreund kennen gelernt, der immer schon linke Geschäfte gemacht hatte. Janos sollte 50.000 Euro erhalten, davon aber auch seine Helfer bezahlen. Um Geld zu sparen, zog er die eigentliche »Entführung« alleine durch. Nachdem Filzmayer das Kartenbüro verlassen hatte, stach »Janos« ihm mit einem Betäubungspfeil in den Nacken. Dann schleppte er den sich kaum mehr auf den Beinen halten könnenden alten Mann über 150 Meter zu einem in der Johannesgasse abgestellten PKW und verstaute ihn auf der Rückbank. Erstaunlicherweise ist diese Szene in der stark frequentierten Kärntner Straße keinem Menschen verdächtig vorgekommen.

Zwei Tage vorher hatte »Janos« Herwig Mansbart in einem Gasthaus im 22. Bezirk akquiriert. Er hatte gehört, dass der Mann ein einsames Häuschen im Wienerwald besaß. Jetzt brachte er den alten Mann zu diesem Häuschen und übergab ihn der Obhut Mansbarts. Die Reaktion Mansbarts auf das Entführungsopfer, in dem er seinen obersten Chef erkannte, kann man sich lebhaft vorstellen.

Die Komplikationen: Drei Faktoren verhinderten, dass Eugen Filzmayer wie vorgesehen nach 10 bis 14 Tagen wieder freigelassen worden ist.

Zuallererst, dass Filzmayer unglücklicherweise Mansbarts Gesicht gesehen und ihn erkannt hatte. Dann der Umstand, dass »Janos« seinen Komplizen um die Hälfte des vereinbarten Honorars geprellt hatte. Dazu kam dann auch noch das Kündigungsschreiben an Mansbart. Die Kombination aus »Entdeckt worden sein« und den beiden »Ungerechtigkeiten« machten Mansbart so zornig, dass er beschloss, ab sofort sein eigenes Süppchen zu kochen.

Die Aufdeckung: Die Ausforschung Mansbarts und damit das Auffinden der Leiche Filzmayers hätte ohne den unglaublichen Zufall mit den beiden Karten für die Show in der Stadthalle zweifellos wesentlich länger gedauert.

Dank seiner kooperativen Haltung gegenüber der Polizei und der Fehler, die die Subers und »Janos« gemacht hatten, erwies sich die restliche Aufklärung als relativ einfach.

Auffälligkeiten: Bemerkenswert erscheint die kriminelle Energie, die in der Familie Suber zu stecken scheint.

Suber selbst wurde zwar mehr in die Entführung »hineingestoßen.« Er hatte sich aber in der Folge nicht dagegen gewehrt und war zumindest ein eilfertiger Ausführer gewesen.

Der Kopf des ganzen Unternehmens und die treibende Kraft war zweifellos Erika Suber-Filzmayer, eine Frau von erstaunlicher Energie und Konsequenz.

Als talentierter Nachwuchs erwies sich auch Viola Suber, deren Beteiligung an der Entführung nicht nachgewiesen werden konnte. Ihr Plan, das »zweite Lösegeld« in Höhe von 87.000 Euro abzustauben, kann aber durchaus als vielversprechende Talentprobe einer Jung-Kriminellen angesehen werden. Wie sie den Koffer mit dem Lösegeld austauschte, war, wertneutral gesehen, erstklassig. Auch das Detail mit der Bleischürze zur Abschirmung der Senderimpulse war bemerkenswert. Von Viola Suber wird man zweifellos noch hören.

Offene Fragen: Eine Frage bleibt aber nach wie vor offen. Waren die Subers überhaupt daran interessiert, dass der Vater/

Schwiegervater wieder lebend zu ihnen zurückkam? Immerhin hätte die zwischenzeitlich eingetretene Situation rechtlich wahrscheinlich gehalten, aber in jedem Fall einige unangenehme Fragen aufgeworfen.

Das Gericht und die Geschworenen sind bei ihrem Urteil zwar von der für die Beklagten günstigeren Version ausgegangen. Ohne Zweifel kam der Tod Eugen Filzmayers, den sie zumindest billigend in ihrem Plan berücksichtigt haben mussten, den beiden sehr entgegen.

Wirklich kurios ist, dass ausgerechnet das Rezept, das vorrangig für die Identifizierung Erika Subers verantwortlich war, gleichzeitig auch als Beweis für die nicht vorhandene Tötungsabsicht gewertet worden ist.

Persönliche Bemerkung: Ich gewinne immer mehr den Eindruck, dass jeder Fall mindestens ebenso viele Fragen offen lässt wie beantwortet werden.

gez. Mario Palinski

*

REZEPT »PALINSKI-SCHNITZEL«

Angaben für 4 Personen:

Vier schöne nicht zu dünne Schnitzel à 150 g; je nach Gusto von der Pute, dem Kalb, dem Schwein oder auch vom Henderl

200 g Champignons
2–3 hartgekochte Eier
4 junge Zwiebeln
1 große oder 2–3 kleine Chilischoten
Petersilie
sonstige Kräuter nach persönlichem Geschmack
Salz
Pfeffer
2 Eier
Mehl
Brösel
Fett zum Herausbacken; je nach Gusto Schmalz, Butter, Backfett oder -öl

Man hackt die jungen Zwiebeln ganz klein und röstet sie in der Pfanne an. Dann schneidet man die Champignons in kleine Scheiben oder besser noch in Stücke und gibt sie zu der schon fast fertig gerösteten Zwiebel. Dann würzt man die Mischung mit Salz und Pfeffer und gibt die Petersilie, evtl. auch sonstige Kräuter dazu.

Achtung: Die Mischung nur ein, zwei Mal kurz durchrüh-

ren und vom Herd nehmen, solange die Pilze noch knackig sind und kaum Wasser gelassen haben.

Jetzt bildet man aus den vorsichtig geklopften Schnitzeln Fleischtaschen. Ehe man diese mit der inzwischen abgekühlten Masse füllt, kommen noch die ganz klein gehackten harten Eier und die ebenso klein gehackten Chilischoten hinein. Nochmals gut durchmischen.

TIPP: Sollte die Masse etwas zu trocken sein, können Sie sie mit einem Spritzer Soja- oder Tabasco-Sauce geschmeidiger machen.

Jetzt werden die Fleischtaschen mit der Masse gefüllt, mit Zahnstochern oder einem Rouladenspieß verschlossen, wie ein Wiener Schnitzel paniert und herausgebacken.

Dazu kann man jede Beilage reichen, die man möchte.

ACHTUNG: Bitte achten Sie darauf, dass immer ein voller Krug frisches Leitungswasser in Griffnähe ist. Einer pro Palinski-Schnitzel.

GEHEIMTIPP: In abgekühltem Zustand schmeckt die Masse auch hervorragend auf Baguette- oder Schwarzbrot.

WARNUNG DES GESUNDHEITSMINISTERS:

Der Genuss dieses Schnitzels könnte Ihre Gesundheit gefährden.

ENDE